IM GRIFF IHRER PARTNER

INTERSTELLARE BRÄUTE® PROGRAMM:
BAND 1

GRACE GOODWIN

Im griff ihrer partner Copyright © 2020 durch Grace Goodwin

Interstellar Brides® ist ein eingetragenes Markenzeichen
von KSA Publishing Consultants Inc.
Alle Rechte vorbehalten. Dieses Buch darf ohne ausdrückliche
schriftliche Erlaubnis des Autors weder ganz noch teilweise in
jedweder Form und durch jedwede Mittel elektronisch, digital oder
mechanisch reproduziert oder übermittelt werden, einschließlich
durch Fotokopie, Aufzeichnung, Scannen oder über jegliche Form
von Datenspeicherungs- und -abrufsystem.

Coverdesign: Copyright 2020 durch Grace Goodwin, Autor
Bildnachweis: Deposit Photos: faestock, sdecoret

Anmerkung des Verlags:
Dieses Buch ist für volljährige Leser geschrieben. Das Buch kann
eindeutige sexuelle Inhalte enthalten. In diesem Buch vorkommende
sexuelle Aktivitäten sind reine Fantasien, geschrieben für
erwachsene Leser, und die Aktivitäten oder Risiken, an denen die
fiktiven Figuren im Rahmen der Geschichte teilnehmen, werden
vom Autor und vom Verlag weder unterstützt noch ermutigt.

WILLKOMMENSGESCHENK!

TRAGE DICH FÜR MEINEN NEWSLETTER EIN, UM LESEPROBEN, VORSCHAUEN UND EIN WILLKOMMENSGESCHENK ZU ERHALTEN!

http://kostenlosescifiromantik.com

INTERSTELLARE BRÄUTE® PROGRAMM

*D*EIN Partner ist irgendwo da draußen. Mach noch heute den Test und finde deinen perfekten Partner. Bist du bereit für einen sexy Alienpartner (oder zwei)?

Melde dich jetzt freiwillig!
interstellarebraut.com

KAPITEL 1

Amanda Bryant, Abfertigungszentrale für interstellare Bräute, Planet Erde

Es konnte nicht wahr sein, aber es *fühlte* sich so echt an. Die warme Luft auf meiner verschwitzten Haut. Dieser Duft nach Sex. Die weichen Laken zwischen meinen Knien. Der kräftige Körper an meinem Rücken. Meine Augen waren mit einem Stück Seide verbunden und es war dunkel wie in der tiefsten Nacht. Aber ich brauchte keine Augen, um zu wissen, dass ein Schwanz tief in meiner Muschi steckte; ein großer, dicker Schwanz.

Es war echt. *Es war echt!*

Ich kniete auf einem Bett. Der Mann hinter mir war dabei, mich zu ficken. Seine Hüften bewegten sich und er rieb mit seinem Schwanz meine empfindlichen Nervenenden, während die Innenwände meiner Muschi ihn umfassten. Seine festen Oberschenkel

INTERSTELLARE BRÄUTE® PROGRAMM

DEIN Partner ist irgendwo da draußen. Mach noch heute den Test und finde deinen perfekten Partner. Bist du bereit für einen sexy Alienpartner (oder zwei)?

Melde dich jetzt freiwillig!
interstellarebraut.com

KAPITEL 1

Amanda Bryant, Abfertigungszentrale für interstellare Bräute, Planet Erde

Es konnte nicht wahr sein, aber es *fühlte* sich so echt an. Die warme Luft auf meiner verschwitzten Haut. Dieser Duft nach Sex. Die weichen Laken zwischen meinen Knien. Der kräftige Körper an meinem Rücken. Meine Augen waren mit einem Stück Seide verbunden und es war dunkel wie in der tiefsten Nacht. Aber ich brauchte keine Augen, um zu wissen, dass ein Schwanz tief in meiner Muschi steckte; ein großer, dicker Schwanz.

Es war echt. *Es war echt!*

Ich kniete auf einem Bett. Der Mann hinter mir war dabei, mich zu ficken. Seine Hüften bewegten sich und er rieb mit seinem Schwanz meine empfindlichen Nervenenden, während die Innenwände meiner Muschi ihn umfassten. Seine festen Oberschenkel waren unter mir und ein Arm umschlang meine Taille und griff um meine Brust. Er hielt mich fest. Ich konnte mich nicht rühren. Als er sich tief in mir ausruhte, musste ich es über mich ergehen lassen. Ich konnte nicht entkommen – und wollte das auch gar nicht. Warum sollte ich? Es fühlte sich *so* gut an. *Sein Schwanz* fühlte sich toll an, er dehnte mich und füllte mich ganz aus.

Nicht nur der Mann hinter mir machte mich ganz wahnsinnig. Ein zweiter Mann – ja, ich war in Begleitung von zwei Männern – wanderte küssend meinen Bauch hinunter. Seine heiße Zunge leckte meinen Nabel, dann ging er tiefer ... und tiefer ...

Wie lange würden seine Lippen brauchen, um endlich meinen Kitzler zu erreichen?

Die kleine Knospe pulsierte und pochte vor Eifer. Schneller, Zunge, mach schneller!

Wie konnte das nur wahr sein? Wie kam es, dass mich zwei Männer gleichzeitig anfassten, leckten, fickten? Doch es war echt. Der Mann hinter mir umgriff mit seinen kräftigen Händen meine Innenschenkel und öffnete mich noch weiter, damit der andere mich mit seinen Händen und seiner Zunge erforschen konnte ... und schließlich meinen Kitzler fand.

Endlich! Ich schob meine Hüften vor und wollte mehr.

„Langsam, Süße. Wir wissen, dass du kommen möchtest. Aber du musst warten." Die tiefe Stimme an meinem Ohr atmete die hitzigen Worte an meinen Nacken, als er seine Hüfte vorschob und mich mit seinem riesigen Schwanz auseinanderspreizte.

Warten? Ich konnte nicht länger warten! Jedes Mal, wenn der Schwanz tief in mich eindrang, schnippte die

Zunge meinen Kitzler und fing an, mich zu lecken. Keine Frau würde einen Schwanz und gleichzeitiges Schnippen und Lecken aushalten ...

Ich stöhnte. Winselnd versuchte ich, meine Hüften im Rhythmus der Lust kreisen zu lassen. Ich war hin und weg. Ich wollte sie beide in mir spüren. Ich wollte verzweifelt, dass sie mich nahmen, dass ich für immer ihnen gehörte.

Für einen kurzen Moment rebellierte mein Verstand, denn ich hatte keine Partner. Seit über einem Jahr hatte ich keinen Lover mehr gehabt. Nie hatte ich zwei Männer auf einmal. Nie hatte ich den Wunsch, meine beiden Öffnungen gefüllt zu bekommen. Wer waren diese zwei Männer? Warum war ich—

Die Zunge auf meinem Kitzler war plötzlich weg und ich rief laut: „Nein!"

Bald spürte ich den Mund auf meinem Nippel und wie der Mann vor mir lächelte, als er sich gegen meine weiche Haut schmiegte. Er zog und saugte an mir, bis ich anfing zu winseln und um mehr bettelte. Ich war auf diesem schmalen Grat angekommen und mein Körper stand kurz vor dem Orgasmus. Der Schwanz in meiner Muschi war unglaublich gut, aber es war nicht genug.

Ich brauchte mehr.

„Mehr."

Der Wunsch kam über meine Lippen, bevor ich mich wieder zusammenraufen konnte und ein obskurer Teil von mir freute sich über die Bestrafung, die diese Bitte nach sich ziehen würde. Woher ich das wusste? Ich war verwirrt, aber ich wollte nicht darüber nachdenken, sondern einfach nur Spaß haben.

Im nächsten Augenblick griff eine starke Hand in mein Haar und zerrte meinen Kopf mit einem schmerzenden Stich nach hinten, als der Mann hinter mir mein Gesicht zu sich drehte, bis seine Lippen meinen Mund berührten.

„Du hast hier nichts zu sagen, Süße. Du gehorchst." Er küsste mich. Seine Zunge drang hart und entschlossen in meinen Mund. Er versetzte mir einen Stoß, als er mich fickte. Seine Zunge und sein Schwanz drangen in meinen Körper ein und zogen sich genau dann zurück, als ich kurz davor war, zu kommen – um dann erneut in mich einzudringen.

Mein anderer Partner – Moment, Partner? – spreizte meine Schamlippen mit seinen Fingern noch weiter auseinander. Er leckte meinen Kitzler und blies sanft darüber, als der Schwanz beim Ficken tief in mich hineinstieß und er ihn danach fast komplett herauszog. Lecken. Blasen. Lecken. Blasen. Ich war den Tränen nahe, meine Erregung war äußerst intensiv und ich konnte mich nicht mehr zurückhalten.

„Bitte, bitte. *Bitte*."

Eine Träne kullerte unter meiner Augenbinde hervor und befeuchtete die Haut an der Stelle, wo die Wange meines Partners auf meinem Gesicht auflag. Sofort beendete er den Kuss, seine warme Zunge glitt mit einem lauten Knurren an mir entlang. „Ah, sie bettelt. Wir lieben es, wenn unser Mädchen anfängt zu betteln. Das bedeutet, dass du so weit bist."

Einer der beiden musste wohl vor mir knien und der andere, dessen Mund mich folterte, musste also zu mir sprechen.

„Bist du bereit, ganz uns zu gehören, Süße? Unterwirfst du dich mir und meinem Gefährten freiwillig oder möchtest du einen anderen Partner wählen?"

„Ich willige ein, ganz euch zu gehören." Als ich

mein Gelöbnis aussprach, fingen beide Männer an, zu knurren. Sie konnten sich kaum noch zurückhalten.

„Dann gehörst du uns und bekommst einen neuen Namen. Du gehörst uns und wir werden jeden Krieger, der es wagen sollte, dich anzufassen, sofort töten."

„Mögen die Götter unsere Zeugen sein und mögen sie dich beschützen." Ein Chor aus Stimmen ertönte um uns herum und ich schnappte nach Luft, als der Mann vor mir in einer dunklen Verheißung nach noch mehr Vergnügen mit seinen Zähnen an meinen Innenschenkeln knabberte.

„Du darfst jetzt kommen, Süße. Zeig allen anderen, wie sehr dich deine beiden Männer verwöhnen." Der Partner hinter mir gab mir die Anweisung und einen Augenblick später zerquetschte er meine Lippen mit einem glühenden Kuss.

Moment, welche anderen? Bevor ich den Gedanken zu Ende denken konnte, drückte der zweite Mann seinen Mund fest auf meinen Kitzler. Er saugte und schnippte mit der Zunge, bis ich ganz außer mir war.

Ich schrie, aber ich konnte nichts hören, als die Wellen der Ekstase durch mich hindurch rauschten. Mein Körper war gespannt wie ein Bogen, nur die Wände meiner Muschi kräuselten sich und umklammerten den Schwanz, der immer noch in mir steckte. Er war so hart, aber die Zunge, die weiterhin meine Klitoris hin und her stupste, war so weich und behutsam.

Meine Haut wurde heiß, weiße Lichtblitze zuckten hinter meinen Augenlidern und meine Finger kribbelten. Verdammt, mein ganzer Körper fing an zu kribbeln. Aber die beiden waren noch nicht mit mir fertig. Sie ließen mich nicht einmal durchatmen, bis ich von dem dicken Schwanz gehoben und umgedreht wurde. Ich hörte das Rascheln der Bettlaken, spürte, wie das Bett bewegt wurde und dann wurde ich auf ihn gesetzt. Zwei Hände auf meinen Hüften führten mich nach unten, zurück auf seinen Schwanz. Sekunden später füllte er mich wieder aus, er drückte in mich hinein, als mein zweiter Partner zwischen uns griff und meinen Kitzler streichelte. Ich war so erregt, so empfindlich, ich war sofort bereit, nochmal zu kommen.

Lust breitete sich in mir aus und ich verkrampfte. Ich hielt meinen Atem an, als das Feuer durch mich hindurch schoss. Ich war dabei, nochmal zu kommen. Sie bearbeiteten mich arglos, aber sie kannten meinen Körper und wussten, wie sie mich berühren, lecken und an mir saugen mussten. Sie fickten mich so perfekt durch, dass mir gar nichts anderes übrig bleib, als zu kommen. Immer wieder. „Ja. Ja. Ja!"

„Nein."

Der Befehl war wie der Ruck an einer Leine, die mich zurückzog und meinen Orgasmus bremste. Ich hielt an. Eine feste Hand fing an, meinen nackten Hintern zu versohlen. Ein lautes Klatschen erklang und der Schmerz war wie ein gleißender Blitz. Dreimal, viermal. Als er aufhörte, strömte eine stechende Hitze durch mich hindurch. Ich *hätte* es verabscheuen müssen. Er hat mich verhauen! Aber nein. Meinem verräterischen Körper *gefiel* es, denn der zusätzliche Reiz ging direkt bis in meine Brüste und meine Klitoris. Mein ganzer Körper brannte vor Erregung und ich wollte mehr. Ich wollte ihre Befehle. Ich wollte ihre Kontrolle. Ich wollte alles. Ich *brauchte* meine beiden Partner, um mich zu füllen, mich zu ficken, mich zu besitzen. Ich wollte für immer ihnen gehören.

Zwei kräftige Hände umgriffen meinen Po und zogen meine Pobacken für den zweiten Mann auseinander. Als der Mann unter mir meinen Po spreizte, hob er weiterhin seine Hüfte und fickte mich mit kleinen Stößen in eine selige Euphorie. Meine Muschi war überfüllt. Wie sollte der andere Mann also noch in meinen Arsch passen? Wie konnten mich die beiden für sich beanspruchen, ohne mir dabei weh zu tun? Irgendwie ahnte ich, dass es mir gefallen würde. Die Erinnerung an einen weiten Analstöpsel, der mich ausfüllte, dehnte und vorbereitet hatte, beruhigte mich. Es hatte mir gefallen, den Analstöpsel in mir zu tragen, während sie mich fickten. Also würde ich vor Lust wahrscheinlich durchdrehen, wenn ich zwei echte Schwänze in mir hätte.

Es ging nicht nur darum, beide Partner auf einmal zu ficken. Es ging um meine Forderung, diese beiden Männer für immer zu besitzen. Nur die gleichzeitige Penetration der beiden kam dafür infrage. Ich *liebte* sie. Ich wollte sie. Ich wollte sie beide.

Der Finger meines Partners erkundete mein straffes Poloch, das noch jungfräulich einem Schwanz gegenüber war. Aber ich wusste, dass er hineinpassen würde. Beide Männer waren dominierend und stark, aber auch behutsam. Das spezielle Öl, mit dessen Hilfe er zuerst einen und dann einen weiteren Finger in mich hinein wand, heizte meinen Körper angenehm auf. Ich hechelte, als mich seine warmen Finger langsam dehnten und öffneten und er sicherstellte, dass ich wirklich bereit war, genommen zu werden.

Zwei Arme umschlungen meinen Rücken und mein Partner zog mich nach unten, sodass ich auf seinem breiten Brustkorb ruhte. Seine Hand strich an meiner Wirbelsäure entlang.

„Beuge deinen Rücken. Ja, genau so." Die Finger flutschten aus meinem Po. Ich war offen und bereit und fühlte mich leer. Ich *brauchte* mehr. Der Partner hinter mir fügte hinzu: „Wenn ich meinen Schwanz in diesen kuscheligen, kleinen Arsch reinstecke, dann gehörst du für immer uns. Du bist diejenige, die uns miteinander vereint."

Die stumpfe Spitze seines Schwanzes drückte nach vorne und füllte mich aus, bis ich dachte, ich würde vor lauter Lust sterben. Der Lusttropfen auf seiner Eichel floss in mich hinein und befeuerte meine Nervenenden. Es war wie ein Elektroschock, der direkt zu meiner Klitoris durchdrang.

Ich versuchte, es auszuhalten, mich zusammenzuraufen, die Lust, die in mir aufkam, zu unterdrücken und auf die Erlaubnis zu warten, aber ich konnte nicht mehr.

Ich kam mit einem Schrei. Meine Muschi pulsierte so stark, dass dabei fast der zweite Schwanz durch die starken Muskelkrämpfe aus mir herausgepresst wurde. Ich konnte weder denken noch atmen und mit jedem Stoß versetzten mich meine Partner weiter in Ekstase, bis ich noch einmal kam—

„Ja!"

„Miss Bryant."

Eine weibliche Stimme schien plötzlich aus dem Nichts aufzutauchen und erfüllte mein Bewusstsein mit dem kalten Hauch der Realität. Ich ignorierte die Stimme und wendete mich weiter der Ekstase zu, die ich gerade erlebt hatte. Aber je mehr ich versuchte, mich auf meine beiden Partner zu konzentrieren, desto schwieriger wurde es, sie zu spüren. Ihr Geruch war nicht mehr da. Die Hitze war weg. Ihre beiden Schwänze waren verschwunden. Ich schrie vor lauter

Unverständnis, als zwei feste, kalte Finger meine Schulter fassten und mich schüttelten.

„Miss Bryant!"

Niemand fasste mich so an. Niemand.

Mein jahrelanges Kampfsporttraining kam mir reflexartig in Erinnerung und ich versuchte, meinen Arm hochzuschlagen, um den Griff von meiner Schulter zu lösen. Mir gefiel nicht, wie diese kalten Hände mich berührten. Ich wollte nicht, dass mich irgendwer außer meinen beiden Partnern so anfasste. Ihre starken Hände waren so sanft.

Der Schmerz der Handschellen, die sich um meine Handgelenke schlossen, brachte mich zurück in die Realität. Ich konnte die Hand nicht weg boxen, ich konnte nicht auf sie einschlagen. Ich war gefangen. Festgenagelt und an eine Art Stuhl gefesselt. Wehrlos.

Blinzelnd schaute ich mich um und versuchte mich zu fangen. Himmel, meine Muschi pulsierte vor lauter Lust und meine Atmung war schwer. Ich war nackt und nur mit einer Art Krankenhauskittel bekleidet, angekettet an einen Untersuchungstisch, der mehr wie ein Zahnarztstuhl als ein Krankenhausbett aussah. Luft strömte mit einem raschen Hecheln durch meine Lungen, als ich versuchte meinen rasenden Herzschlag zu beruhigen. Mein geschwollener Kitzler pochte. Ich wollte ihn mit meinen Fingern berühren und das zu Ende bringen, was die beiden Männer begonnen hatten, aber es war unmöglich. Wegen der Handschellen konnte ich meine Hände nur zu Fäusten ballen.

Ich würde hier auf diesem verdammten Stuhl einen Orgasmus bekommen, festgenagelt und nackt wie ein Freak. Ich war seit fünf Jahren im Geheimdienst tätig. Diese Mission wurde mir zugeteilt, weil meine Regierung mir zutraute, die Kontrolle zu behalten und da draußen im Weltall das zu tun, was notwendig war. Nicht, um durchzudrehen und den ersten Alien, dessen harter Schwanz mich so geil machte, dass ich meinen eigenen Namen vergaß, um Orgasmen anzubetteln.

Ich erkannte die Signale und wusste, dass mein Gesicht pink anlief, wenn ich daran dachte, dass nicht nur *ein* gebieterischer Alpha-Mann meine Muschi feucht werden ließ und mich zum Flehen brachte. Ein einziger Lover? Ein Hauch Normalität? Nein, nicht mit mir. Ich brauchte etwas Aufregung und stellte mir vor, mit zweien von ihnen gleichzeitig zu ficken. Himmel, meine Mutter würde sich jetzt im Grabe umdrehen.

„Miss Bryant?" Da war wieder diese Stimme.

„Ja." Resigniert drehte ich meinen Kopf und erblickte eine Gruppe mit sieben Frauen, die mich neugierig anblickten. Alle trugen dunkelgraue Uniformen mit einem merkwürdigen lilafarbenen Abzeichen über der linken Brust. In den vergangenen zwei Monaten hatte ich dieses Symbol oft genug gesehen, es war das Zeichen der interstellaren Koalition und signalisierte, dass sie Mitarbeiter des Versuchszentrums des interstellaren Bräute-Programms waren. Sie wurden als Aufseher bezeichnet, als ob eine Verpflichtung bei der Koalition einer Gefängnisstrafe gleichkam. Die Frauen waren schwarz, weiß, asiatisch und lateinamerikanisch. Sie vertraten alle Rassen der Erde. Wie verdammt passend. Eine hellhäutige Frau mit dunkelbraunen Haaren und wohlwollenden, grauen Augen redete mit mir. Ich kannte ihren Namen, aber das wusste sie nicht. Ich wusste viele Dinge, über die ich eigentlich nicht Bescheid wissen sollte.

Ich befeuchtete meine Lippen und schluckte. „Ich bin wach."

Meine Stimme klang rau, so als ob ich geschrien hätte. Oh Gott, hatte ich wirklich geschrien, als ich zum Höhepunkt kam? Waren diese stoischen Frauen etwa dabei, als ich flehte und stöhnte?

„Ausgezeichnet." Die Aufseherin sah aus wie Ende zwanzig, etwa ein oder zwei Jahre jünger als ich. „Mein Name ist Egara. Ich leite das Programm für interstellare Bräute hier auf der Erde. Das Programm hat einen geeigneten Partner für dich ausfindig gemacht. Da du aber die erste Braut bist, für die über das Protokoll für interstellare Bräute ein Partner gesucht wurde, müssen wir dir einige zusätzliche Fragen stellen."

„In Ordnung." Ich atmete tief durch. Das Verlangen in mir ließ nach, der Schweiß auf meiner Haut war verschwunden. Die kalte Luft in dem klimatisierten Raum gab mir eine Gänsehaut. Die Klimaanlage leistete ganze Arbeit, um die Augusthitze in Miami zu bändigen. Der harte Stuhl fühlte sich klebrig an und der Kittel kratzte an meiner empfindlichen Haut. Ich lehnte meinen Kopf zurück und wartete.

Die Aliens hatten versprochen, die Erde vor einer angeblichen Bedrohung, den ‚Hive' zu schützen und die Frauen, die jetzt vor mir standen, wurden in der Vergangenheit mit Alien-Kriegern verheiratet und waren verwitwet. Sie waren jetzt freiwillige Helfer der Koalition hier auf der Erde.

Es gab über zweihundertsechzig verschiedene Alien-Rassen, die für die Koalition kämpften, aber angeblich war nur ein Bruchteil davon für menschlichen Sex kompatibel. Das klang merkwürdig. Und woher wollte man das so genau wissen, wenn vorher noch nie jemand da draußen im Weltall war?

Die Raumschiffe der Koalition waren ein paar Monate zuvor aufgetaucht, am Mittwoch, dem 4. Juni um 18:53 Uhr. Ich erinnere mich an die exakte Uhrzeit und ich werde niemals den Moment vergessen, in dem ich herausfand, dass wir nicht alleine im Universum sind. Ich war im Fitnessstudio auf dem Laufband, dreiundzwanzig Minuten meiner neunzigminütigen Session waren vorbei, als die Fernsehbildschirme an den Wänden plötzlich durchzudrehen schienen. Alle Sender zeigten, wie die Alien-Raumschiffe überall auf der Erde landeten und riesige, über zwei Meter große, gelbe Alien-Krieger in schwarzen Rüstungen aus den kleinen Spaceshuttles heraustraten und so taten, als hätten wir uns ihnen schon unterworfen.

Wie auch immer, sie sprachen unsere Sprachen und behaupteten, dass sie soeben eine Schlacht in unserem Sonnensystem gewonnen hatten. Sobald sie ein Kamerateam eines Fernsehsenders vor sich hatten, verlangten sie ein Treffen mit jedem bedeutenden Staatsoberhaupt. Ein paar Tage später bei einem Gipfeltreffen in Paris weigerten sich die Aliens, die Souveränität der einzelnen Länder anzuerkennen und forderten die Erde auf, ein einziges Führungsoberhaupt zu bestimmen, einen Stellvertreter, den sie als ‚Prime' bezeichneten. Ein einziger Repräsentant für die ganze Welt. Die Staaten waren unbedeutend. Unsere Gesetze? Unbedeutend. Wir waren jetzt Mitglied der Koalition und mussten deren Gesetze befolgen.

Das Treffen wurde live auf der ganzen Welt in allen wichtigen Sprachen ausgestrahlt, und zwar nicht durch unsere Fernsehsender, sondern über unser Satellitennetzwerk, das sich in ihrer Kontrolle befand. Wütende und verängstigte Staatsoberhäupter im internationalen Fernsehen und in jedem Land der Erde?

Sagen wir einfach, das Treffen verlief ziemlich gut. Mein Blut kochte, als ich zusah. Proteste brachen aus. Die Menschen waren verängstigt. Der Präsident hatte die Nationalgarde einberufen und jede Polizeidienststelle und Feuerwehrwache war zwei Wochen lang im Dauereinsatz. So lange hat es in etwa gedauert, bis die Menschen realisierten, dass die Aliens uns nicht einfach in die Luft jagen und nehmen würden, was sie wollten.

Und dann kam das: Bräute. Soldaten. Sie sagten, dass sie unseren Planeten nicht wollten und gaben vor, uns zu beschützen. Aber sie wollten, dass unsere Soldaten an ihrem Krieg teilnehmen und sie wollten menschliche Frauen, die mit ihren Kriegern schliefen. Und ich war die verrückte Schlampe, die sich freiwillig als erstes Menschenopfer zur Verfügung stellte.

Sex mit riesigen, gelben Aliens? Dafür waren die Bräute da, es ging um Sex mit den Alien-Partnern. Nicht mit einem *Ehemann*, sondern mit einem *Partner*. Wir kommen gleich dazu.

Ja, mit mir.

Der sarkastische Gedanke ließ mich erzittern und ich schüttelte meinen Kopf, um ihn loszuwerden. Ich war auf einer Mission, einem bedeutenden Auftrag. Der Gedanke an Sex mit einem dieser riesigen Krieger mit stattlicher Brust, goldener Haut und gebieterischem Ausdruck sollte mich nicht erregen. Ich wusste nicht, wem ich zugeteilt werden würde, aber allen Fernsehaufzeichnungen zufolge waren sie *alle* groß und sie waren *alle* sehr dominant.

Trotzdem war ich aufgeregt und hoffte auf dieser Mission wenigstens etwas Vergnügen zu finden. Falls nicht, dann würde ich es aushalten müssen. Aber wenn ich hin und wieder einen ihrer riesigen Schwänze reiten und einen atemberaubenden Orgasmus bekommen könnte, hätte ich daran nichts auszusetzen. Ich würde es als einen beruflichen Nebenverdienst ansehen. Ich würde mein Leben, mein Zuhause, meinen ganzen Heimatplaneten für die nächsten Jahre aufgeben. Ein paar ordentliche Orgasmen wären dafür nicht zu viel verlangt, oder?

Ich würde jahrelang meinem Land dienen und ich war zuversichtlich, dass ich mit jeder Situation klarkommen würde und mich an alles anpassen könnte. Ich war eine Überlebenskünstlerin und darüber hinaus nahm ich den Aliens ihre Geschichte nicht ab, genau wie meine Vorgesetzten vom Geheimdienst. Wo waren die Beweise? Wo steckten diese abscheulichen Hive-Kreaturen?

Die Befehlshaber der Koalition zeigten unseren Staatsmännern Videos, die jeder Teenager mit der passenden Software fabriziert haben könnte. Niemand auf Erden hatte je einen Hive-Kämpfer in Fleisch und Blut zu Augen bekommen und die Befehlshaber der Koalition weigerten sich, uns mit notwendigen Waffen und Technologien zur Selbstverteidigung zu versorgen.

Ich? Ich war schon immer skeptisch und extrem pragmatisch. Falls etwas erledigt werden musste, um mein Land zu verteidigen, dann tat ich es. Ich sorgte mich um die üblichen Bedrohungen wie den Terrorismus, die globale Erwärmung, den illegalen Waffenhandel, den Drogenschmuggel und internationale Hacker-Banden, die Übergriffe auf unsere Energieversorgungs- oder Finanzsysteme unternahmen. Und jetzt? Aliens. Ich konnte es immer noch nicht richtig glauben, obwohl ich mir stundenlang Videos und Interviews mit ihren riesigen, goldenen Befehlshabern vom Planeten

Prillon Prime angeschaut hatte. Über zwei Meter reines Sexappeal.

Eine, ich hatte *eine* der Alienrassen gesehen, eine von angeblich hunderten. Sogar die Leute in der Bearbeitungszentrale, die Aufseher, waren Menschen, die höchstwahrscheinlich einer Gehirnwäsche unterzogen worden waren.

Für ein Erstkontakt-Szenario stellten sich die Prillon-Krieger nicht besonders überzeugend an. Man würde annehmen, sie hätten eine bessere Strategie für ihre Propaganda. Entweder das oder es war ihnen vollkommen egal, weil sie die Wahrheit sagten und eine äußerst aggressive, bösartige Alien-Rasse ähnlich der Borgs aus *Star Trek* wartete darauf, alles Leben auf der Erde zu vernichten.

Ich befürwortete die erste Theorie, aber wir konnten die zweite Möglichkeit nicht ausschließen. Die Erde wollte schließlich nicht *assimiliert* werden.

Meine Aufgabe? Die Wahrheit herauszufinden. Ins Weltall zu gehen, war der einzige Weg, um das herauszufinden. Im Moment nahmen sie noch keine Soldaten mit und ich ging glücklicherweise den anderen Weg: Das Programm für interstellare Bräute.

Meinen großen Tag hatte ich mir anders vorgestellt. Nein, ich wollte das Übliche: Ein lächerlich teures, weißes Kleid, Blumen, kitschige Harfenmusik und einen Haufen Familienmitglieder in der Kirche, die ich seit ganzen zehn Jahren nicht mehr gesehen hatte und deren Verköstigung mich ein Vermögen kostete.

Apropos Hochzeit: Wie, zum Teufel, waren die Frauen vor mir angeblich mit Aliens verpartnert worden, wenn die Menschheit bis vor ein paar

Monaten noch nicht einmal über deren Existenz Bescheid wusste?

„Wie geht es Ihnen?" fragte Egara, die Aufseherin. Mir wurde klar, dass ich wohl für ein paar Minuten ins Leere geschaut hatte, während sich die Gedanken in meinem Kopf im Kreise drehten.

„Wie es mir geht?" wiederholte ich.

Echt? Ich besann mich wieder meines Körpers. Meine Muschi war tropfend nass und der zerknitterte Krankenhauskittel unter mir war vollgesogen. Mein Kitzler pochte im Rhythmus meines Herzschlags und ich hatte gerade die zwei unglaublichsten Orgasmen meines Lebens. Es war ein toller Tag für eine Spionin.

„Wie Sie wissen, sind Sie die erste, menschliche Freiwillige im Programm für interstellare Bräute. Daher möchten wir gerne wissen, wie sie den Vorgang durchlebt haben."

„Bin ich euer Versuchskaninchen?"

Alle Frauen lächelten, aber nur Aufseherin Egara schien auserwählt zu sein, mit mir zu sprechen. „In gewisser Weise, ja. Erzählen sie uns bitte, wie sie sich nach den Tests fühlen."

„Ich fühle mich gut."

Ich starrte auf ihre ernsten Gesichter und die Frau mit den dunklen Haaren, die mich aufgeweckt hatte, also Aufseherin Egara, räusperte sich.

„Während der, ähm Simulation—"

Ach, so nannten sie das also.

„—haben sie den Traum als Außenstehende erlebt oder fühlte es sich so an, als wären sie wirklich dort gewesen?"

Ich seufzte. Was sollte ich sonst tun? Ich *fühlte* mich so, als hätte ich gerade den geilsten Sex mit zwei enormen Alien-Kriegern durchlebt ... und ich fand es einfach nur irre gut. „Ich war dort. Das alles ist wirklich passiert."

„Es kam Ihnen also so vor, als ob sie die Braut gewesen wären? Hat Ihr Partner Sie genommen?"

Genommen? Das war *viel* mehr, als einfach nur genommen zu werden. Das war ...wow.

„Männer. Ja." Verdammt! Mein Nacken wurde heiß und meine Wangen liefen wieder pink an. Männer? Also zwei Partner. Wieso war mir das nur herausgerutscht?

Die Aufseherin Egara entspannte sich. „Zwei Partner, richtig?"

„Genau das habe ich gesagt."

Sie klatschte einmal mit den Händen und ich drehte mich ihr zu, um einen Ausdruck der Erleichterung auf ihrem Gesicht zu erblicken. „Ausgezeichnet! Sie wurden Prillon Prime zugeteilt, alles scheint perfekt zu funktionieren."

Ein großer, goldener Krieger für mich? Wie die aus dem Fernsehen? Meinetwegen. Und wie praktisch, dass ich nicht einer der *anderen* Rassen zugeteilt wurde. Ich fragte mich wirklich, ob es diese überhaupt gab.

Die Aufseherin wandte sich einer der anderen Frauen zu. „Aufseherin Gomes, bitte informieren sie die Koalition darüber, dass das Protokoll in die Rasse der Menschheit integriert wurde und voll funktionsfähig zu sein scheint. Innerhalb der nächsten Wochen sollten wir in der Lage sein, in allen sieben Zentralen freiwillige Bräute abzufertigen."

„Einverstanden, Aufseherin Egara. Das mache ich gerne", antwortete Aufseherin Gomes mit einem portugiesischen Akzent, „ich möchte gerne nach Rio zurückkehren, um meine Familie zu sehen."

Die Aufseherin Egara seufzte erleichtert, entfernte sich von mir und holte einen Tablet-Bildschirm vom Tisch in der Ecke des Raumes, bevor sie zu mir zurückkehrte. „Okay, da Sie die erste Frau im Programm für interstellare Bräute sind, hoffe ich, dass Sie sich geduldig mit uns durch das Protokoll arbeiten werden."

Sie lächelte und strahlte über das ganze Gesicht, als ob sie erfreut darüber sei, mich weg vom Planeten zu einem Alien-Ehemann schicken zu können, den ich noch nie kennengelernt hatte. Waren alle diese Frauen *wirklich* mit Aliens verheiratet worden? Warum waren sie dann diejenigen, die Fragen stellten? Ich wollte mehr erfahren. Bis vor ein paar Monaten waren Aliens nur kleine grüne Männchen in Filmen oder widerliche Kreaturen mit Tentakeln, die uns entweder jagten oder uns mit Larven bestückten und unseren Brustkorb explodieren ließen.

Igitt. Ich habe zu viele Science-Fiction-Filme gesehen. Jetzt, da ich total verängstigt war, entschloss ich, dass es ein guter Moment war, um einen Gang runter zu schalten. „Ähm… Ich muss mit meinem Vater reden, bevor wir weitermachen. Er wird sich Sorgen machen."

„Oh, selbstverständlich!" Sie trat einen Schritt zurück und senkte das Tablet, sodass sie es unterm Arm hielt. „Sie sollten sich verabschieden, Amanda. Sobald wir mit dem Protokoll beginnen, werden sie umgehend fertiggemacht und abtransportiert."

„Noch heute? Jetzt gleich?" Verdammt, darauf war ich nicht vorbereitet.

Sie nickte. „Ja, jetzt gleich. Ich hole ihre Familie." Sie ließ mich alleine und die anderen Frauen folgten ihr eine nach der anderen. Ich starrte an die Decke, ballte meine Hände zu Fäusten und versuchte, ruhig zu bleiben.

Mein Vater? Nicht ganz. Er gehörte nicht zu meiner Familie, aber die Aufseherin wusste das nicht. Ich war zwei Monate lang nicht Zuhause in New York gewesen. Zuhause? Es war eher ein Apartment, in dem ich schlief, wenn ich nicht auf Mission war. Was praktisch … niemals vorkam. Aber gut, wenigstens würde ich es nicht vermissen.

Mein Chef hatte mich während meiner einzigen drei Ruhetage in den letzten drei Monaten angerufen und mich direkt von New York ins Pentagon einfliegen lassen, um mich zwei Monate lang intensiven Einzelgesprächen und Vorbereitungen zu unterziehen. Als ich in Miami landete, wurde ich mit einer Limousine abgeholt. Ich hätte wissen müssen, dass ich nicht mehr nach Hause zurückkehren würde, bevor die Abfertigung begann. Zum Teufel, ich *wusste* es, aber ein Teil meines kleinen Herzens hatte irgendwie gehofft, dass das alles eine Riesen-Verarsche war.

Aber nein. Und ich konnte nichts dagegen tun. Ich konnte dem Unternehmen nicht einfach so sagen, dass ich es nicht mehr machen wollte. Die Arbeit, die ich machte, konnte man nicht einfach verlassen. Es war zwar auch nicht wie bei der Mafia, aber als Geheimagent konnte man nicht einfach kündigen und dann als Lehrer an einer Schule arbeiten. Es gab *immer* einen neuen Auftrag. Einen Job. Eine neue Bedrohung. Einen neuen Feind.

Aber mich als Alien-Braut ins Weltall zu schicken? So etwas hatte es noch nicht gegeben. Immerhin wusste ich, warum sie mich ausgewählt hatten. Ich sprach fünf Sprachen fließend, war über fünf Jahre lang als Agentin aktiv gewesen und noch wichtiger, ich war alleinstehend, ohne Familie und hatte nichts zu verlieren. Meine Eltern waren tot und ich war weiblich. Anscheinend wollten die Aliens nur weibliche Bräute und ich fragte mich, ob einige von denen auch schwul waren. Verlangten die schwulen Krieger nach Bräuten? Oder machten sie einfach mit anderen Kriegern rum und fanden das in Ordnung?

So viele unbeantwortete Fragen. Deswegen brauchten sie mich.

Versuchskaninchen? Opferlamm? Nun, so könnte man es zusammenfassen.

Die schwere Tür schlug auf und mein Chef kam herein, gefolgt von einem Mann, den ich wiedererkannte, aber über den ich kaum etwas wusste. Beide trugen blaue Anzüge, weiße Hemden und je eine gelbe Krawatte und eine Krawatte mit Paisley-Muster. Ihr Haar war an den Schläfen ergraut und beide hatten einen Kurzhaarschnitt, wie es bei der Armee üblich ist. Es waren unscheinbare Männer, die man auf einem geschäftigen Bürgersteig niemals bemerken würde, außer man würde ihnen in die Augen blicken. Die beiden waren zwei der gefährlichsten Männer, die ich kannte und ich kannte in meiner Branche einige gefährliche Leute. Der Präsident hatte sie ausgewählt, um alles Erdenkliche zu bewerkstelligen und die Wahrheit über diese neue Alien-Bedrohung ans Licht zu bringen.

Anscheinend war ich nicht die Einzige, die diesen *wir kommen, um euch zu retten, gebt uns nur eure Soldaten und eure Frauen*-Schwachsinn, den die Aliens verbreiteten, nicht glaubte. Keine Regierung der Erde gab sich damit zufrieden und die USA und ihre Verbündeten waren entschlossen, die Wahrheit herauszufinden. Und mit meiner gemischten Herkunft dank meines irischen

Vaters und meiner halb-afrikanischen, halb-asiatischen Mutter waren sich alle einig, dass ich einen Großteil der Menschheit repräsentierte. Sie hatten verlangt, dass ich mich für diese Mission freiwillig zur Verfügung stellte.

So ein Glück.

„Amanda."

„Robert." Ich nickte dem schweigenden Herrn, der rechts neben ihm stand, zu und hatte keine Ahnung, ob ich überhaupt seinen echten Namen kannte. „Allen."

Robert räusperte sich. „Wie lief die Abfertigung?"

„Gut. Die Aufseherin Egara sagt, dass ich an Prillon Prime vermittelt wurde."

Allen nickte. „Hervorragend. Die Prillon-Krieger haben die Befehlsmacht über die gesamte Flotte der Koalition. Wir wurden auch darüber informiert, dass ihre Bräute bei den Kriegern auf den Kriegsschiffen bleiben, an den Fronten dieses angeblichen Krieges. Du müsstest Zugang zu Waffen, taktischen Informationen und den fortschrittlichsten Technologien haben."

Fantastisch. Vor zwei Wochen, als ich dieser Mission zugestimmt hatte, wäre ich darüber erfreut gewesen. Aber jetzt? Mein Herz schlug etwas zu schnell, wenn ich daran dachte, was ich *wirklich wollte*, nämlich unbegrenzten Zugang zu brennend heißen, dominanten Körpern von Alien-Kriegern ...

Robert verschränkte die Arme vor seiner Brust und blickte zu mir herunter. Er versuchte, das beschützende Gesicht einer Vaterfigur aufzusetzen. Ich hatte diese Geste schon vor Jahren durchschaut, aber ich spielte mit, als er fortfuhr: „Das Programm für Bräute scheint zu laufen, aber sie sind noch nicht bereit, unsere Soldaten in ihre Armee einzugliedern.

Die Tests laufen noch für ein paar Tage. Sobald sie bereit sind, senden wir zwei unserer Männer, um die Truppe zu infiltrieren und deine Mission zu unterstützen. Die beiden Männer wurden bereits ausgewählt. Es sind gute Typen, Amanda. Sie sind vollkommen schwarz."

„Verstanden." Und das hatte ich. Schwarz bedeutete bei speziellen Operationen, die für die nationale Sicherheit entscheidend waren, dass sie offiziell nicht existierten. Sie entsendeten Supersoldaten, um alle Stützpunkte zu decken. Ich landete im Bett des Feindes und die Soldaten landeten in ihren Militäreinheiten ...

„Wie auch immer, du musst den tatsächlichen Umfang der Hive-Bedrohung feststellen und Waffen und technologische Schemata ihrer Raumschiffe sowie alles andere, was dir unter die Finger kommt, zur Erde zurücksenden." Ich kannte meinen Auftrag, aber Robert zögerte nicht, ihn noch ein letztes Mal zu wiederholen.

Die Aliens hatten sich der Menschheit großzügig als Beschützer vor den Hives angeboten, aber sie weigerten sich wiederholt, ihre fortschrittlichen Waffen und Transporttechnologien mit der Erde zu teilen. Die Regierungen weltweit waren nicht erfreut darüber. Für die jahrzehntelangen Supermächte gab es nichts Vergleichbares. Sie waren die führenden Nationen der Welt und wurden plötzlich mit eingeklemmten Schwanz auf dem Rücksitz verbannt. Auf einmal gab es nicht nur *uns* Menschen. Es gab ein Universum voller Planeten und Rassen und Kulturen und ... Feinden.

Robert hob seinen Arm und drückte meine Schulter. „Wir verlassen uns auf dich. Die ganze Welt zählt auf dich."

„Ich weiß, Sir." Bloß keinen Druck machen, richtig? „Ich werde sie nicht enttäuschen."

Die Aufseherin Egara kehrte in diesem Moment zurück, ihr breites Lächeln und fröhliches Auftreten waren spröde und ein wenig zu aufgesetzt. Ich war mir nicht sicher, was sie von meinen beiden Besuchern hielt, aber was auch immer der Grund war, sie war nicht erfreut.

„Also Miss Bryant, sind Sie bereit?"

„Ja."

„Meine Herren, würden Sie uns bitte entschuldigen?" Als die beiden Anzugträger verschwunden waren, wandte sie sich mit dem Tablet auf dem Schoß und einem freundlichen Lächeln auf den Lippen schließlich mir zu. „Alles in Ordnung? Mir ist klar, dass es schwierig sein kann, die Familie hinter sich zu lassen."

Sie blickte über ihre Schulter in Richtung der geschlossenen Tür und mir wurde klar, dass damit Robert gemeint war, mein vermeintlicher Vater.

„Oh, ähm... ja. Alles in Ordnung. Wir stehen uns nicht besonders ... nahe."

Die Aufseherin begutachtete mich für einen Augenblick und sie musste erkannt haben, dass ich keine emotionale Reaktion zeigte. Sie fuhr fort: „Okay. Also um mit dem Protokoll zu beginnen – für die Aufzeichnung, sagen Sie uns bitte, wie Sie heißen."

„Amanda Bryant."

„Miss Bryant, sind Sie gegenwärtig oder waren Sie je verheiratet?"

„Nein." Ich war einmal verlobt, aber das war zu Ende, sobald ich meinem Verlobten gesagt hatte, was ich beruflich mache. Ich hätte ihm nicht sagen dürfen, dass ich eine Geheimagentin bin. Wie dumm von mir ...

„Haben sie biologische Kinder?"

„Nein."

Ohne mich anzublicken, tippte sie ein paar Mal auf ihren Bildschirm. „Ich bin verpflichtet, Ihnen mitzuteilen, Miss Bryant, dass Sie dreißig Tage lang Zeit haben, den Partner, der über das Vermittlungsprotokoll im Programm für interstellare Bräute für Sie ausgewählt wurde, zu akzeptieren oder abzulehnen."

„Gut. Und wenn ich ihn ablehne? Was passiert dann? Werde ich zur Erde zurückgeschickt?"

„Oh nein. Es gibt kein Zurück zur Erde. Zu diesem Zeitpunkt gelten Sie nicht länger Bürgerin der Erde."

„Moment, was?" Das gefiel mir überhaupt nicht. Ich durfte nie mehr zurückkehren? Niemals? Ich hatte gedacht, ich würde ein oder zwei Jahre im Einsatz verbringen und dann nach Hause kommen und ein paar Jahre an einem hübschen Strand viele Piña Coladas schlürfen. Jetzt konnte ich plötzlich nicht mehr zurückkommen? Keine Bürgerin der Erde mehr? Konnten sie das überhaupt *machen*?

Plötzlich zitterte ich, und zwar nicht aus Vorfreude oder Erregung, sondern aus Furcht. Niemand in der Zentrale hatte mir gesagt, dass ich nicht mehr wiederkommen würde. Sie mussten es gewusst haben. Verdammt, nach mehr als fünf Jahren im Dienst sendeten sie mich einfach ins Weltall als eine Art ... vornehmes Opfer? Diese Ärsche vom Geheimdienst hatten passenderweise vergessen, dieses eine, unbedeutende Detail zu erwähnen.

„Sie, Miss Bryant, sind jetzt eine Krieger-Braut für Prillon Prime. Sie unterstehen fortan den Gesetzen, Gepflogenheiten und den Schutzmaßnahmen des

Planeten. Falls ihr Partner nicht akzeptabel ist, können Sie dreißig Tage lang einen neuen Primärpartner anfordern. Sie können mit dem Paarungsprozess auf Prillon Prime fortfahren, bis sie einen Partner finden, der akzeptabel *ist*."

Ich zerrte an den Fesseln auf dem Tisch, wilde Gedanken schossen durch meinen Kopf. Konnte ich irgendwie entkommen? Konnte ich es mir anders überlegen? Für immer? Ich werde niemals zurückkommen? Die Tatsache, dass ich die Erde für immer verlassen würde, sickerte in meine Brust und ich bekam nicht mehr genügend Luft. Alles im Raum drehte sich.

„Miss Bryant— Oh, Schätzchen." Aufseherin Egaras Hand fuchtelte ein paar Sekunden lang über das Tablet, bevor sie es hinter sich auf den Tisch legte. „Alles wird gut, Liebes. Ich verspreche es."

Versprechen? Sie versprach mir, dass alles gut werden würde, während ich ins Weltall entsendet und nie … niemals mehr zurückkommen würde?

Die Wand hinter mir erleuchtete in einem eigenartigen, blauen Licht und mein Stuhl ruckte, als er anfing, sich seitwärts zu dem Licht hin zu bewegen.

Ich konnte nicht hinsehen. Stattdessen schloss ich die Augen und konzentrierte mich auf meine Atmung. Ich geriet nie in Panik. Niemals. Das war so untypisch für mich.

Allerdings hatte ich auch noch nie mehrere Orgasmen auf einem verdammten Laborstuhl gehabt. Und ich hatte mir noch nie vorgestellt, mit zwei Lovern gleichzeitig zu ficken. Ich hatte noch nichts Vergleichbares auf Erden erlebt. Würde es sich etwa genau so anfühlen? Würden meine beiden Männer mich derartig um den Verstand bringen?

Die Aufseherin legte sanft ihre warmen Finger um

mein Handgelenk und ich blickte in ihr besorgtes Gesicht, als ich meine Augen wieder öffnete. Sie lächelte mich an wie eine Kindergärtnerin, die ein verängstigtes, vierjähriges Kind am ersten Schultag begrüßt.

„Machen Sie sich nicht zu viele Sorgen. Die Übereinstimmung lag bei neunundneunzig Prozent. Ihr Partner wird perfekt zu Ihnen passen und Sie zu ihm. Das System funktioniert. Sie werden bei Ihrem Partner aufwachen. Er wird sich um Sie kümmern. Sie werden dort glücklich sein, Amanda. Das verspreche ich Ihnen."

„Aber—"

„Wenn Sie aufwachen, Amanda Bryant, wird Ihr Körper auf die Bräuche von Prillon Prime und auf die Wünsche Ihres Partners vorbereitet sein. Er wird Sie erwarten." Ihre Stimme klang förmlicher, als ob sie ein weiteres Protokoll aufsagte.

„Stopp ... ich", Meine Stimme stockte, als zwei große, metallische, mit riesigen Nadeln bestückte Arme auf beide Seiten meines Gesichts zuzukommen schienen. „Was ist das?" Ich klang panisch, ich konnte mich nicht zusammenreißen. Ich war kein Fan von Nadeln.

„Keine Angst, Liebes. Damit werden die neuronalen Verarbeitungseinheiten in das Sprachzentrum im Gehirn eingepflanzt. Dadurch können sie jede Sprache sprechen und verstehen."

Heilige Scheiße, ich wurde also mit einer ihrer fortschrittlichen Technologien ausgestattet. Ich hielt still, als die zwei Nadeln sich in meine Schläfen genau über meinen Ohren bohrten.

Wenn es schiefging, könnte ich zurückkehren und Robert würde die verdammten Chips oder was auch immer das war, aus meinem Kopf herausschneiden.

Das Schlimmste daran war, dass ich wusste, dass er das wirklich machen würde.

Was aber, wenn ich niemals zurückkehrte? Was passiert, wenn die Aliens die Wahrheit sagen? Was ist, wenn ich mich in meinen Partner verliebe …?

Mein Stuhl rutschte in eine kleine Öffnung und ich wurde mitsamt dem Stuhl in eine Wanne mit warmem, eigenartig blauem Wasser abgesenkt. „Ihre Abfertigung beginnt in drei … zwei … eins."

KAPITEL 2

*K*ommandant *Grigg Zakar,* Sektor 17 der *Koalitionsflotte*

DAS AUFKLÄRUNGSSCHIFF der Hive raste an der rechten Flügelspitze meines Fighters vorbei und ich ließ es entkommen, denn ich war gerade mit dem größeren, schwer gepanzerten Angriffskreuzer vor mir beschäftigt.

„Das Kommandoschiff der Hive ist in Reichweite, ich greife an." Ich informierte die Befehlshaber an Bord des *Schlachtschiffs Zakar,* meinem Schlachtschiff, damit sie den Rest der Flotte um meinen Angriff herum koordinieren konnten.

„Mach diesmal keine Dummheiten." Die nüchterne Stimme in meinem Ohr gehörte zu meinem besten Freund und in diesem Sektor des Universums führenden Doktor, Conrav Zakar. Für mich hieß er schon immer nur Rav und Rav war zudem mein

Cousin. Seit über zehn Jahren kämpften wir Seite an Seite und waren noch längere Zeit Freunde gewesen.

Die eine Seite meines Mundes verzog sich zu einem Schmunzeln. Selbst mitten im Kampf brachte mich der Alte zum Lachen.

„Falls doch, dann mach dich bereit, mich wieder zusammenzuflicken."

„Irgendwann lasse ich dich ausbluten." Er lachte und mein Schmunzeln verzog sich hinter der transparenten Maske meines Pilotenhelms zu einem breiten Grinsen.

„Das wirst du nicht." Ich schüttelte angesichts seines schwarzen Humors den Kopf, als ich auf eine bekannte Schwachstelle an der Unterseite des Hive-Schiffs zielte und eine Sonarkanone abfeuerte, die diesen Bastard hoffentlich in Stücke riss. Zu meiner Rechten flogen zwei Kampfgeschwaderpiloten in Angriffsformation und feuerten zur gleichen Zeit mit Ionenkanonen. Das gleißende Licht des Angriffs wirkte fast erblindend.

Als das Hive-Schiff explodierte und vor meinen Augen in Stücke brach, ertönte ein Jubeln in meiner Kommunikationsausrüstung. Da waren noch einige Aufklärungsschiffe, die wir verfolgen und abschießen mussten, aber ich würde keine weiteren Cargoschiffe oder Transportstationen in diesem Sonnensystem mehr verlieren, zumindest nicht in der nächsten Zeit und nicht direkt vor meiner Nase.

„Gute Arbeit, Kommandant." Ich hörte das Lächeln in Ravs Stimme. „Jetzt schwing deinen Arsch zurück auf das Schiff, wo er hingehört."

„Mein Platz ist hier draußen, auf dem Schlachtfeld bei den Kriegern."

„Nicht länger." Die Stimme meines zweiten

Kommandanten, Captain Trist, hallte durch meine Ohren und er machte keine Anstalten, seinen Unmut zu verbergen.

Mist. Er war so auf die Vorschriften bedacht, dass das Handbuch mit den Bestimmungen ihm anscheinend von hinten reingeschoben worden war.

„Trist, wenn ich die ganze Zeit auf der Kommandobrücke bleibe, würden Sie sich langweilen."

„Sie gehen zu viele Risiken ein, Kommandant. Risiken, die Sie nicht auf sich nehmen sollten. Sie sind für fast fünftausend Krieger, Bräute und deren Kinder verantwortlich."

„Captain, wenn ich heute sterben sollte, dann wären die Leute gut aufgehoben."

Rav antwortete: „Nein. Sie würden General Zakar um Gnade anbetteln."

„Verstanden. Ich bin auf dem Weg zurück zum Schiff." Wenn ich getötet oder schlimmer noch, gefangen genommen und von der Hive kontaminiert würde, dann würde mein Vater, General Zakar, höchstwahrscheinlich hierherkommen und die Leitung des *Schlachtschiffes Zakar* selbst übernehmen. Ich mochte abenteuerlustig sein, aber mein Vater war hart und gnadenlos. Würde er in den aktiven Dienst zurückkehren, dann würden sich die Verluste verdoppeln oder verdreifachen, und zwar auf beiden Seiten.

Wir setzten alles daran, die Hive in Schach zu halten und ihre Ausbreitung in diesem Sektor des Weltalls zu verhindern. Mein Vater würde versuchen, sie zu besiegen, sie zu verjagen. Die Hive würden darauf mit mehr Soldaten und mehr Aufklärern reagieren. Die Situation würde schnell eskalieren. Wir hatten es geschafft, sie auf mehrere Bereiche im Weltall zu verteilen und schwächten den Feind langsam, indem wir ihnen neue Opfer vorenthielten und gleichzeitig ihre Reihen ausdünnten. Das aggressive Vorgehen meines Vaters würde die gut durchdachte Strategie der Koalition zunichtemachen und Jahre der Planung und Umsetzung zerstören.

Mein Vater war zu arrogant und unnachgiebig, um auf die Vernunft zu hören. Das war schon immer so gewesen.

Ich hatte zwei jüngere Brüder, beide waren noch in der Kampfausbildung auf unserem Heimatplaneten Prillon Prime. Sie waren zehn Jahre jünger als ich und noch lange nicht bereit, in den Krieg zu ziehen. Mein Tod würde meinen Vater zwingen, seine Rolle als Berater des Primes aufzugeben und in den aktiven Dienst hier an der Front zurückzukehren. Die Alternative, nämlich den Namen „Zakar" zu streichen und unser Schlachtschiff einem anderen Krieger-Clan zuzuweisen, war undenkbar. Mein Vater würde eher sterben, als seine Familie entehrt zu wissen. Diese Kampftruppe trug den Namen Zakar seit über sechshundert Jahren.

Trist würde es hassen, seine Befehlsmacht zu verlieren und die Leute würden es hassen, weil ... verdammt nochmal niemand den General abkonnte. Damit war bewiesen, dass ich am Leben bleiben musste. Ich war vielleicht nicht freundlich und verschmust, aber ich machte meine verdammte Arbeit.

Als Kommandant war ich nicht verpflichtet, Kampfeinsätze zu fliegen. Aber im Kommandantensessel zu sitzen, Befehle zu geben und anderen Kriegern dabei zuzusehen, wie sie an meiner Stelle starben, war nicht, was ich unter ‚ehrenhaft' verstand. Wenn ich vorher gewusst hätte, wie verdammt schwierig es war, ein Schlachtschiff zu befehlen, dann hätte ich abgelehnt. Ich war der jüngste Kommandant seit hundert Jahren und viele behaupteten, ich sei der verwegenste. Die älteren Generäle bezeichneten mich als Draufgänger. Aber sie hatten keine Ahnung. Ich musste kämpfen. Ich brauchte den Kick. Manchmal wollte ich nicht überlegen, sondern kämpfen ... oder ficken. Und da ich keinen Partner hatte, befriedigte das Kämpfen meine unbändige Wut. Jetzt, in diesem Moment, als die Mission erfolgreich war, müsste ich eigentlich beruhigt sein. *Beruhigt*. Aber das war ich nicht. Ich war weit entfernt davon.

Vielleicht könnte ein heißes, williges Weib mit weicher Haut und einer feuchten Muschi versuchen, mich davon abzubringen, diese Kampfeinsätze zu fliegen.

Die Aufklärungsteams der Hive hatten unseren Bereich seit mehreren Wochen infiltriert und sie entsendeten drei- bis sechsköpfige Teams, die durch unsere Verteidigungslinien hindurch schlüpften und Transportrelais und Cargo-Schiffe umzingelten und angriffen. Kurz gesagt, ließen sie mich zu Hause schlecht dastehen.

Jeden verdammten Abend erhielt ich eine Nachricht von meinem Vater, *nachdem* er den Tagesbericht des Geheimdienstes gelesen hatte. Er hatte es satt, dass mein Sektor in diesem Krieg weiter an Terrain verlor. Scheiß drauf.

Wenn der verklemmte Mistkerl mich heute Abend wieder kontaktiert, dann sollte er mir besser zur Rückeroberung dieses Sektors gratulieren.

Mein Blick wanderte auf den Ortungsmonitor zu meiner Linken, als ich meinen kleinen Fighter zurück zum Schlachtschiff, zu meinem Zuhause lenkte. Jep, das unförmige Raumschiff aus Metall war mein

Zuhause. Die kleinen Explosionen auf dem Bildschirm und das jubelnde Kriegsgeschrei in meinen Ohren versicherten mir, dass die übrigen Schiffe der Hive verfolgt und zerstört wurden.

Ich ordnete das siebte Kampfgeschwader an, mit mir nach Hause zu fliegen, während die anderen beiden Kampfgeschwader die übrigen feindlichen Schiffe verfolgten und ausschalteten. Gefangene zu nehmen, stand nicht zur Option. Hatte die Hive jemanden getötet, konnten wir ihn nicht zurückholen. Diejenigen, welche die Integrationszentralen der Hive in einem Stück überlebten, waren für immer verloren und wurden in die Kolonie entsendet, um dort ihre letzten Tage als kontaminierte Krieger zu verbringen. Für den Rest unserer Leute waren sie gestorben.

Nein. Ich zog es vor, keine Gefangenen zu nehmen. Der Tod aber war eine Gefälligkeit, die ich dem Feind bereitwillig anbot.

„Kommandant, Achtung!" Die Warnung erfolgte im gleichen Moment, in dem der Kollisionsalarm meines Schiffes plötzlich ertönte. Das Warngeräusch war kaum hörbar, als mein Schiff unter mir zerfetzt wurde.

Der Fighter explodierte in einem grellen Lichtblitz. Mein Körper wurde in die Dunkelheit des Weltraums katapultiert, mein Fliegeranzug war das einzige, was mich am Leben erhielt. Die Wucht der Explosion und Kraft, mit der ich herausgeschleudert wurde, waren stärker als jedes Schleudertrauma und jeder wilde Ritt, den ich je unternommen hatte.

„Kommandant? Hören Sie mich?"

Ich war zu schnell, um mich zu orientieren, um den großen, rötlich-orangefarbenen Stern, der dieses Sonnensystem zusammenhielt im Auge zu behalten.

Ich konnte nichts ausrichten oder stoppen. Der Druck auf meinen Organen schmerzte, ich hatte Schwierigkeiten mit dem Atmen und stöhnte, als ich versuchte bei Bewusstsein zu bleiben.

„Holt ihn da raus!"

„Noch ein Schiff!"

Ich verlor den Überblick über die Stimmen, als eine Explosion aus Licht und Hitze von meiner linken Seite aus über mich hereinbrach. Als das Hive-Schiff um mich herum explodierte, rasten die Trümmer so schnell an mir vorbei, dass ich ihnen mit meinen Augen nicht folgen konnte.

Ein scharfer, stechender Schmerz entbrannte in meinem Oberschenkel und ich presste die Zähne zusammen, als mein Anzug mit einem zischenden Geräusch an Druck verlor und die wertvolle Luft mein Blut kühlte. Das Selbstreparationssystem des Anzugs fing sofort an, die Versiegelung wieder zu schließen und mich am Leben zu halten. Aber ich fürchtete, dass es nicht schnell genug gehen würde.

Ich trudelte weiter und schloss meine Augen, um mich einzig auf das hitzige Gespräch in meinem Helm zu konzentrieren. Mir wurde übel und die Galle kam mir hoch.

„Captain, er wurde getroffen. Sein Anzug ist beschädigt."

„Wie lange ist das her?"

„Weniger als eine Minute."

„Transporter, könnt ihr ihn festmachen?" fragte Trist.

„Nein, Sir. Die Explosion hat seinen Transport-Beacon zerstört."

„Wer ist in der Nähe? Captain Wyle, wie sieht's bei ihnen aus?"

„Wir haben sechs neue Hive-Fighter ausgemacht. Sie fliegen direkt in seine Richtung."

„Fangt sie ab." Das war Trist.

„Verstanden." antwortete Captain Wyle.

„Nein!" Ich stöhnte, als Wyle dem vierten Kampfgeschwader umgehend anordnete, in einer Kamikaze-Aktion die sich nähernden Hive-Fighter zu stoppen.

„Verdammt! Holt ihn da raus. Sofort!" Trists Gebrüll tat mir im Kopf weh.

Die Alarmsignale meiner Körpersensoren piepten, als ob ich nicht selber wüsste, dass mein Blutdruck zu hoch und mein Herzschlag viel zu schnell waren.

„Ich nehme den Lazarett-Kreuzer." Das war Rav.

„Keine Zeit. Wyle, hol ihn mit einem Traktorstrahl."

„Sein Anzug könnte der Belastung nicht standhalten", antwortete Rav.

„Entweder das oder die Hive kriegen ihn", argumentierte Trist.

Daraufhin beschloss ich, mich einzuschalten. „Verdammt", zischte ich, „Wyle, tu es." Lieber explodiere ich in eine Million Stücke, als im Cyborg-Kollektiv der Hive zu enden.

„Ja, Sir."

Die Energie von Captain Wyles Traktorstrahl traf mich wie eine Ziegelwand und presste meine Stirn in meinen Helm. Übel.

Ich sah Sternchen und schrie vor Höllenqualen. Es fühlte sich so an, als ob mein gesamtes linkes Bein am linken Knie abgerissen würde. Von überall her ertönten Explosionen und ich zählte sie, um bei Bewusstsein zu bleiben.

Als ich bei fünf angekommen war, wurde alles um mich herum schwarz.

***

Doktor Conrav Zakar, Schlachtschiff Zakar, Krankenstation

„Ist er tot?" Die Stimme des neuen Sanitätsoffiziers zitterte und ich hatte keine Zeit, ihn nach seinem Namen zu fragen. Es war mir auch egal.

„Halt's Maul und hilf mir gefälligst, ihn aus dem Fliegeranzug herauszubekommen." Die standardgemäßen Fliegeranzüge der Koalition waren aus fast unzerstörbarem, schwarzen Panzermaterial und wurden mit spontanen Materiegeneratoren oder MGs auf unserem Schiff erzeugt. Ich benutzte ein Laserskalpell, um damit einen Ärmel abzuschneiden, bevor mich der nächste Vorschlag des jungen Offiziers wieder auf den Boden brachte.

„Warum legen wir ihn nicht auf die MG-Unterlage und beauftragen das Schiff, die Panzerung zu entfernen?"

Genial. Das hieß nicht, dass ich den Kerl mochte. „Wir verlegen ihn."

Ich fasste meinen Cousin und besten Freund unter die Schultern und wuchtete ihn mit meiner gesamten Kraft eines Prillon-Kriegers hoch. Ich hätte ihn alleine tragen können, aber mein Assistent machte einen Schritt nach vorne und hob Grigg unter seine Knie.

Er würde jetzt nicht verrecken. Er hatte da draußen im Kampf ganze Arbeit geleistet und jetzt war ich an der Reihe, meine Arbeit zu machen. Wenn er seinen Kommandoposten nicht verlassen hätte, wäre ich jetzt gerade mit den anderen am Feiern, anstatt ihn ins Leben zurückzuholen. Aber es war jetzt nicht der

Moment, darüber nachzudenken. Dämlicher, starrköpfiger Scheißkerl.

Wir transportierten ihn so vorsichtig wie möglich auf eine pechschwarze Unterlage, wo die blass-grünen Rasterlinien der Scan-Sensoren des MGs rasch damit anfingen, Griggs Panzerung zu untersuchen, damit wir sie schrittweise entfernen konnten. Die äußere Hülle von Griggs Panzerung hatte so viele Mikroverletzungen, dass sie flauschig und nicht glatt und hart aussah. Blut tropfte aus seinem linken Stiefel und machte am Boden ein spritzendes Geräusch, dass mich mit den Zähnen knirschen ließ. Sein Helm war derartig verbogen, dass ich ihn nicht entsichern und abnehmen konnte. Das Visier vom Helm war zersplittert und tausend winzige Risse versperrten mir die Sicht auf Griggs Gesicht.

Wenn die Biosensoren nicht angezeigt hätten, dass er noch lebte, dass sein Herz immer noch schlug, hätte ich es niemals für möglich gehalten, dass irgendjemand in einer derartig zerstörten Panzerung überlebt hätte.

Ich legte meine Hand auf die Steuerung und befahl dem Schiff, Griggs Panzerung zu entfernen. Ungeduldig wartete ich, als das blass-grüne Leuchten seinen Körper umhüllte.

Als das Licht endlich erlosch, lag Grigg nackt und blutend auf der Unterlage und mein Herz stockte.

„Verdammt, Grigg. Du bist am Arsch." Grigg war blutverschmiert, seine eigentlich dunkle, goldene Haut hatte fast überall einen eigenartigen orange-roten Stich. Sein linkes Bein war oberhalb des Knies bis zum Knochen durchtrennt und Blut sudelte mit jedem Herzschlag auf den Boden.

Ich fiel auf die Knie und legte einen Druckverband an, um die Blutung zu stopppen. Das würde ihn nicht heilen, aber es würde die Verletzung davon abhalten, weiter auszubluten während ich seinen sturen Arsch zum ReGen-Block trug.

„Ich brauche mehr Leute hier!" rief ich. Helfer und andere Techniker kamen hinzugeeilt. Helft mir. Vorsicht mit seinem Bein." Ich hob in wieder an den Schultern hoch und versuchte, seinen Kopf davon abzuhalten, wie ein loser Puppenkopf abzuknicken. Weitere Hände kamen zur Hilfe und er wurde zügig vom Tisch gehoben.

„ReGen-Block?"

„Ja. Sofort."

Wir bewegten uns gleichzeitig und schlurften schnell zu dem großen Ganzkörpertank, welcher zur Behandlung der kritischsten Verletzungen verwendet wurde.

„Sollten wir ihn nicht erst betäuben?"

„Sei ruhig oder verschwinde", raunte ich.

„Ja, Sir."

Die Tür der Krankenstation öffnete sich und Captain Trist trat herein. Er warf einen Blick auf Grigg und stoppte abrupt. „Ist er tot?"

„Nein. Aber das ist er bald, falls wir ihn nicht in den ReGen bekommen."

Trist trat zwischen zwei Technikern nach vorne und half uns, Grigg an der Hüfte hochzuheben. Wäre Grigg ein durchschnittlicher Prillon-Krieger, dann wären nicht fünf von uns nötig, um ihn hochzuheben. Aber er war ein verdammter zwei-Meter-fünfzehn großer Gigant. Grigg war wie alle Mitglieder der Kriegerklasse auf Prillon Prime ein Riesenkerl, der aus beinahe dreihundert Pfund harter, magerer Muskelmasse bestand. Zum Krieger geboren war die Prillon-Rasse größer und stärker als die meisten Rassen in der

Koalition. Und die Familie Zakar? Nun, Grigg und ich gehörten zu einem der ältesten Krieger-Clans des Planeten. Er war genetisch dazu veranlagt, ein großer Kerl zu sein.

Ich atmete erleichtert aus, als wir den Kommandanten in das hellblaue Licht des ReGen-Blocks herabließen. Die transparente Abdeckung schloss sich automatisch über Griggs ramponierten Körper, die Sensoren nahmen sofort ihre Arbeit auf. Wir traten zurück und musterten die offenen Verbrennungen und Schnittwunden, die auf seinem Gesicht deutlich zu sehen waren.

„Zum Glück hat er nicht das rechte Auge verloren." Der Sanitätsoffizier, der mich unterstützt hatte, glitt routiniert über das Kontrollpanel und nahm entsprechende Einstellungen vor, damit Griggs Heilungsprozess so schnell voranging, wie es sein Körper erlaubte.

„Er hat Glück, dass er nicht tot ist." Trist schlug seine blutverschmierte Handfläche auf die transparente Abdeckung.

Er drehte sich zu mir, aber ich schüttelte den Kopf. „Fragen Sie nicht mich."

„Du bist sein erster Mann. Ein Familienmitglied. Kannst du ihn verdammt nochmal nicht im Griff behalten? Er kann so nicht weitermachen." Trists hellgelbe Haut lief vor Wut dunkel-gold an. „Er ist der Kommandant dieser Kampfgruppe und kein Infanterist oder Fighter-Pilot. Wir können uns nicht erlauben, ihn zu verlieren."

„Er inspiriert die Truppe." Der Sanitätsoffizier auf der anderen Seite des ReGen-Blocks sprach voller Ehrfurcht in seiner Stimme. „In der Cafeteria reden sie über ihn. Überall reden sie über ihn."

„Müssen sie hier anwesend sein?" fragte Trist.

Der Sanitätsoffizier blickte auf das Kontrollpanel. „Der Kommandant erholt sich ordnungsgemäß. Alle Protokolle für seine Regeneration wurden festgelegt."

„Müssen sie anwesend sein?" wiederholte Trist.

„Technisch gesehen, nein." Der junge Rekrut sah geschockt aus und die Furcht vor Trist ließ seine blasse Haut fast so grau wie seine Uniform werden. Mit gutem Grund. Der Captain war fast genauso groß wie Grigg und doppelt so gemein.

„Lassen sie uns allein."

Binnen Sekunden war ich allein mit dem Captain, der sich auf einen Stuhl in der Ecke des Raumes fallen ließ. „Wie können wir ihn aufhalten? Er verhält sich wie ein Wahnsinniger. Verdammt, als verwandelte er sich in eine wilde Bestie, wie Atlan der Berserker."

Als die Gefahr vorbei war, mischten sich in mir Gefühle der Wut und Erleichterung, als ich mich neben Trist niederließ und wir beide den besinnungslosen Körper des Kommandanten im Auge behielten. An unseren Händen und Uniformen klebte Blut.

„Wir können ihn nicht aufhalten." Ich starrte herunter auf meine blutigen Handflächen und wollte Grigg am liebsten damit würgen. Ich liebte ihn wie einen Bruder, aber der Zorn seines Vaters ließ ihn zu weit gehen. Er nahm zu viel Risiko in Kauf. Er spielte ein sehr gefährliches Spiel und war dabei, es zu verlieren. Er hatte überlebt, also war es kein totaler Verlust, aber beim nächsten Mal? Und danach? Irgendwann würden ihn die Wahrscheinlichkeiten einholen. Beim nächsten Mal wird er vielleicht wirklich draufgehen.

Ich hatte genug davon. Trist hatte genug davon.

Ich hatte schon oft darüber nachgedacht und nur eine Lösung leuchtete mir ein, ich hatte das aber zuvor noch nie angesprochen. Grigg und ich hatten keine Geheimnisse voreinander, aber diese Angelegenheit behielt ich für mich. Ich zog sie in Erwägung. Ich hatte sie in der Vergangenheit verworfen. Jetzt aber, als er in einem ReGen-Block war und eine durchtrennte Oberschenkelarterie, einen Oberschenkelbruch, eine schwere Gehirnerschütterung und wer weiß, was sonst noch alles versorgen ließ, war es an der Zeit.

„Wir werden ihn nicht aufhalten können, aber seine Partnerin könnte es."

Trist streckte die Beine vor sich aus. „Er hat keine Partnerin."

Langsam neigte ich mich ihm zu. „Dann müssen wir ihm eine besorgen."

Trist funkelte mich an. „Wie stellen wir das an?"

Ich stand auf und schritt umher. „Sie haben jetzt die Befehlsmacht."

Die Rangfolge in der Befehlsmacht wurde am ersten Tag in der Kampfausbildung gelehrt. Ich musste es Trist nicht erklären. „Und?"

„Er ist ein Kommandant der Koalitionsflotte. Er ist berechtigt, eine geeignete Partnerin über das Programm für interstellare Bräute anzufordern. Beauftrage mich, ihm eine passende Partnerin zu finden. Beauftrage mich damit, ihn durch das Auswahlprotokoll gehen zu lassen."

Trist machte große Augen. Er lebte sein Leben nicht am Abgrund, so wie Grigg es tat. Er durchdachte alles gründlich und systematisch.

„Und wenn er aufwacht?"

Ich grinste. Das hatte ich mir auch gründlich und systematisch überlegt.

„Der Vorgang geschieht unbewusst. Es ist wie ein Traum. Er wird sich an nichts erinnern, bis es schon zu spät sein wird. Er wird nichts davon erfahren, bis seine Partnerin in Fleisch und Blut eintrifft."

Trist lächelte. Heilige Scheiße, der Mann lächelte. Ich hatte ihn noch nie zuvor lächeln sehen und dachte, sein Gesicht sei verletzt oder dauerhaft in einem wohlwollenden Ausdruck festgefroren.

„Und wird er zu sehr damit beschäftigt sein, sie zu ficken und sich um nichts Anderes mehr kümmern – oder um in Schwierigkeiten zu geraten." Trist starrte mich fünf Sekunden lang an, bevor er anfing, sich kaputt zu lachen.

Das Geräusch schockierte mich dermaßen, dass ich seine Worte nicht verarbeiten konnte.

„Tun sie es, Doktor. Besorgen sie ihm eine Partnerin. Das ist ein Befehl."

KAPITEL 3

Kommandant Grigg, Privatquartiere, Schlachtschiff Zakar

DIE ZEHNTE NACHT in Folge starrte ich unruhig auf die Decke über meinem Bett. Ich wartete. Auf *sie*.

Ich wusste nicht, wer sie war. Eine Göttin, vielleicht? Eine Fantasiegestalt? Ein Abbild, das durch meine Begegnung mit dem Tod heraufbeschworen wurde?

Ich wusste nur, dass mein Schwanz steinhart war und dass ihre weiche Haut und die enge, feuchte Wärme ihrer Pussy mich in meinen Träumen heimsuchten, bis ich stöhnend und schweißgebadet aufwachte und mich gezwungen sah, selber an meinem harten Schaft Hand anzulegen, um die Spannung loszuwerden. Es brauchte nicht viel, vielleicht ein oder zwei Stöße und ich kam wie ein brünstiger Jüngling.

Ich konnte *sie* nicht vergessen.

Selbst jetzt, während der vierten Schicht und

letzten Schicht, während die meisten meiner Leute auf dem Schiff schliefen, fand ich keine Ruhe. Ich habe nicht geruht, seit ich unter Ravs Stirnrunzeln und Captain Trists bösem Blick in dem ReGen-Block aufgewacht bin. Sie verloren kein Wort über meine jüngste Begegnung mit dem Tod. Das war nicht nötig. Mein Vater hatte zwei Stunden lang getobt, bis sein Gesicht vor Wut leuchtend orange war und ich befürchtete, dass meine Ohren wieder zu bluten anfingen. Schon wieder.

„Verpisst euch, alle miteinander." Ich sprach mit niemandem, ich war allein in meinem geräumigen Quartier mit dem riesengroßen Bett, obwohl es genug Platz für drei oder vier Personen bot. Es war nicht so, dass ich keine Frau finden könnte, die mein Bett wärmte, wenn ich das wollte. Ich wollte nicht. Zumindest hatte ich mir bis jetzt nicht allzu viele Gedanken dazu gemacht. Bis jetzt.

Als ich jünger war, hatte ich während der Beurlaubung mehr als genügend Begleiterinnen, um mich zu befriedigen. Als ich älter wurde und im Dienstgrad stieg, erwarteten die Frauen mehr. Es war ihnen nicht genug, mit einem kräftigen, jungen Krieger zu ficken. Sie blickten mich berechnend an. Ich war jetzt ein Kommandant und hatte *Geltung*. Sie wollten *mich*, Grigg, nicht ficken. Sie wollten mit einem Prillon-Kommandanten *verpartnert* werden. Sie wollten Status, Reichtum *und* Macht.

Aber Ficken und Verpartnern waren zwei komplett verschiedene Dinge. Ficken bedeutete ein paar Stunden anonymes Vergnügen. Verpartnern bedeutete … alles.

Meine Faust umgriff meine harte Latte. Mein Schwanz pulsierte und ich war bereit für die Erleichterung. Mit meinem Daumen rieb ich mehrmals auf der Haut entlang der Unterseite. Ich wusste, wie es ging und ich kam schnell. Mein Körper verkrampfte, mein Atem setzte aus, als *sie* in einer verschwommenen Vision meinen Kopf ausfüllte und mein Samen hitzig in meine Hand schoss.

Meine Eier waren – für den Moment – entleert und ich seufzte, schob die Bettdecke weg und lief nackt in das angrenzende Badezimmer. Verdammt, er war wieder steif. Vielleicht stimmte mit mir irgendetwas nicht. Ich würde nicht zu Rav gehen und ihm erzählen, dass mein Schwanz ständig hart wurde, weil ich an eine schöne Frau dachte. Ich atmete durch und griff erneut nach meinem Schwanz. Er sollte mir das verdammt nochmal glauben. Schlimmer noch, vielleicht glaubte er mir tatsächlich und dann würde er sich verdammt nochmal totlachen.

Eine heiße Dusche würde mir eventuell helfen, besser einzuschlafen, aber erst musste ich dem wachsenden Unbehagen in meinen Eiern Abhilfe verschaffen.

Ein paar Momente später schloss ich die Augen und ließ das heiße Wasser über meinen Körper strömen. Ich wusch mich eilig und genoss den Komfort und die Stille. Wir benötigten zum Waschen kein Wasser, aber hielten an der alten Praxis aus einem einfachen Grund fest … Vergnügen.

Mein harter Schwanz war nass und ein Tropfen Flüssigkeit sammelte sich an der Spitze. Verdammt, vielleicht hatte mich der ReGen-Block über-regeneriert und mich mit einer Art Super-Schwanz ausgestattet, denn meine Heilung verlief noch nie so rasant. Mit der Hand umgriff ich die dicke Eichel, drehte mich dem Wasserstrahl entgegen und versuchte, mich in der wärmenden Hitze des Wassers an sie zu *erinnern*.

Der Traum. Ihre feuchte Pussy. Ihre vollen, runden Brüste. Die eigenartige Farbe ihrer Haut, ihre eigenartigen, exotisch dunklen Augen und ihr dunkles Haar. Sie war keine goldene Prillon-Frau, sondern eine Alien-Frau. Merkwürdig. Wunderschön. Ich hielt ihre Beine geöffnet und spreizte ihre Schamlippen mit meinem steifen—

„Kommandant!" Eine aufgeregte Stimme tönte durch den Sprecher meines Badezimmers und ich erstarrte unter der Dusche. Verdammt.

„Zakar, hier", brummte ich. Meine Gedanken an *sie* waren diesmal klarer. Ich erinnerte mich an mehr Einzelheiten und die Benachrichtigung hatte mir das Bild von ihr genommen. Der Augenblick war ruiniert, sie verblasste wieder und verschwand erneut aus meinen Gedanken.

„Kommandant, wir haben einen Notfall. Kommen Sie zur Krankenstation Nummer eins."

„Was ist los?"

Einen Moment lang blieb es ruhig und ich rieb meinen Schwanz ein oder zweimal, dann knurrte ich. Diesmal hatte ich keine Zeit, es zu Ende zu bringen. Ich musste meinen armen Schwanz in eine anständige Uniform zwängen und über mich ergehen lassen, wie der steife, schwarze Panzeranzug meinen Schwanz und meine Eier wie in einem Schraubstock einzwängte.

„Doktor Zakar hat gesagt – ich darf es nicht sagen, Sir."

Ich musste kichern. Ich konnte mir nur denken, was mein spitzfindiger Cousin dem jungen Offizier vorgegeben hatte, mir zu erzählen. „Reden Sie. Was hat er gesagt?"

Der Offizier antwortete mit einem Seufzer: „Er sagte, Sie sollen ihren Arsch zur Krankenstation bewegen und sich verdammt nochmal beeilen. Ihre Partnerin ist da."

„*Meine was?*" Meine Stimme hallte an den Wänden des kleinen Bades wieder.

„Ich soll die Kommunikation jetzt beenden. Sorry, Sir." Die Sprechanlage ging aus und ich trocknete mich ab, mein Kopf drehte sich.

Meine Partnerin? Wovon zur Hölle redete er?

Wenige Minuten später eilte ich den grün markierten Gang in Richtung der Krankenstation hinunter und traf auf meinen Cousin, der nervös auf und ablief.

„Was zum Teufel, Rav?"

Er drehte sich um, als er meine Stimme hörte. „Primes Nierendolch, Grigg. Du bist verdammt langsam." Rav war angespannt, sein Nacken und seine Schläfen waren strapaziert, seine Augen waren gläsern vor Aufregung oder vor Furcht, ich war mir nicht sicher. Ich sammelte mich und besann mich darauf, dass ich auch gegenüber meinen Kriegern Sicherheit und Selbstkontrolle ausstrahlen musste. Mein Puls normalisierte sich und ich presste meine Hand auf Ravs Schulter.

„Ich bin da. Jetzt sag mir, was los ist."

Rav stand kerzengerade in seiner dunkelgrünen Doktoruniform, er schloss die Augen und atmete tief durch. Als ich wusste, dass bei ihm alles in Ordnung war, senkte ich meinen Arm und wartete.

Rav machte die Augen auf, der helle Schimmer war immer noch da und immer noch rätselhaft. „Sie ist hier."

„Wer?"

"Ihr Name ist Amanda Bryant. Sie ist von einem neuen Mitgliedsplaneten namens Erde."

"Wer ist sie? Warum ist sie hier?"

"Sie ist deine ausgewählte Partnerin, Grigg – unsere Partnerin."

Es verschlug mir den Atem. Der ReGen-Block. Die Träume. Alle diese verfickten Träume. Mein aufrechter Schwanz. Die Träume waren echt. Sie hatte einen Namen. Amanda Bryant.

"Was hast du getan?"

Ohne zu antworten wandte sich Rav ab. Anstatt sich zu erklären, ging er in eine kleine Krankenstation und ich folgte ihm. Die Tür hinter uns schloss sich geräuschlos. Man hörte einige Pieptöne der technischen Ausstattung, aber alle medizinischen Geräte arbeiteten leise und effizient. Ich wandte meinen Blick nicht von Rav, um die Patienten zu zählen, aber die Station konnte drei kritische Fälle versorgen und hatte fast zwanzig zusätzliche Betten, die alle mit grau bekleideten Sanitätsoffizieren und ein paar grün uniformierten Ärzten belegt zu sein schienen. Ich ignorierte sie allesamt und wartete auf Ravs Antwort.

"Captain Trist hat es angeordnet."

Das glaubte ich keine Sekunde lang. Trist befolgte die Vorschriften. Rav tat das nicht. Einen Befehl von Trist hätte er nur befolgt, wenn ich außer Gefecht gesetzt wäre, also wenn—

Scheiße. Also wenn ich halbtot und bewusstlos im ReGen-Block liegen würde.

"Conrav?"

Ich sprach ihn mit seinem vollen Namen an. Ich benutzte *nie* seinen vollen Namen.

"Du warst am Verrecken."

"Rav!" Ich brüllte, die Geräte schlugen aus.

„Sie ist hübsch, Grigg", sagte er. Seine Stimme klang beinahe ... sehnsüchtig? „So weich." Er trat einen Schritt näher und flüsterte, sodass nur ich ihn hören konnte: „So verdammt viele Kurven. Gott, ihre Pussy ist pink. Und ihr Hintern. Verdammt, von dem Moment an, in dem sie angekommen war, war ich bereit, sie zu ficken. Warte, du wirst sehen—"

Ein sanftes, weibliches Stöhnen erklang von der anderen Seite eines privaten Untersuchungsraumes, das Geräusch wanderte direkt in meinen schmerzenden Schwanz. Meine Augen weiteten sich, denn tief in meinem Inneren erkannte ich das Geräusch. Ich hatte es in meinen Träumen gehört. Kurz zuvor war ich gekommen, während ich mich nach diesem Geräusch sehnte.

Rav grinste wie ein kleiner Junge an seinem Geburtstag, der gerade dabei war, das größte Geschenk auszupacken. „Sie wacht auf."

Trotz meines Ärgers über Ravs und Trists Einmischung war ich neugierig und folgte dem Doktor, als er in das kleinere Untersuchungszimmer eintrat. „Sie gehört mir?"

„Ja. Ausgewählt über die formalen Protokolle des Programms für interstellare Bräute. Die Übereinstimmung lag bei fast einhundert Prozent. Sie ist in jeder Hinsicht perfekt für dich."

Ich hatte es verdammt nochmal satt, dass die Koalition über jede Einzelheit meines Lebens bestimmte und war mir nicht sicher, dass es diesmal anders sein würde. Es gab so viele Protokolle, alle waren makellos. Als Anführer hatte ich die Protokolle satt. Deswegen hatte ich Trist zu meinem Stellvertreter ernannt, er liebte diesen Scheiß.

„Cousin, ich weiß, dass du aufgeregt bist, aber ich bezweifle—"

Schließlich erblickte ich meine Partnerin, meine Braut und erstarrte. Rav grinste und ging an mir vorbei, er holte seine medizinische Ausrüstung.

„Wofür das alles?" fragte ich. Meine Stimme klang erstaunt.

„Um sie zu untersuchen und zu testen. Ich musste warten, bis sie aufwacht und bis du dabei bist."

Sie war atemberaubend. Volles, dunkles Haar ruhte dick gelockt auf dem dünnen Kopfkissen. Ihre Haut war nicht golden oder gelb wie die der Prillon-Frauen, sondern hatte einen weicheren, tieferen, dunkel-cremefarbenen Farbton. Sie lag mit dem Rücken auf einem Untersuchungstisch.

„Sie wurde hier hertransportiert?"

Rav schüttelte den Kopf. „In den Transporterraum, aber sie wurde hierher verlegt."

„Etwa so?" Ich sah rot, denn sie war prächtig und nackt und sie gehörte *mir*. „Wer hat sie so alles gesehen?"

Ravs freudiger Gesichtsausdruck – der ihres zweiten Partners – wandelte sich in das nüchterne Gesicht eines Arztes.

„Ich war da, als sie eintraf. Ich habe sie direkt in das Tuch, das unter ihr liegt, gewickelt."

Ich sah den weißen Bezug, der über den Ecken des Tisches herüberhing.

„Niemand hat sie so gesehen, außer mir."

Ich schielte nach hinten, die Tür war fest verschlossen.

„Gut, Rav. Niemand darf sie so sehen. Niemals." Ich knurrte das letzte Wort hervor und ein instinktiver Drang, sie zu beschützen kam plötzlich und unnachgiebig in mir hoch. Das hätte ich niemals für möglich gehalten. Meine Reaktion war irrational, denn unserer offiziellen Verpartnerungszeremonie würden Krieger beiwohnen, die Rav oder ich gewissenhaft ausgewählt hätten, damit sie die Heilige Nacht bezeugen und segnen. Aber sie würden uns dabei zusehen, wie wir sie fickten, wie wir sie für uns beanspruchten und zu unserem Eigentum machten und nicht einfach nur ihren schönen Körper bewundern.

Ihr Gesicht war delikat und feiner als alle Frauengesichter, die ich je gesehen hatte. Ihre Brüste waren voll und reif und ihre Pussy hatte, wie Rav versprach, einen geheimnisvollen, dunkel-pinken Farbton, den ich nie zuvor gesehen hatte. Ich sehnte mich danach, mich runter zu beugen und meine raue Zunge durch die zarten Einbuchtungen gleiten zu lassen, um ihren exotischen Geschmack zu entdecken. Ich wollte meine Schultern zwischen ihre perfekten Oberschenkel zwängen und sie auseinanderspreizen, um sie mit meiner Zunge zu ficken. Der Gedanke ließ meinen Mund feucht werden.

„Was für eine Art Frau sagtest du, ist sie?" fragte ich, ohne meinen Blick von ihr abzuwenden. Sie regte sich, aber ihre Augen waren noch geschlossen. Es war, als würde sie von einem Nickerchen aufwachen, nicht nach einer Reise durch die Galaxie.

„Erde. Die Rasse bezeichnet sich selber als Menschen."

„Ich habe noch nie eine Frau wie sie gesehen." Wirklich nicht. Sie war schön, üppig, exotisch. Keine Frau ließ sich mit ihr vergleichen.

„Sie ist die allererste Braut von ihrem Planeten."

Ich war schockiert und schaute zu Rav. „Die erste Braut?"

Er nickte. „Ja. Der Planet Erde wurde vor zwei Wochen ein provisorisches Mitglied der Koalition. Die Hive haben ihre Erkundungsgänge in die äußeren Bereiche ausgeweitet. Transportzone 2."

Langsam verstand ich. „Sie hatten es auf die Krieger in der Kolonie abgesehen."

Rav nickte. „Höchstwahrscheinlich hatten sie aber stattdessen den Planeten Erde entdeckt. Ihr Angriff zwang die Koalition, mit der Erde in Kontakt zu treten. Ihre Leute wissen erst seit wenigen Wochen von der Existenz anderer Lebewesen im Universum."

Jetzt kamen mir die Berichte in Erinnerung. Ein kleiner Planet. Angeblich sehr schön, mit einer Mischung aus Blau und Weiß und mit primitiven—

„Planet Erde wurde die vollwertige Mitgliedschaft vorenthalten, da sie dort zu rückständig sind, wenn ich mich recht erinnere. Sie hatten sich geweigert, sich zusammenzuschließen und einen Prime zu wählen?"

Rav zog seine medizinischen Geräte näher heran und nickte bestätigend. „Ja. Sie sind noch damit beschäftigt, Grenzen zu ziehen und sich wegen ihrer Territorien wie wilde Tiere gegenseitig umzubringen. Aber falls sie ein bisschen ungehobelt ist, dann wird es mir ein Vergnügen sein, diesen runden Arsch zurecht zu versohlen."

In diesem Moment hörte er sich gar nicht wie ein Arzt an. Er klang wie ein Mann, der seine Partnerin zum ersten Mal zu Gesicht bekommen hatte und sehr auf sie erpicht war und über sie fantasierte.

Seine Gedanken spiegelten die meinen wider. Aber nur im Fall, dass Ravs Poklatscher nicht ausreichen, würde ich ihre pinkfarbene Pussy mit meinem harten Schwanz ausfüllen, ihren Arsch ficken, bis sie meinen Namen schrie, ihren Mund mit meinem Samen füllen und sie mit meiner festen Hand in ihrem Haar nach hinten ziehen, damit ich ihre reizende Kehle streicheln konnte, während sie alles von mir runterschluckte. Wenn wir wirklich zueinander passten, dann würde sie mein Bedürfnis nach Kontrolle genauso zu genießen wissen wie ich ihre Lust danach, gesteuert zu werden. Sie würde ein bisschen Härte genießen, ein bisschen Zügellosigkeit. Es würde ihr Freude bereiten, von zwei Kriegern beherrscht zu werden.

In mir kamen Lust und ein primitives Bedürfnis hoch, meine Partnerin zu markieren und für mich zu beanspruchen. Es war wie die Eruption eines Vulkans und mein Knurren hallte durch den Raum, bevor ich mich zusammenreißen konnte.

Scheiße. Ich war ruiniert.

Meine kleine Partnerin öffnete die Augen, ihr Blick verriet Sorge und Furcht, was mir nicht gefiel. Ihre Augen waren einzigartig. Ich wollte mich in ihrem dunklen Braunton verlieren. Im Moment verengten sich ihre Augen voller Misstrauen oder Sorge und mir wurde bewusst, dass ich nur einen einzigen Ausdruck auf ihrem Gesicht sehen wollte—Lust, Sehnsucht, Hingabe.

Und Verzweiflung, wenn sie mich um Erlösung anflehte.

Das waren also genau vier Ausdrücke.

„Verdammt, Grigg. Hör auf, sie zu verängstigen. Ich möchte die Untersuchung abschließen damit wir sie in dein Quartier bringen können."

Ich nickte zustimmend und war ganz wild darauf, sie in mein Bett zu bringen, wo wir sie zum ersten Mal wirklich erobern würden und die gesamten Vorteile unseres Partnerschafts-Halsbandes, welches wir um ihre Kehle legen würden, auskosten könnten.

Ich beobachtete, wie der ausdrucksvolle Blick meiner Partnerin von mir zu Rav und wieder zurückwanderte. Sie erfasste alles im Raum, die Lichter, die medizinische Ausrüstung, die Tür, aber sie machte keine Anstalten, sich zu bedecken, als wäre ihr Körper egal.

Ich fand ihr Verhalten merkwürdig und äußerst faszinierend.

Um sie nicht einzuschüchtern, ging ich langsam einen Schritt nach vorne und beugte mich ihr zu. „Willkommen. Ich bin Grigg, dein auserwählter Partner und das ist Conrav, mein Gefährte."

Sie rührte sich nicht, aber sie antwortete und ihre Stimme machte meinen Schwanz noch härter, was eigentlich unmöglich war. „Amanda."

Ihr Name genügte mir nicht. Ich wollte ihre Stimme hören, wenn sie meinen Namen schrie, ungestüm und voller Lust und brechend, wenn sie flehte.

Sie schaute auf sich herab und schluckte. „Verdammte Scheiße, meine Haare sind weg."

Ihre Haut war wirklich glatt und makellos, wie es bei allen Frauen der Fall sein sollte. Ich sagte nichts, schließlich wusste ich nicht, wie sie vorher ausgesehen hatte, aber ich war erfreut über den weichen Schimmer ihrer Haut und den prachtvollen Anblick ihrer Pussy.

Sie sah, wie ich sie anschaute und räusperte sich. „Okay, also keine Rasur mehr. Das ist von Vorteil, oder?" Ihre Beine verlagerten sich auf dem Untersuchungstisch und ich unterdrückte die Anweisung, die in meinen Gedanken hochkam. Ich wollte ihre Beine nicht geschlossen sehen, ich wollte, dass sie weit geöffnet blieben, weit geöffnet für meinen Schwanz, meinen Mund … für was auch immer zur Hölle ich wollte.

„Kann ich bitte eine Decke oder Ähnliches kriegen? Kleidung?"

Ich schüttelte mit dem Kopf. „Noch nicht. Rav ist Arzt. Er muss deine medizinische Beurteilung erst noch abschließen."

Eine feine Linie zeichnete sich zwischen ihren glatten Brauen ab, ihre dunklen Augenbrauen standen im starken Kontrast zu ihrer cremefarbenen Haut. Ihr Gesicht sah anders aus als unsere Gesichter, es war weich und rund, voller weicher Kurven und Vertiefungen, die ich gerne mit meinen Fingern und Lippen erkunden wollte. Ich wollte herausfinden, wie ihre Haut schmeckte und ob ihr exotischer Geschmack ihrem Geruch entsprach. Sie roch süß und feminin, eine ungewöhnliche Blume, die noch erforschen musste.

„Ich wurde in der Abfertigungszentrale untersucht." Sie schaute sich nochmals um. „Auf der Erde."

Rav kicherte. „Nein, Schätzchen. Die Flotte verlangt, dass jeder Neuankömmling einer kompletten medizinischen Untersuchung unterzogen wird, bevor er zur Allgemeinbevölkerung gelassen wird." Er nahm ein kleines Gerät und prüfte, ob es einsatzbereit war. Ich hatte keinen Schimmer, wofür das Ding da war.

Sie hob ihre dunklen Augenbrauen und ich wollte sie anfassen und die Sorgenfalte glattstreichen. Sie fragte: „Ich dachte, Sie wären mein ausgewählter Partner."

Ich nickte einmal. „Ja, das bin ich."

Sie blickte auf Rav, der sich demütig verbeugte, so wie ich auch. „Aber—?"

„Ich bin Doktor Conrav Zakar, dein zweiter Partner, Amanda Bryant von der Erde."

„Zweiter Partner?" Ihr Gesicht lief dunkelrosa an,

es war nicht so bezaubernd wie das Pink ihrer Pussy, aber trotzdem sehr süß. „Ich bin nicht—oh Gott." Ihre dunklen Augen blickten auf alles außer uns, ihre Partner, als sie vor sich her murmelte: „Dieser Traum. Mist. Dieser Traum. Oh Gott, ich bin total pervers und jetzt das? Zwei von denen? Verdammt. Robert hatte gesagt, dass dieser Job perfekt zu mir passen würde. Würden ihm zwei Partner gefallen? Ich kann das nicht durchziehen. Ich kann's nicht."

KAPITEL 4

ICH HATTE VON LEUTEN GEHÖRT, die in ungewohnten Situationen durchdrehten, in Panik gerieten. Ich aber nicht. Ich wurde als Chamäleon bezeichnet. Meine gemischte Herkunft und mein sprachliches Talent machten es einfach, mich an jede neue Umgebung, jeden Job anzupassen. Aber noch nie war ein verdammtes Chamäleon ins Weltall geflogen. Es ... es war verrückt. Die beiden Männer vor mir waren keine Waffenhändler, Auftragsmörder, russische Mafiosi oder von der chinesischen Triade. Sie waren Aliens. Wie im verdammten Weltall.

Sie waren groß. Verdammte Scheiße, sie waren groß. Sie waren deutlich über zwei Meter groß und wie samoanische Rugbyspieler gebaut. Rugbyspieler auf Steroiden. Mit ihrer goldenen Haut und den goldenen Augen sahen sie nicht wie Menschen aus. Der Größere von beiden, Grigg, hatte dunkle, rostfarbene Augen und hellbraunes Haar, das wie die Karamellsoße auf einem McSundae aussah. Sie sahen auch nicht aus, wie die kleinen, grünen Männchen aus den Science-Fiction-Filmen. Tatsächlich waren sie sehr gutaussehend. Attraktiv. Robust. Riesig. Und angeblich waren wir kompatible Partner. Kompatibel! Irgendein Auswahlvorgang hatte – uns? Wie zum Teufel wurde ich für zwei Typen ausgewählt? –zusammengebracht als perfekte Partner, die genau zueinander passten.

Und mein *zweiter* Partner? Conrav, der Doktor? Er war fast genauso groß, hatte dieselben, kantigen Gesichtszüge und goldene Färbung, aber seine Augen sahen im Sonnenlicht wie Honig aus und sein Haar hatte eine hellgoldene Farbe, die so schön war, dass ich meinen Blick abwenden musste.

Einer Sache war ich mir sicher, sie waren … absolut heiß. Aber das tat nichts zur Sache, denn ich war im verdammten Weltall und der eine Typ, Rav, bewegte einen blinkenden Sensorstab über mir hin und her.

Ich setzte mich aufrecht hin und griff nach dem Laken unter mir—warum lag es anstatt auf unter mir? Ich hatte keine Ahnung.

„Du denkst zu viel nach. Unseren neuen, menschenspezifischen Daten zufolge ist dein Puls zu schnell und dein Blutdruck ist abnormal hoch." Conrav klang jetzt nüchtern, das Verlangen, welches ich mir in seinen Augen vorgestellt hatte, war vollkommen verschwunden. Und das machte mich, aus einem unbekannten und nicht nachvollziehbarem Grund noch wütender, als von zwei lüsternen Alien-Männern angeglotzt zu werden.

Ich starrte ihn an und schlug den Stab beiseite,

dankbar für den eigenartigen Prozessor in meinem Hirn und den leichten Kopfschmerz, den er verursachte, denn mir war klar, dass ich ohne das Ding kein Wort von dem verstehen würde, was die beiden Männer sagten. „Nun, Conrav Zakar, man muss kein Arzt sein, um zu verstehen, dass meine Herzfrequenz und mein Blutdruck aufgrund des sogenannten Weißkittelsyndroms erhöht sind."

„Du kannst mich Rav nennen, Liebes."

„Nimm dieses Ding weg."

Rav runzelte die Stirn. „Dieses Syndrom ist mir nicht bekannt. Kommt es auf der Erde vor? Ist es ansteckend? Es müsste von den Biofiltern des Transportsystems eliminiert worden sein."

Grigg stand mit gekreuzten Armen an die Wand gelehnt und lachte. „Ich glaube sie meint damit, dass sie nervös ist, insbesondere in Gegenwart eines Arztes."

„Er hat Recht. Auf der Erde tragen die Ärzte weiße Laborkittel, zumindest da, wo ich herkomme." Als Rav mich erleichtert anschaute, weil ich keine seltsame Krankheit verbreiten würde, fügte ich hinzu: „Mit mir ist alles in Ordnung. Nervös, ja. Ich bin auf einem Raumschiff im Weltall. Bis vor ein paar Monaten wusste ich noch nicht einmal, dass es euch gibt. Und jetzt bin ich hier und kann nie mehr zurückkehren."

Ich hasste es, wie meine Stimme sich dabei überschlug. Ich zog das Laken ein bisschen fester um mich herum und seufzte. Die dürftige Bedeckung half mir aber ganz und gar nicht dabei, mich besser zu fühlen.

Grigg löste sich von der Wand und stellte sich zu Rav. Der eine war dunkel, der andere war hell. Grigg trug eine schwarze Panzerung und ich erkannte die Uniform als eine der standardgemäßen Militäruniformen der Fronttruppen der Koalition. Der andere trug ein dunkelgrünes Shirt und Hosen. Der Stoff zeichnete sich auf seiner enormen Brust ab und er sah furchteinflößend und unglaublich kraftvoll unter seiner Kleidung aus, obwohl diese nicht so dick wie Griggs Panzeranzug war. Das grüne Outfit musste auch eine Uniform sein, denn niemand würde sich freiwillig so anziehen.

Ich fragte mich, wie die beiden nackt aussehen müssten, mit ihren bloßen Oberkörpern und diesen Schultern.

Was stimmte nur nicht mit mir? Ich war seit gerade mal zwei Minuten bei Bewusstsein und schon wollte ich die beiden wie ein Kletteraffe bespringen.

„Dieses Schiff ist jetzt dein Zuhause. Wir werden deine Familie sein. Sobald du medizinisch freigegeben worden bist, können wir zusammen unser neues Leben beginnen." verkündete Grigg.

Ich schaute zu ihnen auf und fühlte mich winzig. Die Art, mit der sie mich ansahen, bewirkte, dass ich mich weiblich, begehrt und willkommen fühlte. Noch nie hatte ich mich in der Gegenwart eines Mann so gefühlt. Noch nie. Aber, deswegen war ich nicht hier. Das durfte ich nicht vergessen.

„Eine Sache." Ich winkte mit dem Finger zwischen den beiden. „Es ist das ‚uns' in dem Satz, womit ich nicht klarkomme."

Grigg schaute zu Rav.

„Auf der Erde habt ihr keine Zweitpartner?" fragte Rav.

„Ähm, Zweitpartner? Du meinst einen Dreier?"

„Ja, Dreier. Du gehörst zu uns beiden. Bald werden wir nicht nur Partner sein, sondern wir werden uns in der feierlichen Verpartnerungszeremonie an einander binden und unsere Vereinigung wird für immer Bestand haben."

Ich schüttelte mit dem Kopf. „Auf der Erde gibt es keine dauerhaften Dreierbeziehungen. Es ist eine einmalige Sache. Manche wollen es beim Sex ausprobieren, aus Spaß."

„Heißt das, ihr fickt mit zwei Männern nur aus Vergnügen, ohne Partnerschaft?" fragte Rav.

Ich machte große Augen und meine Wangen wurden heiß. „Ich? Nein. Nein, nein, nein. Ich bin nur davon ausgegangen, dass ich einem Partner zugeteilt werden würde, nicht zwei. Zwei Ehemänner oder Partner zu haben ist da, wo ich herkomme, illegal."

„Illegal? Das Gesetz schreibt euch vor, dass ihr nur einen haben dürft?" Rav grinste und ich schwöre, beide schoben die Brust heraus. !Mit zwei Partnern wird es dir viel besser gefallen."

„Ja," fügte Grigg kopfnickend hinzu, „zwei Männer beschützen dich."

„Geben dir Geborgenheit."

„Verwöhnen dich."

Beide fügten abwechselnd weitere Vorzüge hinzu.

„Berühren dich."

„Ficken dich."

„Lecken dich."

„Lassen dich vor Lust schreien."

Grigg verlautete das Letztere mit einer tiefen, ernsten Stimme, die mir eine Gänsehaut gab.

Der Stab in Ravs Hand hatte Spiralen, die hellblau zu leuchten anfingen. Er hielt das Ding hoch, bewegte es nochmals vor mir hin und her und fragte schließlich grinsend: „Gefällt dir der Gedanke."

Ich versuchte, auf dem Tisch nach hinten zu rutschen, aber meine Knie waren über die Fußstützen gebeugt und ich konnte nicht einfach weiter nach hinten rutschen, um von ihm wegzukommen. Die beiden Männer kamen einen Schritt näher. „Was? Nein. Nein, nein, nein."

„Du sagst ziemlich oft ‚Nein', Alien. Es wird unser Job sein, dich öfter dazu zu bringen, ‚Ja' zu sagen." sagte Grigg und seine verheißungsvollen Augen stellten mir tausend Arten der erotischen Folter in Aussicht.

Verdammt, das war echt geil.

„Die Vorstellung, dass ihr beiden mich fickt, gefällt mir nicht." Das war eine fette Lüge, aber ich kannte diese Männer, diese ... *Aliens* nicht und ich sollte nicht scharf auf sie sein. Der Gedanke, dass die beiden mich auf diesem Examenstisch so positionieren konnten, wie sie es wollten, um mich gleichzeitig zu ficken, sollte mich nicht antörnen. Vielleicht würde einer in meine Muschi und der andere—

Das Licht des Stabs wechselte von blau zu rot.

„Du wirst uns niemals anlügen, Amanda. Niemals. Was wir miteinander teilen werden, wird allein auf der Wahrheit beruhen. Du hast jetzt Gelegenheit, das zu begreifen, aber von nun an wirst du deine Bedürfnisse und Sehnsüchte nicht verheimlichen, oder du wirst dafür bestraft werden. Dein Mund mag eine Sache sagen, aber dein Körper—" Grigg deutete auf das Stab-ähnliche Ding „—lügt nicht."

„Dieses Ding kann nicht wissen, was ich will." Oder konnte es das? Hatten sie etwa auch Geräte, die Gedankenlesen konnten? Oder einen verdammten Zauberstab, wenn wir schon dabei waren?

Rav antwortete und lehnte sich dabei so nahe an mich heran, dass ich die Hitze seines Körpers spüren konnte, und diese Hitze ließ mich erzittern. „Es erfasst all deine Körperfunktionen. Also Herzfrequenz und

Blutdruck, aber auch den Grad deiner Erregung, die Hitze auf deiner Haut, den heftigen Blutandrang zu deiner pinkfarbenen Pussy."

Ich schlug mein Haar von meiner Schulter zurück. „Da, wo ich herkomme, werden die Herzfrequenz und der Grad der Erregung nicht gleichzeitig gemessen und sie sind auch nicht gleichbedeutend, um am Leben zu bleiben."

„Ah, darin unterscheiden wir uns also. Falls du dich nicht zu uns hingezogen fühlst, durch uns erregt wirst, dann ist keine Bindung zwischen uns möglich." Griggs raue Stimme gab mir eine Gänsehaut und ließ meine Nippel hart werden. Gott, wie würde es sich nur anfühlen, seinen Schwanz so tief, wie er es befahl, in mir drin stecken zu haben— „Partner binden sich für das ganze Leben, Amanda. Falls keine Bindung entsteht, müssen Krieger ihre Braut an einen anderen abgeben, an einen Partner, der sie erregt, ihre Bedürfnisse befriedigt und dem sie vertraut. Wenn also eine neue Braut eintrifft, dann ist es entscheidend, zu testen, ob sie angetörnt wird – ob sie zum Höhepunkt kommt – und sicherzustellen, dass kein medizinisches Problem vorliegt, dass sie davon abhält, die erwartete Anziehung und Kompatibilität gegenüber ihren Partnern zu spüren."

Mein Kiefer klappte nach unten, ich starrte die beiden mit großen Augen an und blickte dann zur Tür. „Ihr wollt mir damit sagen, mich anzutörnen ist Teil der medizinischen Untersuchung?"

„Wir wollen dich nicht verärgern, Amanda Bryant. Ich muss dein Nervensystem und dessen Reaktionen testen. Anschließend werden wir dich ficken, Liebes." beteuerte Rav, als ob ich mich beschwert hätte. „Es tut mir leid, dass wir nicht direkt mit dem Ficken loslegen können. Entsprechend den Vorgaben des Protokolls müssen wir dich zuerst mit unseren medizinischen Geräten testen."

Das beruhigte mich. Die beiden waren absolut heiß, aber ich würde nicht sofort mit ihnen ficken. Ich war keine Schlampe und ich wollte auch nicht, dass sie das über mich dachten. Darüber hinaus war es mein Job. Nur ein Job. Das durfte ich nicht vergessen. Ja, ich hatte eingewilligt, hier herauszufliegen und eine Alien-Partnerin zu werden. Aber an erster Stelle war ich immer noch eine Agentin. Meine Loyalität galt meinem Land, meinem Planeten, den Männern, Frauen und Kindern, zu deren Schutz ich mich in den vergangenen fünf Jahren verpflichtet hatte. Sie wollten mich an ein Gerät anschließen, das meine Nerven reizen würde? Meinetwegen. Wahrscheinlich hatte ich Schlimmeres erlebt.

„Wenn ich euch einfach mal sage, dass ihr zwei heiße Typen seid?"

Sie schauten sich kurz an, aber wieder einmal schien Grigg mich mit den Augen aufzufressen, während Rav das Reden übernahm. „Unsere Körpertemperatur ist dieselbe wie deine, daher verstehe ich nicht, warum du glaubst, wir wären zu heiß."

Ich musste lächeln. „Sorry, das ist nur so ein Ausdruck. Ich finde euch attraktiv."

Rav seufzte. War da etwa Erleichterung in seinem Blick? Keine Sekunde lang hätte ich es für möglich gehalten, dass diese großen, furchteinflößenden Alien-Krieger sich darum sorgen könnten, was ich von ihnen halten würde. Dass sie besorgt darüber wären, *ich* würde sie nicht *wollen*. Ich war hier das Alien, die eigenartige Kreatur.

Ich stellte mir vor, dass ihre Frauen wohl weit über

eins achtzig groß, goldfarben und wie Spitzenathleten aussehen müssten. Und ich? Ich war durchschnittlich groß, hatte dunkelbraunes Haar, das gerade genug Locken hatte, um ein wenig ungestüm und niemals zurechtgemacht auszusehen, durchschnittlich große C-Körbchen, einen zu runden Arsch und war überall übermäßig weich. Perfekt für eine Spionin und um überall dazugehören zu können. Meine Augen waren schön, das dunkle Braun erinnerte mich an heiße Schokoladensoße auf einem McSundae. Aber sie waren das einzig wahrhaftig Außergewöhnliche an mir. Der Rest war weich und langweilig und ich war bei Weitem nicht so groß wie die Frauen, an die sie gewöhnt sein mussten.

Gott, und sie wollten, dass ich mit ihnen beiden gleichzeitig ficken würde? Mich mit ihnen verpartnern würde? Für immer?

Oh nein, meine Muschi war dabei, mich zu hintergehen. Sie fing an, heiß zu pulsieren, als Bruchteile des Traumes, den ich in der Abfertigungszentrale gehabt hatte, durch meinen Kopf spukten. Plötzlich konnte ich nur nach an Grigg denken, der hinter mir stand und mich zwang, seinen Schwanz zu nehmen und ihn zu küssen, während Ravs Zunge sich abwärts in Richtung meiner—

„Der Test sollte einfach vonstattengehen." Rav grinste verschmitzt und ich presste meine Schenkel unter dem Stück Laken enger zusammen, als das Gerät in seiner Hand auszuschlagen schien. „Liebes, gestattest du mir, dich jetzt zu testen?"

„Willst du testen, wie sehr du mir gefällst?" Was auch immer. Ich gab es zu. Was für eine Art Test könnten sie mit mir anstellen? Sie könnten hundert dieser Stab-artigen Geräte in die Luft halten, es war mir egal. Ich musste nur eines dieser Dinger in die Finger bekommen und es zur Erde zurücksenden. Ich war ziemlich überzeugt davon, dass dieser Zauberstab eine dieser Technologien war, welche die Aliens uns vorenthielten.

Rav nickte. „Ja. Ich muss unsere Kompatibilität und Anziehung testen. Das gehört zum Protokoll, Amanda. Jede Braut muss es bei ihrer Ankunft über sich ergehen lassen."

Ich zuckte mit den Schultern. „Okay. Dann leg los."

„Sehr gut", antwortete er, „dann leg dich auf den Tisch, den Kopf auf das Kissen. Ja, genau so. Jetzt hebe deine Hände und berühre damit die Wand hinter deinem Kopf. Dort hin, die Hände näher beieinander."

Ich legte mich auf den Untersuchungstisch, zog das Laken über mir zurecht und presste mit den Händen gegen die Wand. Es war komisch, aber meinetwegen. Ich konnte mich gut anpassen. Ich war ein Chamäleon.

* * *

Conrav

ALS DIE FESSELN aus der Wand kamen und ihre Handgelenke umschlossen, ließ der Ausdruck auf Amandas Gesicht erkennen, dass Handfesseln bei medizinischen Untersuchungen auf der Erde nicht üblich waren. Als sie sich gegen die Fesseln zu wehren begann, machte ich mir Sorgen.

„Amanda, bleib ruhig." Ich ging zur Seite des

Tischs und strich ihr dunkles Haar aus ihrem Gesicht. „Schhh."

„Ich brauche solche Fesseln nicht. Mach mich wieder los!"

Ihre Augen waren groß und wild.

„Das ist eine Sicherheitsmaßnahme." sagte Grigg. „Rav wird die Tests abschließen und wir müssen sicherstellen, dass die Werte exakt sind. Halt still."

„Was werdet ihr mit mir machen?"

Grigg ging zur anderen Seite des Tisches und blickte auf sie herab. Seine Hand strich an ihrem gebeugten Arm entlang. „Es wird nicht weh tun."

„Keine Nadeln? Ich hasse Nadeln. Du kannst mich schlagen oder foltern, aber bitte bloß keine verdammten Nadeln."

Ich schüttelte den Kopf und dämpfte meine Stimme, um unsere Partnerin zu beruhigen. Man hatte sie geschlagen? Ich würde sie später danach fragen, aber jetzt musste ich sie beruhigen. „Keine Nadeln."

„Nur Vergnügen." fügte Grigg hinzu, obwohl er vorher noch nie bei einer dieser Untersuchungen dabei gewesen war.

Wir redeten weiterhin mit sanfter Stimme auf sie ein, bis sie sich beruhigte. Ich schaute auf die Zahlen an der Wand über ihren Handgelenken. Die Fesseln waren mit Sensoren ausgestattet, die ihren Biorhythmus überwachten. Ihre Herzfrequenz war weiterhin erhöht, aber das bereitete mir keine Sorgen. Amanda hatte Recht, sie *sollte* nervös sein.

Wenn ich sie in die richtige Stellung bekommen könnte, würde sich bewahrheiten, was Grigg angemerkt hatte. Sie würde während des Tests pures Vergnügen empfinden.

Ich drückte einen Knopf an der Wand und der

Tisch begann, sich unter ihren Beinen zurückzuziehen. Ihr runder Hintern war jetzt an der Kante des Tischs, genau da, wo ich ihn brauchte. Ich nahm ihren schmalen Knöchel und hielt ihn hoch, damit ihre Beine oben blieben, bis die Beinstützen in der richtigen Position waren. Grigg hielt ihr anderes Bein und folgte meinem Beispiel.

„Ich brauche keine gynäkologische Untersuchung." murmelte sie, als sie an sich herunterschaute. „Und wenn, dann will ich dabei nicht festgebunden sein."

„Das ist keine gynäkologische Untersuchung." erklärte ich, während ich einen Insertionsstab für Bioprozessoren von einem Rolltablett nahm. Grigg beobachtete jede meiner Bewegungen und ich unterdrückte meine Irritation darüber. Das alles war neu für ihn und sie war außerdem seine Partnerin. Er bewachte und beschützte sie. „Das ist ein Stab für Bio-Implantate. Ich habe zwei, einen für deine Blase und einen für deinen Arsch. Die gesamten biologischen Prozesse deines Körpers werden von jetzt an von den Bio-Regulierungseinheiten des Schiffes überwacht und gesteuert."

„Ich verstehe nicht." Amandas Brustkorb hob sich und ich musste mich heftig zusammenreißen, um nicht durch das Heben und Senken ihrer Brüste abgelenkt zu werden. Ich sehnte mich danach, ihre Haut zu berühren, sie zu kosten. Nach so vielen Jahren, in denen ich dachte, Grigg würde nie eine Partnerin wählen, konnte ich mich kaum zurückhalten.

„Alle Abfallstoffe werden von den spontanen Materiegeneratoren des Schiffes recycelt und umfunktioniert. Die Implantate werden die Abfallprodukte deines Körpers automatisch entfernen und recyceln." Ich zog sanft das Laken weg und ließ es fallen, sodass es in

Richtung Boden hing und ihr üppiger Körper wieder unbedeckt war.

„Was?" Sie leistete erneut Widerstand und zog an den Fesseln, die ihre Handgelenke an der Wand fixierten. Ihr Körper war kurvig und perfekt, ihre Taille war schmal im Vergleich zu den auslaufenden Hüften und den sehr fülligen, runden Keulen ihres Hinterteils. Ihre Pobacken würden mehr als nur eine Handvoll sein und ich konnte es nicht erwarten, sie zu versohlen und dabei zuzuschauen, wie sie wackelten und schwankten, wie sie dunkel-pink anlaufen würden, wie sich ihr schmerzhaftes Stöhnen in Lust wandeln würde, sobald ich ihre Pobacken umgreifen und weit auseinanderspreizen würde, um sie für mich zu beanspruchen und ihren Arsch mit meinem Schwanz ausfüllte.

Grigg musste bemerkt haben, dass meine Gedanken abschweiften, denn er antwortete. „Du wirst nie mehr deinen Körper entleeren müssen."

„Was?" Aus irgendeinem Grund machte sie das wütend und sie zerrte stärker an den Fesseln, ihre Brüste wankten, beim Versuch sich zu befreien, von Seite zu Seite.

„Die Handgelenkfesseln sind ebenfalls Sensoren, Amanda, und können nicht entfernt werden, bis ich den Testvorgang abgeschlossen habe." Ich sprach mit der ruhigsten, harmlosesten Doktorstimme. „Ich habe auch Fußfesseln, aber die dienen ausschließlich dazu, dich festzuhalten. Kannst du in dieser Position bleiben oder muss ich dich sichern?"

Sie blickte mich an, als ob sie mich erwürgen würde, sollten ihre Hände von den Fesseln loskommen. Mit zusammengepressten Zähnen antwortete sie: „Ich werde stillhalten."

„Gutes Mädchen", sagte Grigg und strich nochmals über ihr Haar.

Amanda warf unter Griggs Berührung den Kopf beiseite und ich tat so, als würde ich seine Hand, die mitten in der Luft zögernd und wie eingefroren stoppte, nicht bemerken. Grigg war nie verunsichert, aber ich spürte die Zurückweisung unserer Partnerin so deutlich wie er. Die Erwartung auf ein einfaches, unkompliziertes Zusammenkommen verkümmerte in meiner Brust zu einer kühlen, hungrigen Angelegenheit. So hatte ich sie mir nicht vorgestellt. Sie wollte offensichtlich nicht hier sein.

Ich hatte mir eine willige Braut erhofft, eine Frau, die uns mit offenen Armen und liebendem Herzen begrüßen würde. Ich hoffte auf eine Braut, die liebreizend genug war, um Griggs Wut abzumildern. Bis jetzt war Amanda aber nichts als glühender Widerstand, Ablehnung und Angst und ich fragte mich, ob dem Abfertigungsprotokoll für Bräute ein Fehler unterlaufen war. Sie war die erste Braut von ihrem Planeten. Vielleicht musste das System erst noch umfassender getestet werden?

„Halt still, Amanda. Ich stecke jetzt meine Finger in deine Pussy. Ich muss sicherstellen, dass du die richtigen Bio-Implantate bekommst."

Sie blieb stumm, ihre Oberschenkel zuckten verkrampft vor lauter Stress oder Angst, ich konnte nicht sagen, was es war, aber beides gefiel mir nicht. Ich hatte diese Untersuchung für andere Krieger an Bord des Schiffes durchgeführt, immer mit einem nüchternen Pflichtbewusstsein und einem Gefühl der Vorfreude für die Krieger und deren neue Partner. Diesmal aber gehörte diese Pussy zu mir. Ihr Arschloch gehörte mir. Ihr Körper, ihr Verlangen, ihre Kapitulation? Alles meins.

Ihre Beine waren gebeugt, ihre Füße lagen in den Fußstützen, ihr Arschloch und ihre Pussy waren deutlich sichtbar und plötzlich verlor ich jeglichen Anschein von klinischer Nüchternheit. Sie war unsere Partnerin und ich wollte sie so sehr zum Höhepunkt bringen, dass die Luft um mich herum dick wurde und ich mich nicht mehr daran erinnern konnte, was ich eigentlich zu tun hatte. Himmel, der feucht-blumige Geruch ihres Verlangens ließ meinen Schwanz so hart wie Eisenerz werden.

KAPITEL 5

onrav

„Rav." Griggs Stimme war roh und voller Verlangen, aber vollkommen unter Kontrolle. Seine Nasenflügel blähten sich auf, als auch er die Erregung unserer Partnerin roch.

Aufgrund ihres zurückgelehnten Kopfs und ihres angespannten Körpers würde ich glauben, sie stünde unter Zwang. Sie hatte eingewilligt und, wie wir ihr versichert hatten, log ihr Körper nicht. Sie *mochte* ihre neue Position, verletzlich und entblößt. Ihr Geruch war es, der sie verriet. Mit jeder Sekunde wurde er stärker, als ob sie meinen erhitzten Blick auf ihrer Mitte spüren konnte, als ob sie den düsteren Drang spüren konnte, der mir sagte, die notwendige Untersuchung zu vergessen, meine Hosen herunterzulassen und sie bis zur Besinnungslosigkeit zu vögeln. Als Prillonen waren wir uns unserer Partner in diesem Sinne äußerst bewusst.

Wir konnten sexuelle Erregung und das Bedürfnis nach Sex riechen und machten davon Gebrauch, um unsere Partnerinnen zu umsorgen. Es garantierte eine glückliche, erfüllte Braut.

„Was? Stimmt etwas nicht?" Amandas Worte brachten mich zurück in die Realität und ich lehnte mich zur Seite, damit sie mein Gesicht sehen konnte, als ich ihr antwortete.

„Nein, Liebes", ich räusperte mich, „entschuldige, ich werde sofort mit der Untersuchung beginnen."

Sie legte den Kopf zurück auf den Tisch und würdigte Grigg, der mit ausdrucksloser Miene an ihrer Rechten stand, weiterhin keines Blickes. Ich kannte diesen Ausdruck. Er war verletzt und verbarg es und er würde etwas Dummes tun, wenn ich ihn nicht mit etwas Besserem beschäftigen würde. Mir war klar, dass er ihr Begehren für uns riechen konnte. Aber anscheinend war das nicht genug, um ihn zu beruhigen.

„Grigg, kannst du bitte die Hand deiner Partnerin halten? Der erste Teil kann sich ein bisschen irritierend anfühlen."

Meine Partnerin und mein Cousin befolgten meine Anordnung, aber ich wusste, dass das nur so war, weil sie nichts Anderes zu tun hatten. Immerhin erfasste Griggs starker Griff behutsam die viel kleinere, zarte Hand unserer Partnerin und ich seufzte erleichtert, als ihre cremefarbenen Finger seine dunklen, goldfarbenen Finger kontrastreich umwunden.

„Okay, Amanda", ich war jetzt wieder ganz in meiner Rolle als Arzt, „als Erstes führe ich den Erregungsstimulator ein. Danach kommen der Nervenreizer und das Bio-Implantat, die sich um deine Blase und deine Pussy kümmern werden."

Amanda starrte an die Wand, sie ignorierte uns. „Hört sich toll an. Leg los, damit es bald vorüber ist."

Ihre fatalistische Antwort entlockte Grigg ein Knurren, aber ich sah seinen Blick und schüttelte den Kopf. Es war entscheidend, unsere Partnerin zu erregen und bedürftig zu machen. Sie war verängstigt, gerade angekommen und weit weg von Allem, was ihr vertraut war. Ihr war noch nicht klar, wie viel sie uns bedeutete, wie sehr wir sie schätzten. Aber sie würde dazulernen. Himmel, ja, sie würde dazulernen. Und zwar von jetzt an. Ich legte meine Hand auf ihren Innenschenkel, auf die zarteste Haut, die ich je berührt hatte und versuchte, keine Anstalten zu machen, bis sie unter meiner Berührung plötzlich aufsprang. „Alles in Ordnung, Amanda. Ich verspreche, es gibt keine Nadeln, keinen Schmerz."

Sie seufzte und lehnte sich zurück und ich bewegte meine Hand weiter runter, in Richtung ihrer schillernden, pinkfarbenen Pussy, die ich so gerne schmecken wollte. Meine Eier wurden so schwer, dass es weh tat, sie hingen wie Bleikugeln unter meinem steinharten Schwanz von meinem Körper, aber ich ignorierte das Unbehagen und hob den Stab an die Öffnung ihrer Pussy.

Das Gerät war wahrscheinlich kalt und ich drehte es in sie rein, spreizte sie nach und nach auseinander, bis ich es mühelos hineingleiten lassen und es tiefer und tiefer in die feuchte Wärme schieben konnte.

Einer ihrer Füße fiel von der Stütze und sie krümmte sich. „Was zur Hölle?" Sie klang wütend und irritiert, aber die Untersuchung war ein Teil des Abfertigungsprotokolls des Bräute-Programms und konnte nicht weggelassen werden.

Grigg griff nach ihrem Fuß und legte ihn wieder in die Fußstütze. „Halt still, Liebes."

Als die Sonde vollständig in ihrer Pussy steckte, legten sich die weichen Falten in ihrem Inneren wie Seide darum herum und umschlossen sie tief. Ich legte beide Hände auf ihre Schenkel und versuchte, sie zu beruhigen. „Die Untersuchung gehört zum Protokoll, Amanda. Es tut mir leid, wenn es unangenehm für dich ist. Würdest du es vorziehen, wenn ich einen anderen Arzt beauftrage, den Test mit dir abzuschließen?"

„Nein!" Sie keuchte das Wort hervor, als ob sie schockiert darüber wäre, dass ich ihr auch nur diesen Vorschlag machte. Den Göttern sei Dank, denn der bloße Gedanke daran, dass ein anderer Mann sie so zu Gesicht bekommen würde, ließ mich durchdrehen und ich bezweifelte, dass Grigg es überhaupt zulassen würde. Sie war noch nicht in Sicherheit, sie gehörte noch nicht uns. Wir hatten sie noch nicht für uns beansprucht, sie gefickt, ihr unser Partnerhalsband um den Hals gelegt oder unseren Samen in ihren Körper gespritzt, wir hatten sie noch nicht vor Lust schreien und darum betteln lassen, sie endlich zu nehmen. Sie war verletzlich, jungfräulich, nicht beansprucht. Und wohl wissend, wie verdammt schön der Augenblick, an dem wir die Krankenstation verlassen, sein würde, gerieten wir mit ihr in Schwierigkeiten, wenn unser Halsband nicht um ihren Hals befestigt sein würde.

Griggs Hand umfasste ihren Knöchel und hielt sie fest. Unerschütterlich.

„Mach— mach gefälligst schneller." Ihre Pussy pochte, sie umklammerte die Sonde unter Griggs entschlossener Berührung, ihre Säfte flossen um das stumpfe Gerät herum, da wo es immer noch in ihr steckte. Der Nervenreizer und andere Teile baumelten wie ein lebloses Gewicht vom anderen Ende und warteten darauf, auf ihrem Körper platziert zu werden. In ihrem Körper.

Ich legte los und befestigte das Implantateinführungsgerät über und den Klitorisstimulator auf ihrer Knospe. Ich schaltete die Saugglocke ein und startete mit der niedrigsten Vibrationsstufe, während ich nach dem analen Bio-Implantatsstab und dem Gleitmittel griff.

Ich riskierte einen kurzen Blick auf das Gesicht unserer Partnerin und sah, dass sie keuchend auf ihre Lippe biss. Ihre Augen waren fest zugekniffen. Ihre Hand ballte sich zu einer Faust und löste sich danach, immer wieder. Als ob sie zählen würde oder darum kämpfte, die Kontrolle nicht zu verlieren.

Besorgt überprüfte ich die Bio-Monitoren, die ihre Gesundheit und Sicherheit gewährleisteten. Bei ihr war alles in Ordnung, aber ihre Körpertemperatur hatte sich leicht erhöht. Und ihre sexuelle Erregung? Himmel! Ich blickte zu Grigg. „Ihre Erregung liegt bei fast sechzig Prozent."

„Was heißt das?" Er schaute mich missbilligend an, verwirrt über mein Staunen.

„Sie ist schon mehr als zur Hälfte beim Orgasmus angelangt und ich habe noch nicht einmal mit dem Testen angefangen."

Griggs verständnisvolles Lächeln spiegelte meine Gedanken wider; wir hatten Glück. Anscheinend waren wir mit einer extrem empfindsamen, erotischen Partnerin gesegnet worden.

Amandas Lungen entleerten sich mit einem weichen Rauschen, als hätte sie den Atem angehalten und ihre Reaktion uns gegenüber unterdrückt. Ich gab eine großzügige Menge Gleitgel auf das Analgerät, welches nicht viel größer als mein Daumen war und setze es an ihrem Poloch an. „Hast du hier je etwas eingeführt, Liebes?"

Sie erschrak und schüttelte den Kopf. „Nein."

Mein Schwanz sprang bei der Neuigkeit nach oben. Dieser jungfräuliche Arsch gehörte mir. Als ihr Primärpartner hatte Grigg das exklusive Recht auf ihre Pussy, bis sie mit unserem ersten Kind schwanger werden würde. Danach stünde es mir frei, sie ebenfalls zu nehmen, sie zu ficken und zu sehen, ob mein Samen sie befruchten würde. Als ihr zweiter Partner gehörten mir bis dahin ihr Arsch, ihr Mund und der ganze Rest von ihr. Wenn wir sie in der Verpartnerungszeremonie für uns beanspruchten, würde Grigg ihre Pussy nehmen und ich würde bis zu den Eiern in diesem engen, pinkfarbenen— ich platzierte die eingeschmierte Sonde an ihrer Öffnung und führte sie langsam und vorsichtig ein.

Sie leistete keinen Widerstand, gab keinen Laut von sich, als ich die Sonde tief in ihren Arsch schob, sie ausweitete und ihre beiden Öffnungen füllte, während Grigg sie festhielt.

Unsere tapfere, kleine Partnerin bekämpfte die Reaktion ihres Körpers, aber sobald ich bestätigt hatte, dass die mikroskopischen Bio-Implantate an Ort und Stelle waren, drehte ich die Einstellungen an ihrer Klitoris nach oben. Höher. Stärker. Schneller. Das Gerät saugte, vibrierte und presste … der Reiz, auf den sie am besten reagierte, wurde automatisch verstärkt, damit sie bekam was sie benötigte.

Sie winselte und ich schaute zu, wie die Monitoren ihre Reaktion aufzeichneten.

„Siebzig Prozent. Achtzig." Wie die Ionenfeuerung

einer Kanone rauschte sie dem Orgasmus entgegen. In all den Untersuchungen für andere Krieger hatte ich selten eine Frau gesehen, die so gut darauf ansprach. Himmel, sie war verdammt noch mal perfekt und so verdammt heiß, sie stand kurz davor, zu kommen.
„Fünfundachtzig."

Grigg löste den Griff von ihrer Hand, um ihre Brüste zu massieren und kniff ihre Nippel, als ihre Hüften sich vom Tisch emporhoben. Sie stand kurz vorm Höhepunkt. So nahe. Für uns. Nur für uns, ihre Partner.

„Schalt es ab, sofort."

* * *

Amanda

„Was?"

Abschalten? Es verdammt nochmal abschalten? Eine riesige Sonde steckte in meiner Muschi, eine andere in meinem Arsch und eine Art perverse, vibrierende Saugglocke zog an meinem Kitzler wie ein hungriger Dämon, der mich zum Orgasmus zwang während zwei riesige, dominante Männer, die ich nie zuvor gesehen hatte, über mir ragten, als würde ich ihnen gehören.

Was, den barbarischen Gepflogenheiten dieser Alien-Kultur nach, wahrscheinlich auch der Fall war. Was die beiden anbelangte, so gehörte ich jetzt ihnen. Ich war ihre Partnerin, ihr Eigentum, mit dem sie machen konnten, was sie wollten und das hieß, mich zum Kommen zu bringen. Und dann einfach aufhören. Ich wollte nicht, dass sie damit aufhörten. Sicher, vor nur einer Minute wollte ich nicht einmal, dass sie damit anfingen, aber jetzt ...

„Grigg?" In Ravs Stimme spiegelte sich meine Verwirrung.

„Schalt es ab."

Die Autorität in seiner Stimme duldete keine Diskussionen und ich spürte, wie sich meine Muschi als eine Antwort auf seine Allmacht zusammenzog. Diese rohe Autorität hätte mich nicht fast zum Orgasmus bringen dürfen, ich sollte diese Stimme nie wieder hören wollen. Aber in Gottes Namen, ich tat es. Ich stand kurz davor, mein Körper krümmte sich, meine Muschi schmerzte, selbst mein Arsch war gedehnt und so vollgestopft, dass der Reiz mich überwältigte und beinahe Tränen aus meinen Augen strömten. Ich war verzweifelt, bedürftig, schwach.

Ich wurde sonst nie schwach.

Rav verstellte irgendetwas da unten zwischen meinen Beinen und alles stoppte, außer meinem schweren Atem und meinem Drang, vor lauter Frustration zu schreien. Ich war weiterhin vollgestopft und gierte nach mehr, aber das Vibrieren und Saugen an meiner Klitoris hatte vollkommen aufgehört und man ließ mich am Abgrund der gewaltigsten Geilheit, die man sich vorstellen konnte, zurück.

Ich biss mir auf die Lippe und unterdrückte ein Stöhnen voller köstlichem Schmerz darüber, dass mir der Orgasmus vorenthalten wurde und ich weigerte mich, diesen zwei Fremden meine Bedürftigkeit noch weiter zu verdeutlichen. Ich konnte es nicht fassen, dass ich dieser blöden Untersuchung zugestimmt hatte. Das hier war anders, als alle Untersuchungen, die ich je über mich ergehen lassen hatte.

In diesem aufgestachelten, bedürftigen Zustand

kurz vorm Höhepunkt einfach hängen gelassen zu werden, war mir peinlich. Zu betteln würde die Erniedrigung vollenden.

Ich. Werde. Niemals. Betteln. *Niemals.*

„Arschloch." Mit diesem Wort konnte ich leben. Arschloch.

Grigg reagierte knurrend auf meine Beschimpfung, seine raue Hand knetete meine Brust und kniff immer wieder meine empfindlichen Nippel. „Sieh mich an."

Ich schloss die Augen und weigerte mich, den Kopf in seine Richtung zu drehen.

„Sieh mich an."

Ich schüttelte den Kopf und war immer noch verärgert, weil sie mich in diesem Zustand beließen. Verletzlich. Bedürftig. Offen. Außer Kontrolle.

Schutzlos.

Ein schneller, fester Schlag landete auf meinem Innenschenkel und das Brennen rauschte, wie eine Flutwelle, auf die ich nicht vorbereitet war, durch mich hindurch. Ich riss die Augen auf. Im Angesicht des Schmerzes konnte ich meinen gequälten Körper ebenso wenig davon abhalten, zu winseln, wie ich meine Bauchmuskeln davon abhalten konnte, vor lauter Lust zu pulsieren.

Der Monitor piepte erneut und Rav zog eine Augenbraue hoch. „Neunzig."

Griggs Hand ließ von meiner Brust ab, um durch mein Haar zu gehen. Er drehte meinen Kopf zu sich. Die zusätzliche Spannung seiner Dominanz ließ mich meine Hüften nach oben pressen, in Richtung der Saugglocke, und ich versuchte verzweifelt, das Ding wieder in Gang zu bekommen. Ich *brauchte* es.

„Schau. Mich. An."

Ich tat es, denn ich war nicht länger in der Lage,

mich ihm zu verweigern. Ich erschrak, als sein Gesicht wenige Zentimeter über meinem war. Seine Lippen waren so nah, ich konnte den Geruch seiner Haut mit meiner Zunge schmecken und die moschusartige Mischung machte mich begierig, seinen Leib zu kosten. Wir blickten uns an und in seinen Augen funkelte etwas so Ursprüngliches und Aggressives, dass ich auf der Stelle erstarrte und mich seiner Übermacht instinktiv unterwarf, noch bevor er das erste Wort sprach.

Noch nie zuvor hatte ich so auf einen Mann reagiert. Ich kannte Alphamänner, Typen, die alles im Griff haben wollten, aber ich war dagegen immun. Gegenüber Grigg war ich aber alles andere als immun. Ich sprach darauf an und das erschrak mich zutiefst. Das piepende Gerät schlug wieder aus, was bedeutete, dass ich es mochte. Sehr sogar.

„Deine Lust gehört *mir*. Hast du verstanden?"

Das verstand ich nicht. Wirklich nicht. Welche Art Spielchen spielte dieser Typ und warum sollte ich mitspielen? „Nein."

Seine riesige, warme Hand glitt von meinem Knöchel zu meinem Oberschenkel, zu dem Gerät auf meinem Kitzler und er nahm es langsam und bedächtig von mir ab. „Der Test ist zu Ende. Deine Pussy gehört mir. Jeder Zentimeter deiner Haut gehört mir. Deine Lust gehört mir. Du vögelst nicht mit einer Maschine. Du fasst dich nicht selbst an. Du kommst nur mit mir oder mit Rav. Hast du verstanden?"

Heilige Scheiße. Meinte er das ernst?

Ich schwieg. Er wartete einen Moment, dann knöpfte er seine Hose auf, griff hinein und zog seinen riesigen Schwanz heraus. Meine Augen standen erschrocken hervor, als er mit der linken Hand fest zupackte und einen großen Tropfen Sperma aus der Spitze herauspresste. Fest umschlossen sammelte er die Flüssigkeit mit den Fingerspitzen seiner rechten Hand, er wichste sich mit langen Zügen, während ich zusah. Ich konnte den Blick nicht von ihm wenden, während er mehrere Tropfen der zähflüssigen Substanz sammelte.

So schnell, wie er ihn herausgezogen hatte, ließ er wieder von seinem Schwanz ab. Er wippte, als er einen Schritt nach vorne trat und seine mit Sperma bedeckten Finger dort platzierte, wo bis vor ein paar Momenten die kleine Saugglocke aufgesessen hatte. Auf meine pochenden Klitoris. Er blickte zu Rav, dessen Ausdruck sich von einem Staunen in ein wissendes Grinsen gewandelt hatte, als Grigg sprach: „Sind die Bio-Monitoren an? Wird das Protokoll erfüllt?"

„Ja."

Dieses Wort schien alles zu sein, worauf Grigg gewartet hatte. Er ließ seine Finger kreisen und verteilte die Flüssigkeit auf meinem Kitzler und weiter unten, um die Ränder der Sonde, die aus meinem Körper ragte. Zuerst war ich geschockt und fragte mich, was zum Teufel er mit mir anstellte. Ich brauchte kein Gleitgel, denn ich tropfte schon vor Erregung. Ich hatte es nicht nötig, noch stärker angetörnt zu werden, also—

Feuer entbrannte auf meinem Kitzler und ich schnappte nach Luft, meine Hüften buckelten sich unter seiner gekonnten Berührung nach oben, als sich eine eigenartige Wärme in meinen Adern ausbreitete. Meine Nippel wurden steinhart und schmerzten. Meine Lippen erschienen schwer und voll. Mein Herz raste. Meine Muschi flatterte mit winzigen Zuckungen, die so schnell und intensiv waren, dass ich sie nicht einzeln wahrnehmen konnte. Meine Erregung baute sich immer weiter auf. Nach den ersten, sanften Umkreisungen begann er umgehend damit, mich fest und langsam zu reiben, einmal sogar schlug er auf meine Klitoris, sodass es stach, dann rieb er mich mit seinen heißen, festen Fingern bis ich zu wimmern anfing.

Es war komplett anders als mit der Saugglocke. Es war ganz und gar nicht klinisch. Grigg machte diesmal mit mir, was er wollte, er gab mir, was ich brauchte. Nur wusste ich das nicht, bis er mich an meine Grenzen brachte.

Trotzdem hielt ich weiterhin zurück, ich fühlte mich schmutzig, als wäre es falsch. Ich konnte es nicht zulassen. Ich konnte nicht. Das war zu viel, ich müsste zu viel von meinem Innersten aufgeben. Ich konnte diesen beiden Fremden gegenüber nicht einfach nachgeben, sie verlangten zu viel von mir und meinem Körper.

Es war so viel, so viel schlimmer, als von einer Maschine zum Kommen gezwungen zu werden. Es war nicht klinisch-nüchtern. Es ... Wie konnte ich dieses Verlangen meinem Boss gegenüber rechtfertigen? Wie würde mein Verlangen nach Griggs Berührung mir bei meiner Mission behilflich sein? Das war keine ärztliche Untersuchung mehr. Das war mein Partner, Grigg, der mich zwang, seiner Berührung nachzugeben und der meinen Körper für sich beanspruchte.

Und ich war dabei, nachzugeben. Meine Haut war mit Schweiß bedeckt. Meine Atmung war unregelmäßig. Mein Puls war außer Kontrolle und ich konnte mich kaum zurückhalten. Es war einfach zu gut. Ich war weniger als eine Stunde lang im Weltall und ich hinterging meine Leute mit diesem dunklen Drang, zu entkommen. Ich wollte Grigg das geben, was er verlangte, aber ich durfte es nicht. Ich durfte nicht.

Ich blickte zu Grigg auf. Er beobachtete mich äußerst konzentriert. Ich fragte mich, ob er meine Atemzüge oder den Pulsschlag an meinem Halsansatz zählte. Seine Finger ruhten zwischen meinen nassen Schamlippen und ich wartete gedankenlos. Meine Hüften hoben sich von alleine an, ich wollte mehr. Ich wollte es heftig. Aggressiv. Ich wollte es *sofort*.

„Ich werden den Kopf senken und deinen harten, runden Nippel in den Mund nehmen. Ich werde dreimal mit der Zunge über diese feste, empfindliche Knospe schnippen und dann so kräftig daran saugen, dass dein Leib als mein Leib gekennzeichnet sein wird." Verdammte Scheiße. Meine Muschi zog sich zusammen. Ich konnte mich nicht rühren. Ich konnte noch nicht einmal blinzeln. Die Aussicht auf einen verdammten Knutschfleck sollte nicht so aufregend sein.

Grigg senkte den Kopf, bis ich seinen heißen Atem auf meinen empfindlichen Brustwarzen spüren konnte. „Ich zähle bis drei und dann kommst du."

Mir blieb keine Zeit, um nachzudenken oder zu antworten, denn er senkte den Kopf und nuckelte an meinem zarten Fleisch, während seine Finger wieder schnell und entschlossen an meinem Kitzler rieben. Noch bevor ich das Ganze verarbeiten konnte, begann ich zu zählen, denn er hatte mir die Erlaubnis gegeben und ich wollte es so sehr. Es würde sich so gut anfühlen und ich brauchte es *so* dringend.

Ich konnte mich nicht daran erinnern, wann ich das letzte Mal einen Orgasmus von Menschenhand gehabt hatte und nicht einen, den ich mit meinem Vibrator oder meinen Fingern herbeigeführt hatte. Und sicher nicht von einem Mann, der *genau* wusste, was er tat. Würde mir irgendein anderer Mann die Erlaubnis erteilen, zu kommen und dabei dreist genug sein, so zu tun, als würde ich ihm gehorchen, dann würde ich ihm in die Kehle boxen. Mit Grigg aber fing ich an, zu zählen.

Eins.

Zwei.

Drei.

Der Orgasmus überrollte mich, er entlud sich so intensiv, so komplett, dass ich nicht wusste, ob ich stöhnte, weinte oder schrie. Möglicherweise alles auf einmal. Ich spürte nur noch Lust, und Flammen loderten in mir von Kopf bis Fuß. Meine Muschi umklammerte die Sonde, die in mir steckte so fest, dass die Wallungen meiner Bauchmuskeln sie aus mir herauspressten.

Ich kam wieder zu mir, Griggs strich sanft über meinen Bauch und küsste die Unterseiten meiner Brüste und meinen Nacken so sanft wie ein Mann, der einen Altar verehrte.

Die Leere meiner Muschi gefiel mir nicht und ich stemmte die Füße in die Fußstützen, ich wand mich, suchte nach mehr.

Während Grigg seinen immer noch steifen Schwanz zurück in seine Hose steckte, entfernte Rav langsam das Ding aus meinem Arsch und sobald es draußen war, lösten sich die Fesseln, die meine Handgelenke festhielten. Wie eine Puppe wurde ich in Griggs Arme gehoben, in das Laken gewickelt und an seine Brust geschmiegt, als er sich auf den Untersuchungstisch setzte. Ich sträubte mich nicht, diesmal nicht. Ich konnte nicht. Ich konnte mich nicht mehr widersetzen. Ich war wie aus Knete. Wackelpudding. Erschüttert.

Er massierte meine Schultern, meine Arme, meine Handgelenke. Wie konnte er nur so behutsam sein, wenn er noch vor wenigen Augenblicken derartig fordernd und gebieterisch gewesen war?

Ich konnte nicht über ihn nachdenken oder darüber, was sie mit mir angestellt hatten. Wie ich so darüber nachdachte, was ich für die beiden empfand. Ich war viel zu fertig, vollkommen überwältigt. Mein Verstand war vernebelt, wie nach einem wunderbaren Nickerchen und ich wollte dieses Gefühl nicht vertreiben. Noch nicht. Die Realität würde sich schon früh genug wieder bemerkbar machen.

Rav legte seine Geräte in eine Art Behälter. Ich vermutete, um sie auszuwerten oder zu säubern oder was auch immer diese Aliens mit ihren medizinischen Geräten nach Gebrauch anstellten, und wandte sich uns mit drei Bändern in der Hand zu, zwei davon waren tief nachtblau und das dritte war schwarz.

Er legte die Bänder neben uns auf den Tisch und hob ein blaues Band an seinen Nacken. Das eigenartige Band verschloss sich um seinen Hals wie ein perfekt sitzendes Halsband. Er reichte Grigg das andere blaue Band, Grigg schüttelte den Kopf und weigerte sich, mich loszulassen. „Leg du es um meinen Hals."

Rav stellte sich hinter Grigg und legte ihm das Band um den Hals. Augenblicklich schrumpfte das Band und passte sich dem kräftigen, muskulösen Hals meines Primärpartners an. Sie trugen jetzt zwei identische Halsbänder.

Rav lief um den Tisch herum und hielt mir das verbleibende, schwarze Band entgegen.

„Was ist das?" Neugierig griff ich nach dem schwarzen Band. Es fühlte sich wie warme Seide an, aber es war stärker als es das Material vermuten ließ, es war eher wie ein Katzenhalsband, aber es war etwa zweieinhalb Zentimeter breit.

Rav antwortete: „Das ist dein Partnerschaftshalsband. Du musst es an deinem Hals anbringen. Wir können das nicht für dich tun."

Verwirrt untersuchte ich das schlichte, schwarze Band. „Warum? Wofür ist das gut?"

Rav hob seine Hand, um mit seinen Knöcheln meine Wange zu streicheln und ich schreckte vor der einfachen Geste nicht zurück. Nach dem Wahnsinn, der mir soeben auf dem Untersuchungstisch widerfahren war, fühlte sich diese Zärtlichkeit wie Balsam für meine Sinne an. „Es zeigt, dass du zu uns gehörst. Dreißig Tage lang wird dein Halsband schwarz bleiben und signalisieren, dass du dich in einer aktiven Beanspruchungsperiode mit deinen Partnern befindest. Sobald wir die Verpartnerungszeremonie beenden, wird dein Halsband blau wie die unseren werden und dich damit für immer als eine vom Krieger-Clan der Zakar verehrte und beschützte Partnerin kennzeichnen." Er zog die Schultern zurück und ließ stolz seine Brust anschwellen. „Wir sind eine der ältesten und mächtigsten Familien auf Prillon Prime."

Okay. Wow. Ich wurde in den Alien-Adel verkuppelt. „Was ist, wenn ich es nicht anlege?"

KAPITEL 6

*A*manda

GRIGG MACHTE ein knurrendes Geräusch und meine verräterische Muschi umklammerte die innere Leere mit einem Begehren, das mir unangenehm war.

„Falls du dich weigerst, das Band anzulegen, darf dich jeder unverpartnerte Mann dreißig Tage lang umwerben."

Ich konnte alleine auf mich aufpassen, wo also lag das Problem?

„Und wenn ich den Männern ‚Nein' sage?"

Rav seufzte. „Das geht nicht, Amanda. Du bist über das Programm für interstellare Bräute zu uns gesendet worden, deklariert als eine perfekte Braut für die Krieger von Prillon Prime. Solltest du dich uns verweigern, dann hat ein Anderer das Recht, dich innerhalb von dreißig Tagen für sich zu beanspruchen. Es ist zu spät, um einen Rückzieher zu machen. Solltest du einen Mann ablehnen, dann wird dieser einfach mit dem Nächsten ersetzt und so weiter. Es wird tödliche Duelle geben. Brave Krieger werden ihr Leben lassen, um dich zu umwerben.

Das hörte sich mittelalterlich an. Wie dumm. „Tödliche Duelle? Das ist verrückt."

„So ist der Brauch. Würde jemand versuchen, dich zu nehmen Amanda, dann würde ich in einem Duell bis zum Tode um dich kämpfen. Ich würde gewinnen."

Ich konnte nicht sagen, ob sich Grigg aufgrund unserer Übereinstimmung oder aufgrund seiner Kampfkünste dessen so sicher war.

„Was passiert, wenn ich eine Tochter bekomme? Wird sie bei der Geburt mit jemandem verpartnert? Kann sie dann nirgendwo ohne Mann hingehen? Das ist lächerlich."

Griggs Antwort dröhnte in seiner massiven Brust: „Aber nein. Wir respektieren und verehren Frauen. Auf Prillon geborene Frauen werden von allen Kriegern ihres Clans beschützt, bis sie alt genug sind, einen Partner zu wählen und dessen Partnerhalsband anzunehmen."

„Was ist, wenn es keine Krieger mehr gibt? Wenn sie Waise ist? Oder eine Witwe?"

Es war etwas zu spät, um sich über diese Einzelheiten Gedanken zu machen, aber ich konnte mir einfach nicht vorstellen, jemals eine Tochter in dieses Chaos hinein zu gebären, wenn man sie wie Eigentum behandeln würde. Natürlich würde ich keine Kinder bekommen. Ich war nicht hier, um eine feste Partnerin zu werden. Nicht wirklich. Ich hatte einen Job zu erledigen. Das durfte ich nicht vergessen. Kaum hatte ich diesen Gedanken formuliert, sagte Grigg etwas, das mir fast ein Lächeln auf die Lippen zauberte.

„Diese Frage ist irrelevant. Jeder Typ, der unsere Tochter ansieht, wird ausgeschaltet."

Rav kicherte und beantwortete meine Frage: „Sollten alle Krieger eines Clans getötet werden, dann können die verbleibenden Frauen eine der verbleibenden Krieger-Familien wählen, um sie zu beschützen und ihnen ein Zuhause zu geben. Niemand wird je sich selbst überlassen. Das ist einer der Hauptgründe, warum alle Bräute der Prillonen, die sich an der Front aufhalten, mit zwei Partnern beehrt werden. Sollten Grigg oder ich sterben, dann wird dir und den eventuellen Nachkommen weiterhin der Schutz und die Fürsorge des überlebenden Partners sicher sein."

„Und was passiert dann? Bekomme ich dann einen anderen Zweitpartner?"

„Normalerweise ja. Sollte dein verbleibender Partner weiterhin aktiv kämpfen, dann kannst du einen anderen Zweitpartner nehmen."

Ich starrte auf das unscheinbare, schwarze Band in meiner Hand und atmete schwerfällig aus und ein. Ich war so verdammt leichtsinnig gewesen, als ich diesen Auftrag angenommen hatte.

Raus ins Weltall fliegen? Aber sicher.

An einem Bräute-Programm für Aliens teilnehmen? Kein Problem.

Meinen neuen Partner dazu bringen, mir zu vertrauen und dann sensible Daten zurück zur Erde senden? Das sah gar nicht so leicht aus.

Dabei einen kühlen Kopf behalten? Professionalität? Ruhe und Selbstkontrolle bewahren?

Der unglaubliche Orgasmus, den ich gerade hinter mir hatte, bewies: ich war am Arsch. Und zwar mehr, als ich es mir eingestehen konnte.

Rav beobachtete mich eindringlich, als ob er

versuchte, meine Gefühle zu enträtseln. Wenn sie ein Gadget hatten, mit dem sie meine Erregung testen konnten, dann musste ich mich fragen, ob sie nicht auch ein Gerät hatten, das meine Gedanken lesen konnte. Falls ja, dann hielt Rav es jetzt aber nicht vor meine Nase.

Er konnte nicht sehen, dass ich Ärger, Frustration, Bedauern und Schuldgefühle verspürte. Das schockierte mich. Ich kannte diese Männer seit ein paar lächerlich kurzen Momenten und trotzdem fühlte ich mich schuldig, da ich sie gezwungenermaßen hintergehen würde. Warum? Weil sie in mir bewirkten, dass ich mich hübsch fühlte? Feminin? Weil der Orgasmus sprichwörtlich nicht von dieser Welt war— und ich fortan meinen Trieben unterworfen war? Wie eine Idiotin, die ihre Emotionen oder ihren Körper nicht im Griff hatte? Ich hatte im Dienst zu viel Schreckliches erlebt, um mein inneres Selbst so schnell einfach aufzugeben.

Gleichzeitig hatte ich zwei reizende Männer, die mich offensichtlich wollten. Sie wussten, wie man mich antörnte, und zwar auch ohne dieses Klitorislutschgerät. Welche Frau wäre so dumm und würde sich verbieten, was diese beiden Männer mir geben konnten? Glühende, verdammt heiße Orgasmen. Ich könnte an die Informationen kommen und gleichzeitig durchgefickt werden. Vielleicht war ich es allen Frauen von der Erde schuldig, so viele Dreier wie möglich abzubekommen.

Rav blickte auf das Halsband und nickte. „Es ist deine Entscheidung, Amanda. Aber ich verspreche dir, wir werden nicht ohne Schwierigkeiten die Krankenstation verlassen können, wenn du das Band nicht umlegst."

„Aber ich wurde nur euch beiden zugeteilt. Warum würde mich ein anderer Krieger wollen?"

Grigg zog die Schultern zurück, so als würde er sich kampfbereit machen. „Weil du hübsch bist, Amanda. Und du bist eine besitzerlose Braut. Es gibt hier draußen nicht viele Frauen. Sie würden mehr als geneigt sein, es mit dir zu versuchen und dich mehr als gerne vögeln wollen, um dich zu überzeugen."

Ich stellte eine zusätzliche Frage, um etwas Kontrolle zu erlangen und zurückzuschlagen, so wie sie mich auf dem Untersuchungstisch zurückgestoßen hatten. „Was ist, wenn ich es nicht umlegen möchte?"

Ravs honigfarbene Augen verdunkelten sich zu einem düsteren Bernstein. „Falls notwendig werden Grigg und ich jeden Krieger auf den Weg zu unserem Quartier bekämpfen."

Ich machte mich darüber lustig, aber Ravs Miene blieb vollkommen ernst. Ich wandte mich in Griggs Armen und erblickte denselben, besorgniserregenden Gesichtsausdruck. Sie meinten es *ernst*.

„Ein tödliches Duell?" fragte ich.

„Ich weiß nicht, wie es auf der Erde läuft, aber der Paarungsprozess ist für uns eine ernste Angelegenheit. Er ist äußerst wichtig. Ein grundlegender Vorgang. Wir haben einen Vorteil, denn wir wurden einander zugeteilt. Wir wissen, dass du perfekt für uns bist", machte Rav deutlich

„Wir werden jeden Krieger töten, der sich zwischen uns stellen sollte", fügte Grigg hinzu. „Du gehörst uns."

In was genau war ich bloß hineingeraten? Ich musste dieses Halsband anlegen, um den Raum verlassen zu können. Falls ich es nicht täte, würde die Hölle losbrechen. Obwohl ich noch nie erlebt hatte, dass Männer um mich kämpften, hörte es sich nicht nach einer banalen Schlägerei in einer Kneipe an. Die Bezeichnung ‚tödliches Duell' schien ziemlich selbsterklärend und ich wollte nicht, dass irgendjemand verletzt wurde. Ich würde das Halsband tragen und so dafür sorgen, dass niemand verletzt würde und mich an die Arbeit machen. Vielleicht würde ich nebenbei auch noch durchgefickt werden.

Gleichzeitig spürte ich, wie wichtig es für Rav und Grigg war. Es ging nicht nur darum, eine Halskette umzulegen. Es war ein Symbol dafür, dass ich ihr Eigentum war. Es war ihnen äußerst wichtig und es aus falschem Grund anzulegen, schien dem nicht genug zu tun. Wieder fühlte ich mich verdammt schuldig.

Zitternd hob ich das Band an meinen Hals und legte es um, so wie sie es getan hatten. Die Enden verschlossen sich von selbst und es war, als ob das Band sich aufwärmte, feucht wurde, als ob es mit meiner Haut verschmolz und sich mit mir vereinte—

Augenblicke später rang ich nach Luft, als mein Verstand und mein Körper mit Gefühlen überschwemmt wurden, die ich nicht kannte. Lust. Hunger. Ein primitiver Drang, zu jagen, zu beschützen und zu beherrschen.

Gefühle und Triebe kamen in meinem Geist auf und ich konnte sie nicht vollständig verarbeiten. „Was ist los?" Beinahe musste ich erbrechen. Der Raum drehte sich. Ich erstickte. Ich hielt meine Hand vor meinen Mund.

„Durchatmen, Amanda. Ich habe dich." Griggs Stimme wurde mein Anker und ich hielt mich daran fest, als ich verzweifelt versuchte, den Wirbelsturm der Emotionen zu stillen, währen Rav anfing, zu sprechen.

"Halte deine Gefühle zurück, Grigg. Du bringst uns beide in Schwierigkeiten."

"Ich kann nicht. Nicht, bevor ich sie für mich beansprucht habe."

Rav fluchte, als Grigg aufstand und mich aus dem kleinen Untersuchungszimmer in das geschäftige Treiben der Krankenstation heraustrug. Mindestens zehn Patienten und Ärzte folgten uns mit neugierigen Blicken, als Grigg mich durch den Raum trug. Ich sah zwei weitere Aliens mit Ravs grüner Uniform, einer war ein Mann derselben großen, goldenen Rasse und eine kleinere Frau mit einem merkwürdigen Paar Goldmanschetten an den Handgelenken und langem, kirschrotem Haar, das streng zu einem Zopf gebunden war, der auf ihre Hüften fiel. Die Patienten waren überwiegend riesige Krieger, die mehr oder weniger bekleidet waren. Ihre schwarzen Kampfuniformen lagen in Stücken um sie herum und ihre bloßen, muskulösen Brustkörbe stemmten sich vor Schmerzen.

Ich war eine warmblütige Frau, immer noch halbwegs erregt nach einem unglaublichen Orgasmus. Ich schaute mich um, ich konnte es nicht lassen. Ich war schließlich nur verpartnert worden und nicht tot.

"Schließ deine Augen, Liebes. Oder ich werde gezwungen sein, dich daran zu erinnern, wem deine feuchte Pussy von jetzt an gehört." Bei Griggs Befehl musste ich grinsen, denn mir war nicht klar, dass er meine Gefühle für die gutaussehenden Hünen über das Halsband spüren konnte. Ich gehorchte und wollte keine Schwierigkeiten, weil ich den größten Mann, den ich je gesehen hatte, zu lange anstarrte. "Was für eine Art Alien ist das?"

Grigg knurrte und lief weiter, aber Rav antwortete. Schließlich war das alles eine ungewöhnliche Sicht für mich. „Das ist ein Atlan-Kriegsfürst. Das ist eine der wenigen Rassen, deren Krieger größer als die Prillon-Krieger sind."

Grigg hielt mich noch stärker fest und tat endlich etwas Anderes, als ständig die Zähne zu fletschen. „Die Atlanen sind gnadenlose Krieger und führen die Infanterietruppen der Koalition. Sie bekämpfen die Hive am Boden, im Nahkampf. Das war Kriegsfürst Maxus. Er hat sieben Jahre lang mit uns gekämpft und muss bald aufhören, er hat Fieber."

„Fieber?"

„Paarungsfieber. Wenn die Atlan-Krieger keine Partnerin finden, die in der Lage ist, sie zu beherrschen, dann werden sie zu wilden Bestien, zu Berserker-Giganten, nochmal um ein Drittel größer als den, den du gerade gesehen hast."

„Ihre Partnerinnen beherrschen sie?"

„Ja, sozusagen. Ihre Partnerinnen sind die einzigen Wesen, die in der Lage sind, ihre bestialische Wut zu dämpfen. Ohne Partnerin drehen sie durch und müssen erledigt werden." Was zur Hölle? Ihn erledigen? Niederstrecken, wie einen Hund? „Erledigen, heißt das etwa, töten? Das kann nicht sein. Das ist grausam."

„Nein, es ist notwendig. Du bist nicht länger auf der Erde. Du bist noch nicht einmal mehr in derselben Galaxie. Wir kämpfen hier draußen ums Überleben. Wir kämpfen darum, alle Welten der Koalition, einschließlich deiner Erde, vor einem Schicksal, das schlimmer ist als der Tod zu verteidigen. Wir haben keine Zeit für Späße. Ein Atlan im Berserkermodus tötete auf meinem ersten Einsatz sechs meiner Krieger, bevor ich ihn erschoss. Er war ein Freund, ein Mann, an dessen Seite ich gekämpft hatte und dem ich vertraute. Mein Zögern hat damals Leben gekostet, Amanda. Die Atlanen haben einen strengen Ehrenkodex, der ihnen vorschreibt, die Sicherheit derer, für die sie kämpfen, zu gewährleisten. Er dankte mir, als er vor mir lag und verblutete."

Ich versuchte, die Macht der Überzeugung und die Tiefe des Schmerzes nachzuvollziehen, die man spüren musste, wenn man einen Freund tötete und mein Herz schmerzte ein wenig für den Krieger, der mich trug. Es gab so vieles, was die Menschheit über die Alien-Krieger, unter deren Herschafft sie sich jetzt befand, nicht wusste. Aber das war einer der Hauptgründe, warum ich mich hier befand. Ich musste dazulernen, sie verstehen lernen und die Informationen zurück zur Erde senden.

Ich hörte, wie sich eine Tür öffnete und schloss, dann noch eine. Bald darauf verstummten die undeutlichen Geräusche der Anderen und Grigg setzte mich auf meine Füße. Aus einem Grund, den ich mir selber nicht erklären konnte, waren meine Augen immer noch verschlossen, so wie er mir befohlen hatte. Seine Geschichte machte mich traurig und ich fühlte mich für ihn verletzt. Er war so verdammt hart, so gefangen in seiner Situation, genau wie ich auch.

Ich wollte nicht zu viel für ihn empfinden. Ich wollte auch nicht mit ihm sympathisieren. Heute würde nicht mein bester Tag sein, um stark und distanziert zu bleiben. Vielleicht war es das Halsband, vielleicht *mochte* ich diese beiden Männer einfach. Vielleicht waren ihr Ehr- und Pflichtgefühl jenem der Veteranen zu Hause gar nicht so unähnlich.

Nein, sie waren keine *Menschen*. Sie waren Aliens. Prillonen. Und das bedeutete nicht, dass sie Recht hatten. Soldaten befolgten Befehle, auf Gedeih und

Verderb, so war es immer gewesen. Und diese Krieger, meine Partner, waren in erster Linie Soldaten. Ich musste die Motivation und Wahrhaftigkeit derer, die die Befehle erteilten, erst noch herausfinden.

Als meine Füße den Boden berührten, ließ Grigg das Laken herunterfallen. Seine Arme hielten mich fest, drückten mich eng an ihn heran, pressten meine Wange gegen seine Brust. Sein lauter Herzschlag wirkte eigenartig menschlich und beruhigend, obwohl er seine schwere Uniform trug. Wenige Momente später strich er seine Hände an meinem Rücken auf und ab, an den Kurven meines Hinterns entlang und wieder zurück zu meinen Schultern, als ob es ihn beruhigte, meine Haut zu berühren.

„Rav?" Griggs Stimme war sanfter, als ich sie bisher vernommen hatte. Sein Wort klang wie eine Entschuldigung, wie Bedauern über den emotionalen Wirbelsturm, den das Halsband mir aufgezwungen hatte.

„Ja." Einen Augenblick später stand der Arzt hinter mir. Seine Hitze brannte wie Feuer auf meinem Rücken.

„Ich kann mich nicht mehr zurückhalten."

„Ich weiß."

„Nimm sie." Grigg trat etwas zur Seite und stieß mich behutsam einen Schritt zurück in Ravs Arme. „Öffne deine Augen, Amanda."

Ich öffnete sie und beobachtete, wie er zurückwich und in einem großen Sessel neben einem noch größeren Bett Platz nahm. Sein Blick hätte Löcher in mich gebohrt, wäre er physisch manifestiert gewesen und ich bemerkte die Emotionen, die sich wie eine brodelnde Caldera in seiner Brust auftürmten. Ich spürte die Intensität über mein Halsband.

„Was ist los? Ich verstehe nicht."

Ich wusste, dass sein Schwanz steinhart war und darauf drang, mich zu füllen. Ich wusste, dass er mich so verzweifelt anfassen wollte, dass er fürchtete, mich zu verletzen, wenn er es täte. Er fürchtete sich, er hatte Angst, die Beherrschung zu verlieren, Angst davor, zu grob zu sein und mich zu erschrecken. Als er sich auszog, machten die kräftigen Muskeln auf seiner Brust und seinem Rücken meinen Mund wässrig.

Rav legte die Arme um mich und ich war nicht sicher, ob er mich davon abhalten wollte, zu entkommen oder ob er mich spüren wollte. Er hielt mich fest mit meinem Rücken gegen seine Brust gepresst, als Grigg seine Hose ablegte und sie beiseite schleuderte. Sein riesiger Schwanz gierte danach, mich zu berühren. Er war geschwollen und dick und die stumpfe Spitze war wirklich breit. Eine Ader pulsierte an der prallen Länge entlang. Ich sah den Lusttropfen an der Spitze und wie er die glatte Eichel herunterlief. Ich leckte meine Lippen und konnte mich nicht davon abhalten mir vorzustellen, wie der perlenartige Tropfen schmecken würde, wenn er brennend meine Kehle hinab in meinen Bauch wanderte oder wie es sich anfühlte, würden meine Brüste damit eingerieben werden. Und er brannte tatsächlich. Sein Lustropfen hatte meinen Kitzler irgendwie zum Glühen gebracht und irgendwie wusste ich, dass er dasselbe mit meinem restlichen Körper anstellen würde.

Ravs Hände glitten nach oben auf meine nackten Brüste und Grigg erschauderte, als er dabei zusah.

„Ja, Rav. Wir werden sie jetzt für uns beanspruchen. Fick sie. Mach genau das, was ich dir sage." knurrte Grigg hervor.

Durch die eigenartige Verbindung zwischen

unseren Halsbändern spürte ich, wie Rav sich gegen Griggs Anweisung sträubte. Die Bänder waren ein wirkungsvolles und aufregendes Werkzeug. Ich ahnte und *wusste* Dinge, von denen ich eigentlich nichts hätte wissen dürfen, schließlich war ich gerade erst angekommen. Irgendwie wusste ich, dass Rav es gewohnt war, die Befehle seines Kommandanten auszuführen und das tun würde, was im gesagt wurde. Er würde mich sogar ficken. Der Befehl war leicht auszuführen, denn er war zu begierig darauf, mich zu berühren, um den Befehl zu verweigern. Der dicke, harte Schwanz, der fest gegen meinen Rücken presste, verriet mir, dass er mehr als geneigt war, das zu tun, was Grigg ihm befahl. Wir waren beide Grigg ausgeliefert – ich war mit Sicherheit ihrem Verlangen ausgeliefert, ich war seiner Laune ausgeliefert und irgendwie machte mich der Gedanke daran so unglaublich geil, dass ich anfing, zu zittern.

Grigg lehnte sich in den Sessel zurück, seine Knie waren weit gespreizt, sein Schwanz stand stramm nach oben und seine Arme ruhten auf den Armlehnen wie die eines Königs auf seinem Thron. Der König befahl: „Heb sie hoch und leg sie auf den Rand des Betts. Leg sie auf den Rücken, so dass ihr Kopf über die Bettkante hängt. Sie soll mich ansehen."

Ich wehrte mich nicht gegen Rav, als er mich anhob und auf das riesige Bett legte. Das Bettzeug war weich und tiefblau, nur einen Ton heller als die Halsbänder meiner beiden Partner. Rav drehte mich wie befohlen auf den Rücken, mein Kopf hing über das Ende des Betts und ich blickte an Griggs Schwanz vorbei hoch zu seiner enormen, muskulösen Brust und in sein goldenes Gesicht. In dem gedämpften Licht glänzten seine Augen fast schwarz, als sie mich aufzufressen schienen, sein Blick verweilte auf meinen Brüsten und wanderte weiter nach oben. Als sich unsere Blicke trafen erschauderte ich im Angesicht der intensiven Lust, die von ihnen ausgehend durch mich hindurchströmte.

Himmel, ich liebte das Halsband. Ich *wusste* einfach, wie sehr meine Männer mich wollten. Es war kein Spielchen. Es war ... elementare Lust.

Grigg grinste mit männlichem Übermut und ich erforschte das Gesicht dieses Mannes, den ich gerade erst kennengelernt hatte und dem ich mich hingeben würde.

„Gefällt dir, wenn ich zusehe, Amanda?"

Was? Niemals würde ich! Ich würde es niemals zugeben. „Nein."

„Macht es deine Pussy feucht?"

„Nein." Was wollte er noch von mir? Ich war bereits nackt, lag auf dem Rücken und war ihnen ausgeliefert. Jetzt sollte ich ihm sagen, dass ich ihn haben wollte. Ich sollte ihm sagen, dass ich es mochte, wenn er wie ein Perverser dabei zuschaute? Nein. Nie im Leben. Ich wusste, dass Rav an meinen Füßen kniete und nur darauf wartete, uns beide außer Atem zu bringen.

Grigg verengte seinen Blick. „Willst du, das wir aufhören?"

Verdammt. Nein. Nein, das wollte ich nicht. Ich wollte es, was auch immer das war. Ich hatte mir nie vorgestellt, zwei Partner zu haben oder so total dominiert zu werden. Mich verstörte, wie sehr ich es wollte. Aber es war zu spät, damit aufzuhören. Ich war im Weltall und diese Männer gehörten mir. Sie gehörten verdammt nochmal mir.

„Das Halsband verrät mir, dass du lügst, Amanda.

Dein Verstand mag sich dagegen sträuben, aber dein Körper wird mich oder Rav niemals anlügen. Du hast bereits einmal gelogen. Du solltest das nicht noch einmal tun. Ich werde dich nochmals fragen, möchtest du, dass wir aufhören?"

Ich spürte ihre Macht, ihren Drang, ihre Stärke und ihre Erregung durch das Halsband und das bedeutete, sie konnten mein Verlangen ebenfalls spüren. Ich konnte es nicht verbergen. Ich entblößte meinen Körper, aber das Halsband entblößte meine Seele. Ich befeuchtete meine Lippen und sprach die Worte, die ich nicht länger unterdrücken konnte.

„Nein, hört nicht auf."

Grigg blickte mich zufrieden an, als er Rav den nächsten Befehl gab. „Spreiz ihre Beine auseinander und sag mir, ob ihre Pussy nass ist."

KAPITEL 7

manda

Rav beugte meine Knie mit seinen starken Händen, er machte sie weit auf, bis meine Schenkel fast eben auf dem Bett lagen. Ich war gelenkig und plötzlich sehr dankbar für das harte körperliche Training, das mich zwar nicht meine überschüssigen Pfunde verlieren ließ, mich aber beweglich und bereit für—

„Oh Mann."

Ravs Zunge ging tief in meine Muschi und mein Rücken wölbte sich vom Bett empor. Heiliger Scheiß, kein Mann kann eine so dicke, so lange Zunge haben. Ich hob den Kopf und sah ihm zu.

„Schau mich an." Griggs Befehl bewirkte, dass sich meine Muschi um Ravs Zunge zusammenzog und beide Männer stöhnten, als meine Erregung durch die unsichtbare Verbindung der Halsbänder strömte. Ravs Zunge leckte mich innen und außen, spielte mit meinem Kitzler und drang danach tief in mich ein. Die Oberfläche fühlte sich rauer an, als bei jedem Mann, der mich zuvor geschmeckt hatte, Ravs Zunge war spröde und wurde fachmännisch geführt.

Er hielt inne und seine Worte ließen Grigg die Augenbrauen hochziehen. „Sie ist so feucht, ihre Creme umhüllt meine Zunge wie Wein."

„Probier sie noch einmal, Rav. Lecke und koste sie, bis ihre Beine zittern und ihre Pussy so sehr anschwillt, dass sie deine Zunge zusammendrückt."

Rav ging wieder zu meiner Muschi und ich bebte, ich biss auf meine Lippen, um die Lustschreie zu unterdrücken. Ich krümmte mich und warf den Kopf zurück, ich beobachtete Grigg, wie er mir dabei zusah, der Augenkontakt machte mich noch heißer. Ich hätte seinen hungrigen Blick eigentlich nicht genießen dürfen. Ich hätte nicht so verdammt geil werden dürfen bei dem Gedanken, dass er mir zusah, wie Rav mich mit seiner Zunge fickte. Aber ich war es. Wenn das noch lange so weitergehen würde, dann würde ich ihn anflehen, mich zu nehmen. Ich würde ihn anflehen, mich zu berühren. Ich kam mir pervers vor, wie ein sehr, sehr unanständiges Mädchen.

„Lutsch ihre Klitoris, Rav. Mach sie geil, aber lass sie nicht kommen."

Seine Anweisung ließ mich energisch den Kopf schütteln, denn ich wollte *so* dringend kommen, jedoch konnte ich meine Augen nicht von Griggs eindringlichem Blick, der mich weiterhin beobachtete, abwenden. Er bekam alles mit, jede Einzelheit. Es fühlte sich so an, als würde er in meine Psyche eindringen. Er bemerkte es, wenn Ravs Zunge einen heiklen Punkt berührte und ich aufsprang. Er sah zu und blickte finster, wenn ich meine Augen für einen Moment zu lange geschlossen hielt. Jeder Pulsschlag meiner unerfüllten Mitte ließ mich vor Verlangen stöhnen, meine Erregung war so stark, dass die Falten um meine Muschi vor lauter Fülle schmerzten. Mein Rücken glitt erotisch über die weichen Laken. Sie waren zarter als Seide, aber das war der einzige Reiz, den ich außer Ravs Zunge auf meinem Kitzler wahrnahm.

Ich war leer. Meine Haut war unbedeckt. Außer Ravs geschickter Zunge berührte mich niemand.

Ich wollte berührt werden. Ich brauchte es, ich brauchte die Verbundenheit mit einem anderen Wesen. Es fühlte sich an, als würde ich schweben. So unwirklich. Ich fühlte mich verloren, überwältigt.

„Fick sie mit deinen Fingern, Rav. Lass sie kommen. Heftig." Griggs Worte ließen den Mann zwischen meinen Beinen knurren und ich spürte, wie drei Finger mich öffneten und mich im Rhythmus der rauen Zunge auf meinem Kitzler fickten.

Ein Paar Hände setzte auf meinen Schultern auf und presste mich nach unten. Grigg. Ich hatte ihn nicht gehört. Die Kraft seiner Hände hielt mich an Ort und Stelle. Ich konnte mich nicht rühren, konnte nicht entkommen. Ich war gefangen. Ich war zwischen den beiden gefangen und war so erregt, dass mein Verstand aussetzte. Ich fühlte mich wie ein Tier, wie ein wilder Mustang, der gezähmt wurde.

„Sieh mich an, Amanda. Sieh mich an, wenn du kommst."

Ich hatte nicht bemerkt, dass meine Augen geschlossen waren. Ich öffnete sie und schaute augenblicklich ich in Griggs Augen, in die Augen meines Partners.

Er beugte sich nach vorne und sah zu, wie sich meine Brust anhob, wie meine Schenkel zitterten.

Mein unterer Rücken wölbte sich und ich hob meine Hüften nach oben, um diesem Mund und den Fingern zu entkommen, die mich in einen Zustand versetzten, wie ich ihn vorher noch nie erlebt hatte. Es war zu viel, zu heftig. Ich hielt es nicht mehr aus. Ich würde explodieren.

„Es ... Ich kann nicht ... Oh Gott—"

Rav fauchte mich an, seine bestialische Intensität traf mich durch das Halsband, als er jede meiner Bewegungen und Krümmungen verfolgte. Grigg griff fester zu. Ein Entkommen war unmöglich. Mein Körper saß in der Falle.

„Komm jetzt, Amanda."

Mein Verstand setzte aus – mein Körper gehörte ihnen schon lange – und befand sich in Griggs überragender Kontrolle. Griggs Befehl löste in mir etwas so Abgründiges und Triebhaftes aus, dass ich meine Identität verlor, mein Körper reagierte instinktiv auf ihn und ich schrie, als ich auseinanderbrach.

Grigg schaute mir in die Augen, als ich zu zerbersten schien. Er gab mir Halt, als mich seine Lust und sein Verlangen höher trieben. Als der Orgasmus gipfelte, sich abschwächte und endete, war ich noch immer nicht gestillt. Ich war nicht erschöpft.

Ich war außer Kontrolle. Ich winselte. Ich bettelte. Sie sollten mich ficken, mich nehmen, mich besitzen. Ich brauchte mehr. Mein Körper war noch erregter als wenige Momente zuvor. Ich stand kurz vorm nächsten Orgasmus, als Ravs Finger sachte in und aus meiner nassen Mitte glitten, als er sanft und zufrieden rumorte und zärtlich meinen Kitzler leckte, als wäre ich der vorzüglichste Wein.

Ich wollte es nicht sanft und behutsam besorgt

bekommen. Ich wollte es rau, hart und schnell. Sie sollten mich ficken, erfüllen und besitzen.

„Jetzt", bettelte ich.

Griggs Hände glitten zu seinem Schwanz. Er umfasste ihn mit einem festen Griff und streichelte ihn. Sein wuchtiger Körper war gekrümmt wie ein Raubtier kurz vorm Angriff. Anstatt mich zu verängstigen, machte er mich noch geiler. Ich wollte ihn. Jetzt. Verdammt jetzt sofort.

„Fick sie Rav. Steck deinen harten Schwanz in ihre Pussy."

Ravs Entsetzen fuhr wie ein Elektroschock in mein Halsband. „Was?"

„Du hast richtig verstanden."

Ich blickte weiterhin zu Grigg, als Ravs Verwirrung durch das Halsband spürbar wurde. „Ich bin ihr Zweitpartner, Grigg. Du bist derjenige, der sie fickt. Ihr erstes Kind gehört rechtmäßig dir." Ravs Einwände ließen Grigg größer werden, er bäumte sich über mir auf. Zum ersten Mal wendete er den Blick von mir ab und schaute seinen Gefährten an.

„Fick sie, Rav. Du gehörst mir, so wie sie. Dein Schwanz gehört mir. Dein Samen gehört mir. Falls sie schwanger wird, dann ist es ein Kind des Krieger-Clans der Zakar. Fick sie. Dring in sie ein. Jetzt sofort."

Ravs Schock legte sich wieder und Lust, Sehnsucht, Hitze und eine fremdartige Einsamkeit, die mich nach Luft schnappen ließ, kam zwischen uns auf. Die Heftigkeit seines Drangs ließ Mauern in meinem Herzen einstürzen, die ich nie jemanden überkommen gewollt hatte. Ich streckte beide Hände nach ihm aus, ich konnte mich nicht zurückhalten. „Rav."

Sein Körper legte sich auf mich und presste mich

tief in die Matratze, sein Schwanz stieß mich offen, während sein Mund von meinen Lippen Besitz ergriff.

„Fick sie. Fick sie heftig." Grigg ging jetzt am Bett entlang, er sah uns zu. Er wartete wie ein angriffslustiges Raubtier, das auf die nächste Gelegenheit zum Zuschlagen wartete. Seine Befriedigung hallte durch meinen Körper und verschaffte mir fast so viel Genuss wie die heiße, harte Brust, die sich auf meinen Körper drückte und die Lippen, die meinen Mund forderten.

Rav verlagerte die Hüften, sein Schwanz drückte nach vorne und stieß gegen meine Öffnung. Er war so verdammt groß, dass er meine Schamlippen spreizte und sie weit um sich herum öffnete. Ich riss meinen Mund von ihm weg. Mein Nacken beugte sich rückwärts und ich kämpfte mit dem Gefühl der Lust, als er langsam in mich eindrang und mich bis zur Schmerzgrenze ausweitete. Ich wandte mich, kippte die Hüften und passte mich seiner Größe an.

„Nimm ihn, Amanda. Heb deine Hüften. Fick ihn. Nimm seinen Schwanz in deine feuchte Pussy. Leg deine Beine um seine Hüften. Öffne dich. Du kannst dich uns nicht verschließen. Du gehörst zu uns. Du kannst ihn nehmen. Fick ihn. Pack ihn. Markier ihn, Süße. Lass ihn rein."

Das war so schräg. Ich konnte das Chaos der Emotionen, die mich erstickten, nicht kontrollieren. Meine Emotionen. Ravs. Griggs. Es war ein Durcheinander aus Sehnsucht, Lust, Verlangen, Einsamkeit, Bedürftigkeit.

Diese Bedürftigkeit war es, was mich in Stücke riss. Ihre? Meine? Ich hatte keinen Schimmer und es war mir egal, als ich meine Beine um Ravs Hüften schlang und mein Becken beugte, damit er den richtigen

Winkel traf, um mich mit seinen langsamen Hüftstößen auszufüllen.

Ich mochte die Dehnung und der Schmerz wandelte sich bald in überwältigenden Genuss. Nie zuvor hatte es sich so angefühlt. *Niemals.*

„Fick sie, Rav."

Ravs Hand erfasste meine Hand, Handfläche auf Handfläche, während sich unsere Finger umschlungen, als er mich flach aufs Bett drückte. Er küsste mich erneut und seine Zunge drang tief in mich ein. Er bewegte die Hüften und stieß so perfekt mit steigendem Rhythmus immer wieder in mich hinein, dass ich stöhnte und sich mein Orgasmus näherte.

Ich war fast an der Grenze angekommen – einmal noch. Einmal noch.

„Stopp." Griggs Befehl ließ mich aus Protest aufschreien, aber Rav hielt inne, sein Schwanz steckte bis zu den Eiern in meiner Muschi. Er sollte sich verdammt nochmal bewegen!

„Nein." Mein Einspruch ertönte atemlos und schwach und Grigg wagte es, darüber zu lachen.

„Keine Sorge, Liebes", antwortete er, „wir werden uns um dich kümmern."

Sein düsteres Versprechen ließ meine Muschi verkrampfen und Rav aufheulen. Schweiß tropfte von seiner Augenbraue auf meine Brust. Er war ebenfalls kurz davor und diese Verzögerung war auch für ihn kaum auszuhalten. „Was willst du, Grigg?"

„Dreh dich auf den Rücken, aber lass deinen Schwanz nicht aus ihrer Pussy rutschen."

Sekunden später hatte sich Rav umgedreht und er lag unter mir, sein Schwanz füllte mich durch die neue Position sogar noch besser und ich keuchte, als ich auf ihm lag. Ich musste meine Hände auf seine Brust stützen, um die Balance zu halten und die Hitze der Berührung brannte in meinen Handflächen. Ich konnte mich nicht zurückhalten und rieb meinen Kitzler an seinem harten Abdomen. Ich warf den Kopf zurück und schloss die Augen. Ich ließ komplett los. Ich war so kurz davor. Ich war so verdammt kurz davor.

Klatsch!

Griggs Hand schlug mit einem beißenden Schmerz auf meinem Arsch auf und ich zuckte vor Schreck. Der Schmerz verwandelte sich in Hitze und meine Bewegung trieb Ravs Schwanz noch tiefer in mich hinein, sodass mein schockiertes Keuchen zu einem tiefen Stöhnen wurde. „Was machst du da?" knurrte er hervor.

Ich drehte den Kopf und entdeckte Grigg an meiner Seite. Seine Arme waren verschränkt.

„Ich—"

„Halt sie unten, Rav. Halt deinen Schwanz in ihr drin, sie soll sich nicht bewegen."

„Was?" Ich weinte. „Bist du ... bist du immer so gebieterisch?"

Ravs Arme wickelten sich um meine Schultern und er zog mich nach unten, so dass meine Brust fest auf seiner Brust lag. Ich sah zu ihm herunter und entdeckte, dass einer seiner Mundwinkel nach oben gezogen war. „Ich nehme an, du meinst damit, er sei fordernd. Ja, er sagt den Leuten immer, was sie zu tun haben."

Seine riesigen Arme banden sich wie Stahlbänder um meinen Rücken, sein Schwanz füllte meinen Körper und mein Arsch streckte verletzlich in die Höhe, ich war mir nicht sicher, ob mir das gefiel. Ravs Worte beruhigten mich, Grigg war also von Natur aus dominant. Ich hatte auch das Gefühl, dass Rav standhaft genug war, um mich zu beschützen, und zwar auch vor Grigg, wenn es nötig sein würde.

„Was ... was tust du da?" fragte ich Grigg, die Worte entwichen im Takt mit dem schnellen Keuchen meiner Lungen. „Warum ... warum sollten wir aufhören?"

Grigg zog eine Augenbraue hoch. „Du hast mich angelogen, Liebes. Es gefällt dir, wenn ich zusehe. Es gefällt dir, was wir mit dir machen. Ich glaube, wir haben dir gesagt, dass du bestraft wirst, solltest du deine Partner anlügen."

Mein Hirn war vor lauter Lust derartig vernebelt, dass ich fast eine Minute lang nachdenken musste, um mich an die Unterhaltung auf der Krankenstation zu erinnern. Es war mir nicht gestattet, meine Partner anzulügen und ich würde dafür ... „Das kann nicht dein Ernst sein."

Grigg antwortete darauf, indem er meinen Hintern versohlte.

„Grigg!" schrie ich. Der stechende Schmerz wurde heiß und grell.

Er versohlte mich wieder.

Und wieder.

Klatsch.

Klatsch.

Klatsch.

„Grigg!"

Das Brennen breitete sich an meinem wunden Hintern aus, während er mich weiter versohlte. Je mehr ich versuchte, von ihm wegzukommen, desto härter saß ich auf Ravs Schwanz auf, bis die Hitze der Schläge und das zweischneidige Gefühl von Ravs harter Länge, die mich erfüllte, schneller als ich es begreifen konnte zu einem weiteren Orgasmus brachten.

Ich krallte mich an Ravs Schultern fest. Meine Fingernägel gruben sich in seine Haut.

Das erste Flattern der Erleichterung ließ mich winseln, aber Griggs Hand packte unverzüglich mein Haar und hob meinen Kopf an, damit ich ihn anblickte. „Nein. Du darfst jetzt noch nicht kommen, Liebes. Noch nicht."

„Was? Ich darf—" Seine Worte legten meinen Körper still und ich schluchzte vor Verlangen. „Bitte."

Sanft strich seine Hand über meinen Rücken, dann lief er zu einer Schublade am anderen Ende des Zimmers, um etwas zu holen. Jede Sekunde kam mir vor wie eine Stunde. Ravs Brust unter mir krümmte sich ebenfalls unter dem Zwang, sich zurückhalten zu müssen.

Ich blickte zu Rav hinunter und hoffte, er könne mir dabei helfen, Grigg besser zu verstehen. „Schhh", säuselte er, „er weiß, was du brauchst."

Daran hatte ich keinen Zweifel, aber als Grigg hinter mir niederkniete und seine Hände sanft auf meinen Arsch legte, seufzte ich vor Erleichterung. Vielleicht hatte Rav Recht. Vielleicht wusste Grigg, was ich benötigte, aber er stellte sich nur so furchtbar langsam an.

Sekunden später krümmte ich mich erneut, als er dasselbe warme Öl, das ich von der Krankenstation kannte, in mein zweites Loch rieb.

„Warte!"

Klatsch!

„Halt still, Liebes. Ich führe jetzt ein kleines Übungsgerät in dich ein, damit du nichts als Vergnügen verspürst, wenn Rav und ich dich gleichzeitig nehmen und unsere beiden Schwänze dich ausfüllen."

Gott, da war wieder dieser Traum. Zwei Männer. Sie füllten mich aus. Ließen mich—

„Ahh—" Ich wandte mich unter dem unangenehmen Gefühl, als Grigg das Gerät in mich hineinschob. Wie versprochen war es nicht riesig, aber mit Ravs dickem Schwanz so tief in mir drin fühlte ich mich unerträglich voll. Übervoll. Es war zu viel. „Ich kann nicht ... es ist—"

„Rav." Griggs Aufforderung ließ Rav unter mir seine Hüften kreisen, sein harter Schwanz rieb an meinem Kitzler. Oh ja, das fühlte sich herrlich an.

„Drück seinen Schwanz, Amanda. Drück ihn solange, bis er kommt." Ich konnte mir nichts mehr wünschen oder um irgendetwas bitten. Ich konnte noch nicht einmal mehr darüber nachdenken, wie krass und dominant Grigg war. Ich war ihnen komplett ausgeliefert. Wenn ich endlich kommen wollte, dann würde ich so tun, wie Grigg mir befahl. Ich wollte es und vielleicht war das Halsband der Grund, warum ich wusste, dass Grigg mir nur gab, was ich aushalten konnte, was ich tief im Verborgenen *wollte*. Vielleicht war es so tief verborgen, dass ich es selber nicht wusste.

Ich lag bewegungslos auf meinem Partner, während der andere mich streichelte und mit dem Stöpsel in meinem Arsch spielte, und ich gehorchte. Ich presste meine Muskeln um Ravs harte Latte zusammen, dann ließ ich los, immer wieder, bis sein Herzschlag in meinem Ohr galoppierte und sein Körper unter mir verkrampfte. Ravs Atem war ein finsteres Grollen.

„Komm' Rav", befahl Grigg, „jetzt sofort. Fül' sie mit unserem Samen aus."

Grigg knetete meinen Arsch und zog meine Schamlippen weiter auseinander, als Rav mit einem Aufschrei kam und sein Schwanz mich von innen stoßend mit seinem Samen bedeckte.

Ich wartete auf die genüssliche Hitze, denn ihr Samen enthielt eine eigenartige Substanz, die mein Körper zu absorbieren schien. Ich erwartete es, denn ich hatte es zuvor schon im Untersuchungszimmer gespürt, als Grigg seine mit Ejakulat bedeckten Fingerspitzen an meine Muschi rieb, aber ich konnte meine Reaktion nicht steuern.

Ich ging in die Luft und Nichts und Niemand konnte die Explosion der Wonne stoppen, die durch meinen Körper rollte. Ich fürchtete, mein Herz würde explodieren. Ich fürchtete, dass ich die Intensität nicht überleben würde. Ich schrie laut, schloss meine Augen und spannte jeden Muskel in meinem Körper an. Ich war ihnen erlegen und lieferte mich vollkommen aus.

Mittendrin wurde ich aus Ravs Armen gerissen, von seinem Schwanz heruntergehoben und mit den Hüften an der Bettkante auf die andere Seite des Betts gezogen. Ich lag immer noch auf dem Bauch und Grigg kniete hinter mir und spreizte meine Knie weit auseinander. Mit einem mühelosen Stoß – der Weg war mit Ravs Samen ausgekleidet – füllte er mich mit seinem riesigen Schwanz. Mein Orgasmus war noch nicht beendet und mein Körper kräuselte sich um seine dicke Latte und molk ihn.

Seine Hände lagen grob, fest und dringlich auf meinen Hüften, als er mich für jeden Stoß mit seiner Hüfte nach hinten zog. Mit jedem Stoß traf ich ihn und drückte mich nach hinten, um ihn tiefer zu nehmen. „Ja!" schrie ich. Ich brauchte immer mehr von dem, was auch immer er mir geben konnte.

„Nimm ihre Klitoris, Rav. Lass sie nochmal kommen." Grigg war fast außer Atem, aber seine Worte waren deutlich und Rav bewegte sich über das Bett. Er legte sich auf den Rücken. Sein Gesicht war wenige Zentimeter von meinem Gesicht entfernt. Seine langen Arme glitten zwischen meinen Körper und das Bett, um meinen Kitzler zu finden und mich zu streicheln, während Grigg mich von hinten fickte. Was auch immer er in meinen Arsch gesteckt hatte, wurde mit jedem Stoßen tiefer geschoben, denn sein Becken traf den Ring, der es an Ort und Stelle hielt.

Rav wirkte benommen, wie erschüttert und ich kannte dieses Gefühl. Ich hatte nicht die Absicht, nach ihm zu greifen, aber ich tat es. Ich zog seinen Mund auf meinen Mund und küsste ihn mit jeder Faser des Verlangens. Grigg fickte mich hart und heftig von hinten und mein Kuss war sinnlich und weich; es war meine eigene, behutsame Art, Besitz zu ergreifen.

Ich war geschockt, als mein Körper noch einmal dem Höhepunkt entgegensteuerte. Ravs Samen wirkte wie Feuer in meinem Blut. Das Gefühl, beide Löcher ausgefüllt zu bekommen? Vier Hände berührten meinem Körper. Zwei Münder lagen auf meiner Haut. Das alles zusammen ließ mich erneut kommen.

Noch nie hatte ich mich so gefühlt. Ich war wild und ungezähmt, schamlos. Der Orgasmus war anders als alles, was ich kannte. *Nichts* hatte sich jemals so angefühlt. Über das Halsband spürte ich ihr verzweifeltes Bedürfnis, ebenfalls zu kommen und es machte mein Bedürfnis nur noch stärker. Es war ein brodelnder Kreislauf, der uns drei immer weiter emporhob.

Grigg brüllte, als meine Muschi sich wie eine Faust um ihn schloss, sein Samen pumpte in mich hinein wie

Benzin in ein loderndes Feuer und mein Orgasmus ging weiter und weiter bis ich, schlussendlich, auf dem Bett zusammenbrach. Griggs Schwanz steckte noch immer in mir, sein fester Körper war regungslos und ein willkommenes Gewicht auf meinem Rücken.

Viele Minuten lang lagen wir einfach nur da, alle drei rangen wir darum, uns zu beruhigen und den Atem wiederzufinden. Ravs Hand strich über mein langes Haar. Grigg liebkoste meine Flanken. Seine Hände streichelten mich sanft von der Unterseite meiner Brüste bis zu den Außenseiten meiner Schenkel und seine Lippen wanderten an meiner Wirbelsäule entlang bis zu meinem Nacken.

Ich schloss die Augen und ließ sie gewähren. Niemand bemerkte die Tränen, die unter meinen geschlossenen Augenlidern hervor kullerten. Ich war leer. Aufgebraucht. Ich hatte ihnen alles gegeben. *Alles.* Und jetzt war ich hin und hergerissen. Sie hatten jeden dunklen Abgrund in mir gesehen, sie kannten mich auf eine Art, die nie zuvor jemand zu Gesicht bekommen hatte. Ich war offen und bloßgestellt. Ich war ihnen gegenüber verletzlich und schwach.

Und in diesem Moment wurde mir klar, wie aufgeschmissen ich war. Es wäre nur zu einfach, mich in meine Partner zu verlieben und dieses märchenhafte Dasein, das sie mir anzubieten schienen, zu wollen. Und je länger ich zwischen ihnen lag, mich willkommen, begehrt und besonders fühlte, desto deutlicher wurde mir, dass sie zu hintergehen, etwas in mir kaputtmachen würde.

Trotz allem konnte ich mich nicht einfach von meinen Verpflichtungen abwenden. Ich musste herausfinden, was genau es mit der Bedrohung durch die Hive auf sich hatte und so viele Informationen wie möglich zur Erde zurücksenden. Die Menschheit im Dunkeln zu lassen und der Interstellaren Koalition auszuliefern, war keine Option, egal wie berauschend der Sex mit meinen beiden Partnern auch sein mochte.

War ich nicht ein Miststück?

KAPITEL 8

rigg

ICH KONNTE NICHT SCHLAFEN. Stattdessen lag ich die ganze Nacht wach und beobachtete, wie die beiden eng umschlungen beieinanderlagen, wie sie mich umschlungen.

Meine Partnerin Amanda ruhte nackt mit ihrem Kopf auf meiner Schulter, ihr Bein umschlang meinen Schenkel, ihr Arm lag auf meiner Brust. Sogar im Schlaf war sie mir zugewandt. Ihr Anblick ließ meine Brust anschwellen und ich hoffte, dass sie meine wahrhaftige Partnerin sein würde, dass sie lernen würde, mich zu lieben.

Ihr Rücken schmiegte sich an Rav, dessen Körper sich mit einer beschützerischen Geste um sie legte. Einer Geste, die ich nur bewundern konnte. Sein Arm war ausgestreckt und seine Hand ruhte ebenfalls auf meiner Brust, seine Finger umgriffen leicht ihr Handgelenk. Sogar im Schlaf hielt er sie fest. Seine Berührung beunruhigte mich nicht. Er gehörte ebenfalls mir und ich konnte mir keinen besseren Zweitpartner für meine Partnerin vorstellen. Er war ein stolzer Krieger unseres Clans, er war hochintelligent und, wenn nötig, erbarmungslos. Er würde einen hervorragenden Partner für Amanda darstellen und da er leitender Offizier der Krankenstation war, bestand nur ein sehr geringes Risiko, dass unsere Partnerin schutzlos zurückzubleiben würde, weil wir beide im Kampf getötet worden waren. Falls ich bei meinem nächsten Einsatz sterben würde, dann würde er sich um sie kümmern, sie lieben, sie ficken—

Der Gedanke daran bewirkte, dass sich in meinen Eingeweiden etwas Dunkles und Bedürftiges zusammenzog, etwas schürfte in mir wie ein paar Krallen, die meine Seele bluten, schmerzen und wehmütig nach Etwas trachten ließen. Eine unvermeidbare Ahnung legte sich über mich wie dunkle Gewitterwolken, eine Vorahnung, die ich schon mein ganzes Leben lang in mir trug. Mein Vater hatte recht. Ich war nicht in der Lage, zu führen. Ich war schwach. Sentimental. Mein Verstand war von Emotionen und Bedürfnissen umnebelt, die kein wahrer Krieger an sich herankommen ließ. Bis jetzt war mir nie bewusst, dass diese Gefühle überhaupt existierten. Bis Amanda.

Ich konnte den Schmerz nicht abschütteln, ich befreite mich aus der Umarmung meiner Partnerin und glitt geräuschlos vom Bett.

Dieser verdammte, aufdringliche Captain Trist. Es gab einen guten Grund, warum ich keine Partnerin angefordert hatte. Ich ging nicht davon aus, dass ich lang genug leben würde, um eine Frau mein Eigen nennen zu können. Rav war sich immer bewusst, dass er meine rechte Hand war und ich hatte ihm viele Male verständlich gemacht, dass er als Hauptpartner eine eigene Partnerin anfordern könne, wenn er das wünschte. Er hatte den erforderlichen Rang und Status, um eine Braut anzufordern. Es gab einige Krieger, denen es eine Ehre sein würde, sein zweiter Mann zu werden.

Er hatte sich geweigert. Als Jungen hatten wir uns gegenseitig einen Eid geschworen. Wir würden den anderen nie im Stich lassen und daran hielten wir uns.

Viele Male wäre es einfacher für mich gewesen, wenn Rav mich und mein stures Gehabe einfach sitzen gelassen hätte. Ich wollte, dass er glücklich wird, jedoch erfreute ich mich auch an seiner unerschütterlichen Loyalität. Ehrlich gesagt stützte ich mich stärker, als ich zugeben wollte auf seinen wachen Verstand und seinen beruhigenden Einfluss.

Trotzdem erwartete ich meinen Tod mehr als mein zukünftiges Leben, als ein zukünftiges Familienleben. Ich wollte nicht, dass er um mich trauern würde. Ich wollte nicht, dass eine Partnerin um mich trauern würde. Ich wollte nicht—

Amanda. Sie seufzte behutsam und wälzte sich auf dem Bett, sie suchte nach mir, während sie schlief. Als ihre Arme mich nicht vorfanden, drehte sie sich stattdessen zu Rav. Sie presste ihre Stirn und ihre Nase an seine Brust, seine Arme waren in einer beschützenden Geste um sie geschlungen, als sie sich an ihn schmiegte und weiter träumte.

Sie kam so unerwartet, genau wie meine Reaktion

ihr gegenüber. Sie war in jeder Hinsicht perfekt. Ich konnte es nicht lassen, ihr eigenartig dunkles Haar zu bewundern oder ihre weich gerundeten Hüften und Schenkel. Das üppige Polster ihres Abdomens und ihre vollen Brüste. Ihre Lippen, die pinkfarben und verführerisch waren, genau wie ihre Pussy. Fast hätte ich mich in ihren dunklen Augen verloren, als Rav sie zum Höhepunkt brachte, als die Wonne sie überkam und sie sich beide mir unterwarfen und in meine Kontrolle begaben. Je mehr ich verlangte, desto schneller gab sie nach, desto unterwürfiger wurde sie. Ich konnte es spüren, ich fühlte es über das Halsband, dass sie es wollte. Nein, sie *brauchte* es, und zwar genauso eindringlich, wie ich es brauchte, Befehle zu erteilen. Sie war so verdammt perfekt für mich.

Noch schockierender war das Bedürfnis, Rav zu unterwerfen, ihn anzuleiten und ihn so umfassend zu besitzen, wie ich meine Partnerin besaß. Ich wollte ihn nicht ficken, aber ich verspürte den Drang, ihn zu besitzen, zu steuern, zu beschützen und für ihn zu sorgen. Das Bedürfnis tauchte aus dem Nichts auf, als unsere Partnerin plötzlich zwischen uns lag.

Er gehörte mir und ich konnte die Stärke meines instinktiven Bedürfnisses danach, dass er meinen Anspruch auf Führung genauso verstand und akzeptierte, wie Amanda, nicht verstehen. Plötzlich war ich darüber verärgert, dass seine Sachen immer noch in seinem Quartier lagen und nicht hier bei mir und unserer Partnerin waren, wo sie hingehörten. Ich unterdrückte mein merkwürdiges Bedürfnis, Amanda aufzuwecken und mit ihr zu reden, sie über ihre Existenz auszufragen und ihr mein Schiff zu zeigen, sie wie ein junger Emporkömmling zu beeindrucken und nicht wie ein Kommandant, der sich niemandem zu beweisen hatte.

Anstatt mich um meine Befehlsmacht, die Aufklärungsmissionen und die Kampfstrategie zu sorgen, saß ich wie ein Narr im Dunkeln und bewunderte ihre Schönheit. Ich zählte ihre Atemzüge und bekämpfte den Drang, sie zu wecken und sie noch einmal, gemächlich, zu nehmen. Ich stellte mir vor, ihre Lippen zu küssen, ihren Körper zu streicheln, jede Rundung und jede Vertiefung zu erkunden, die empfindliche Stellen auf ihrer Haut zu finden und sie dahinschmelzen zu lassen oder keuchen oder kommen zu lassen. Ich hockte allein im Dunkeln und fragte mich, ob meine Partner mit allem versorgt waren, um ausgeglichen, zufrieden, und glücklich zu sein. Ich fragte mich, ob ich ihnen genügen würde. Ich musste ihnen genug tun.

Und ich brauchte nie irgendetwas. Ich vermied alle Arten von Verstrickungen. Ich bekämpfte die Cyborgs der Hive. Sex war für mich nur Vergnügen. Ich kämpfte in den Linien meiner Krieger, um meine Wut zu stillen und die Abgründe des Zorns einzudämmen, die sich auftaten, wenn ich mit meinem Vater sprach oder einen weiteren Krieger auf dem Schlachtfeld sterben sah. Und all das verschwand, wenn ich tief in Amanda war, wenn ich sie zum Orgasmus brachte und sie mit meinem Samen füllte.

Als ich meine Partner anstarrte, erwachte in mir etwas Ursprüngliches und Unersättliches und ich fürchtete, nichts könnte mich jetzt wieder beruhigen.

Ich fühlte mich wie ein Alien in meiner eigenen Haut, wie ein Fremder mit Gedanken und Bedürfnissen, die ich nicht wiedererkannte und nicht kontrollieren konnte.

Weiter im Dunkeln zu grübeln gefiel mir nicht, also stand ich leise auf und reinigte meinen Körper im MG-Block. Als ich eine neue Uniform anlegte, spürte ich die Last meiner Befehlsmacht und die Last einer Verantwortung, die ich noch nie zuvor getragen hatte. Meine Befehlsmacht war etwas vollkommen anderes, als die Verantwortung meiner Partnerin gegenüber. Sie war familiär, normal, komfortabel.

Fünf Minuten später war ich auf der Kommandobrücke, mein Verstand war wunderbar frei von Verlangen, Lust und Durcheinander, als ich mich auf die Aufklärungsberichte stürzte und mit meinen besten Piloten über bevorstehende Einsätze sprach. Sie bemerkten das Band um meinen Hals, waren aber schlau genug, mich nicht darauf anzusprechen. Es gab dringendere Angelegenheiten zu diskutieren, als meine Wahl einer Partnerin.

Die Hive würden eintreffen. Die Hive gierten nach neuen Körpern, um diese zu assimilieren, nach frischem Fleisch für ihre Integrationszentren und ihr Hunger war unersättlich. Sie verschlangen alles Leben, es war die Grundlage ihrer Existenz. Meine Kampftruppe befand sich an der Front und war der zentralen Kommandoführung der Hive so nahe, dass wir pro Woche oft zwei oder dreimal so viele Auseinandersetzungen hatten, als die anderen Sektoren.

Wie üblich erfüllte mich dieser Gedanke mit Stolz. Wir befanden uns in einem der ältesten und verlustreichsten Sektoren des Krieges. Mein Vater hatte das eingefädelt und die Erwartungen an seinen Sohn waren das Einzige, was größer war, als sein Stolz auf die Krieger des Clans der Zakar. Die Kampftruppe Zakar würde nie ausweichen, nie woanders hinziehen. Unser Clan hatte seit hunderten Jahren hier gekämpft.

„Kommandant, eine Kommunikation." Mein Nachrichtenoffizier sprach von ihrem Posten aus auf der Kommunikationsbrücke.

„Mein Vater?"

„Ja, Sir."

Großartig. Das konnte ich jetzt nicht gut gebrauchen. „Stell ihn durch ins Zentrum." Das Zentrum war meine Bezeichnung für den Konferenzraum auf dem Schiff. Der private Raum war für Treffen mit Spitzenoffizieren vorgesehen, um über Strategien oder Angelegenheiten des Schlachtschiffes zu beraten. Dort traf ich meine Captains, dort disziplinierte ich meine Krieger und dort schmiedete ich Kampfpläne.

Ich verließ die Kommandobrücke und ging in den Konferenzraum. Sekunden, nachdem die Tür hinter mir geschlossen war, füllte das dunkel-orangefarbene Gesicht meines Vaters den Bildschirm an der Wand. Ich hatte seine Augen geerbt, aber den Rest, insbesondere die goldene Farbe meiner Haut, hatte ich von meiner Mutter. Seine Hautfarbe wurde von der altertümlichen Ahnenlinie heruntergereicht und er traute mir schon immer weniger zu, weil ich nicht denselben dunkeln Hautton hatte wie er.

„Kommandant." Er nannte mich nie beim Namen, sondern sprach mich nur mit meinem Dienstrang an, als wäre ich nicht sein Sohn. Als wäre ich nur ein Soldat. „Ich habe den allerletzten Bericht gelesen."

„Ja, Vater. Die Hive wurden aus dem Sonnensystem verdrängt."

„Und du wurdest fast getötet."

Er fing also wieder damit an … „Mir geht es gut."

„Verdammt, Junge. Du warst schwach. Eine Blamage. Ich rate dir, etwas Zeit in einem einfachen

Flugsimulator zu verbringen, bevor du wieder in einen Fighter steigst. Du solltest das besser können. Du bist schließlich ein Zakar. Ich werde nicht zulassen, dass die Weiber sich über dich lustig machen, weil du aus deinem Schiff geschossen wurdest und wie ein Stück Abfall im Weltraum herumgewirbelt bist."

„Es tut mir leid, dass ich dich enttäusche." Das Geschimpfe meines Vaters ging mehrere Minuten lang weiter, als er ausführlich schilderte, wie er an diesem Abend im Palast des Primes besorgte Blicke und beunruhigende Fragen über sich ergehen lassen musste. Ich kratzte meinen Nacken und versuchte, die kochende Wut in meinem Innersten so gut wie möglich zu ignorieren. Jedes Mal, wenn ich gezwungen war, den Mann, der mich gezeugt hatte, anzusehen, begehrte der Zorn in mir erneut auf.

„So etwas darf nicht noch einmal vorkommen. Du bist ein Zakar."

Er würde sich nicht verabschieden oder fragen, wie es mir geht. Es war ihm egal. Er erwartete von mir, am Leben zu bleiben, es besser zu machen und dem Namen der Familie Ehre zu machen.

Seit Jahren hatte ich mir seine Schimpftiraden angehört. Schon sehr lange hatten sie meinen Puls nicht mehr rasen oder mein Herz schmerzen lassen. Nicht mehr, seit ich noch in der Akademie gewesen war und meinem Vater erlaubt hatte, mein emotionales Gleichgewicht zu stören. Heute aber sank ich in den nächsten Sessel neben dem Konferenztisch und vergrub meinen Kopf in meinen Händen.

Hass. Ärger. Zorn. Scham. Liebe. Die wildesten Gefühle wühlten meine Brust auf, bis ich keine Luft mehr bekam.

* * *

Conrav

AMANDA RUHTE IN MEINEN ARMEN, ihr Atem strich heiß um meine Brust. Ihr Kopf war unter mein Kinn geklemmt und ihr nackter Körper schmiegte sich an meinen, während ich sie festhielt.
Meine Partnerin.
Ich hatte jahrelang auf sie gewartet und die Götter angefleht, dass Grigg eines Tages dazu bereit sein würde, sie herbeizurufen, um sie für sich zu beanspruchen.
Ich war leitender Offizier. Mir hätte eine eigene Braut zugestanden, aber jedes Mal, wenn ich die Möglichkeit in Betracht zog, sah ich nur Grigg, verloren und vollkommen allein. Er war nicht nur wie einer meiner leiblichen Brüder für mich, sondern er war auch mein bester Freund und ich konnte ihn genauso wenig verlassen, wie ich einen verwundeten Krieger auf dem Schlachtfeld hätte verlassen können.
Die Höllenqualen meines Körpers waren die seinen, die neue Verbindung mit unserer Partnerin, die emotionale Verbundenheit wurde über unsere Halsbänder besiegelt und Griggs Schmerz war so deutlich spürbar, als würde er neben mir stehen und auseinanderbrechen.
Wenige Augenblicke später regte sich unsere Partnerin ebenfalls, ihre raschen Atemzüge und die Hand, die über ihr Herz huschte, waren der Beweis, dass sie seinen Schmerz ebenso spürte. Unsere Bindung war stark, sie war stärker, als ich es nach nur einem einzigen Mal Sex für möglich gehalten hätte.

„Was ist los?" Sie flüsterte, als sie verkrampfte, ohne sich aus meiner Umarmung zu befreien. „Grigg."

„Ja, Grigg", seufzte ich. Ich küsste unsere Partnerin auf die Stirn und ließ sie widerwillig aufstehen. „Wenn ich einmal raten müsste, dann würde ich sagen, er hat gerade mit seinem Vater gesprochen."

Sie saß auf dem Bett; prächtig, nackt und so umwerfend schön. Selbst als ich über die beiseite geworfene Uniform stolperte, konnte ich meinen Blick nicht von ihr abwenden.

„Sein Vater?" Amanda zog die Bettdecke hoch, um ihre Brüste zu bedecken. Dabei fiel ihr dunkles Haar wild über ihre Schultern. Selbst Griggs Schmerzen reichten nicht aus, um meinen Schwanz davon abzuhalten, sich bei dieser Ansicht aufzutürmen.

„General Zakar. Er ist ein Berater des Prime."

„Aber—" Sie rieb über ihre Brust, als hätte sie wirklich Schmerzen. „Das verstehe ich nicht."

Endlich angezogen lief ich wieder zum Bett und beugte mich herunter, um ihren weichen, rosafarbenen Lippen einen Kuss zu geben. Himmel, sie war so auserlesen und sie gehörte mir und Grigg. Und dieser Arsch brauchte mich jetzt. „Leg dich wieder hin, Liebes. Ich kümmere mich darum."

Etwas aufgebracht ließ sie mich gehen und ich begrüßte die Leidenschaft in ihr. Sie würde sie brauchen, um die Verpartnerung mit uns zu überstehen. Grigg war unberechenbar geworden, sein Bedürfnis zu herrschen erregte und schockierte mich gleichermaßen. Ich hatte keine Hemmungen, unsere Partnerin genauso zu ficken, wie Grigg es wollte. Die Tatsache, dass er mir befohlen hatte, sie zu ficken, sie mit meinem Samen zu füllen – als Erster – waren ein Schock und eine unbeschreibliche Ehre. Nie hatte ich mir vorgestellt, dass unser Erstgeborenes wirklich uns beiden gehören könnte. Wir würden keine Möglichkeit haben, herauszufinden, wer der wirkliche Vater unserer Kinder sein würde. Die Großzügigkeit seiner Tat ehrte mich, obwohl Griggs dominantes Verhalten mir gegenüber in meinem Verstand eine Mischung aus Billigung und Verwirrung auslöste.

Er war schon immer dreist, impulsiv, arrogant und ein wenig ungestüm gewesen. Ich mochte diese Seite an ihm und wir hatten zahlreiche Abenteuer durchlebt und viele Male Seite an Seite gekämpft. Aber wir hatten nie das Bett miteinander geteilt, wir hatten nie eine Frau geteilt und ich hatte nie sein absolutes Bedürfnis nach Kontrolle zu spüren bekommen. Er hatte seine eiserne Hand nie auf mich ausgeweitet und ich war schockiert darüber, dass ich es anregend fand. Verdammt, unsere Partnerin fand es sicher auch anregend.

Grigg befand sich genau dort, wo ich ihn erwartet hatte, im Zentrum, seiner einzig wahrhaftigen Zufluchtsstätte. Allein.

Der Scheißkerl war immer allein.

Er blickte nicht in meine Richtung, als ich hereintrat. Die Arbeitsunterlagen lagen flach und unangetastet vor ihm auf dem Tisch. Sie waren sicherlich gefüllt mit hunderten Berichten, Anfragen und Angelegenheiten, die seine Zusage erforderten. Er saß an dem runden Tisch und schaute sich nichts davon an, sein Blick war kalt und leer, als er auf einen Monitor starrte, der die absolute Leere des Weltraums vor dem Schiff zeigte. Hätte ich seinen Schmerz und seine Wut nicht über mein Halsband spüren können, dann hätte ich seiner nüchternen Fassade wohl Glauben geschenkt. Er war sehr geschickt darin geworden, seine wahren Gefühle zu verbergen.

„Ich schätze, dein Vater war mal wieder so charmant wie immer?" Ich setzte mich neben Grigg und wartete. „Wie geht es ihm heute?"

Das Schweigen währte mehrere Minuten, ich wollte ihn nicht drängen, sondern legte nur meine Füße auf den Tisch, meine Hände hinter meinen Kopf und wartete, bis er in die Luft ging.

„Nimm deine verdammten Füße von meinem Tisch runter."

„So übel, hm?"

„Rav."

„Lass mich raten? Er war so um dich besorgt, dass er in Tränen ausbrach und vor lauter Schluchzen nicht mehr sprechen konnte?"

Grigg prustete: „Du Arschloch."

Ich streckte mich. Ich war gleichermaßen erschöpft und aufgestachelt nach unserem Erlebnis mit Amanda. Nach all dem, was wir mit ihr angestellt hatten, war ich überrascht, dass er so schnell wieder zu seinem alten, verkrampften Selbst zurückfand. Wenn ich Grigg wieder beruhigen könnte, dann könnten wir vielleicht in unser Zimmer zurückgehen und die Decke von ihrem weichen, warmen Körper ziehen und—

„Hör gefälligst auf, an sie zu denken. Du machst mich noch wütender."

„Dann lass mich raten. Deine Nahtoderfahrung war eine Schande für die Zakar Familie und die Frauen im Palast schleimen sich alle bei ihm mit ihrer Besorgnis um den berüchtigten Kommandant Zakar ein."

„So könnte man es zusammenfassen."

„Hast du ihm von deiner Partnerin erzählt?"

„Nein."

„Was? Ist ihm das Halsband denn nicht aufgefallen?"

Grigg verneinte. „Er sieht nur das, was er sehen will. Den Rest …"

„Du hast es ihm also nicht gesagt. Warum nicht? Vielleicht würden ihn die Weiber dort dann in Ruhe lassen, wenn sie wüssten, dass sie keine Chancen bei dir haben."

„Die hatten nie eine Chance bei mir."

„Das wussten sie aber nicht. Ich bin mir sicher, dass du die Nummer Eins auf den Verpartnerungslisten zahlreicher Mütter bist und zu Hause auf Prime fast schon eine Berühmtheit darstellst."

Er schwieg weiter und ich stachelte ihn auch nicht weiter auf, sondern gab ihm Gelegenheit, zu verarbeiten, was ich ihm soeben gesagt hatte. Er war ein genialer Krieger, aber wenn es um Frauen ging, dann hatte er gerade mal so viel Feingefühl wie sein Vater. Über diese Tatsache konnte ich ihn nie aufklären.

„Ich werde ihm nicht von ihr erzählen."

Ich runzelte die Stirn. „Warum nicht?"

Schließlich blickte er mich an und ich war erleichtert, als ich endlich über das Halsband spürte, wie er sich wieder beruhigte. „Mir gefällt der Gedanke, dass er unter den Zuwendungen der Frauen leidet. Vielleicht werde ich es ihm niemals sagen."

„Gut. Dein beschissener Vater ist mir egal. Ich sorge mich um Amanda. Was werden wir also mit ihr anstellen?"

Damit erlangte ich seine Aufmerksamkeit. „Was meinst du damit?"

„Hast du es nicht gespürt, als wir mit ihr fertig waren?"

„Was gespürt?"

„Ihr Schuldgefühl."

Grigg schüttelte den Kopf und blickte wieder auf die Ansammlung von Sternen auf seinem Monitor. „Nein. Ich bedaure. Ich war—"

„Am Arsch und verwirrt aufgrund deiner Gefühle mir gegenüber?"

KAPITEL 9

onrav

„Verdammt, Rav. Warum tust du mir das an?" Griggs Mund verschloss sich zu einer dünnen Linie und er weigerte sich, mich anzusehen. Niemals hatte ich in all den Jahren, in denen wir uns kannten, Grigg dabei ertappt, dass ihm etwas peinlich war.

Ich legte entschlossen meine Hand auf seine Schulter. Ich drückte ihn, als er versuchte, mich abzuweisen. Diese Sache mussten wir miteinander besprechen. Falls unsere Partnerschaft mit Amanda funktionieren sollte, dann mussten wir darüber reden. „Okay, mir soll es Recht sein. Ich will nicht mit dir ficken, Grigg, aber wenn dein gebieterisches Getue im Bett Amanda jedes Mal so extrem heiß macht, dann stehe ich dir zu Diensten. Sie war so verdammt feucht, sie wollte uns so verzweifelt, ich konnte keinen klaren Gedanken fassen. Sie hat es genossen."

„Ich weiß."
„Und der Rest?"
Er sah mich an und ich wusste, dass er seine restlichen Emotionen bereits so tief in sich begraben hatte, dass ich sie wieder ans Licht zwingen müsste. „Ich habe alles gespürt, Grigg. Dank dieser verdammten Halsbänder können wir nichts mehr voreinander verbergen. Du warst besitzergreifend und das nicht nur Amanda gegenüber."

„Es tut mir leid. Ich weiß nicht, woher das kam." Grigg sah so verloren, so aus der Fassung gebracht aus, dass ich ihm glaubte. Was verdammt traurig war und nur weiter davon zeugte, wie sehr sein kaltherziger Vater ihn ruiniert hatte.

„Das ist normal, Grigg. Das nennt man Liebe. Mitgefühl. Zuneigung. Du bist mein Cousin und ich liebe dich. Für dich würde ich sterben. Ich würde töten, um dich zu beschützen. Es ist vollkommen normal, wenn du das gleiche fühlst. Das ist es, was aus uns eine Familie macht. Und diese Gefühle schließen von nun an auch unsere Partnerin mit ein. Ich spüre es."

„Ich hatte nie solche Gefühle gehabt."
„Diese verdammten Halsbänder", nuschelte ich.
„Ich weiß. Aber jetzt weißt *du* es auch."
„Ich weiß was?"
„Wie Familie sich eigentlich anfühlen sollte."

Grigg fasste sich an die Brust und ich spürte den stechenden Schmerz, der ihn in Stücke riss. Er hatte keine Ahnung, was er mit all diesen Emotionen anfangen sollte, also half ich ihm ein wenig aus und versuchte, ihn abzulenken. „Zurück zu deiner Partnerin. Ich denke, wir haben ein Problem."

„Ihre Schuldgefühle?"

„Ja. Sie verheimlicht uns etwas. Die Halsbänder verraten sogar das."

Grigg runzelte die Stirn. Er war mit einem echten, greifbaren Problem beschäftigt, womit er sehr viel rationeller umgehen konnte als mit seinen ungewohnten Emotionen. „Hast du einen Verdacht?"

Ich erwähnte es nur ungern, aber als ich herausgefunden hatte, dass unsere Partnerin von einem neuen Mitglied der Interstellaren Koalition kam, hatte ich ein paar Nachforschungen angestellt. „Ich habe mir ihren Planeten etwas näher angeschaut und jeden Bericht über die Erde gelesen."

„Und?"

„Ihre Leute sind primitiv, sie kämpfen immer noch um Rohstoffe und um ihre Territorien. In weiten Teilen ihrer Welt haben Frauen noch immer keine Grundrechte, keinen Zugang zu Bildung. Sie werden wie Sklaven behandelt, ohne Respekt ihnen gegenüber und ohne eigene Rechte. Sie lassen die Armen hungern und auf den Straßen sterben. Sie bringen sich aufgrund ihrer Hautfarbe und aufgrund religiöser Grundsätze gegenseitig um. Es ist barbarisch."

„Sie ist jetzt kein Erdling mehr. Sie ist eine Bürgerin von Prillon Prime. Sie gehört jetzt zu uns."

„Ja, so lautet es offiziell."

„Und?"

„In der Abfertigungszentrale hat sie sich mit zwei Männern getroffen. Sie gab an, dass es sich dabei um ihre Familie handelte. Sie hat die Aufseher angelogen, denn die Männer waren nicht mit ihr verwandt. Eine Aufseherin schöpfte Verdacht und hat die Aufzeichnung ihrer Unterhaltung überprüft."

„Und wer waren die Männer?"

„Spione. Amanda ist anscheinend eine Spionin ihrer Regierung."

Grigg machte große Augen. „Amanda ist eine Spionin?"

Ich nickte.

„Ja. Sie ist die allererste Braut. Dass sie das Programm zu ihrem Nutzen verwenden wollen, ergibt Sinn. Ich gehe davon aus, dass sie Amanda zu uns entsendet haben, damit sie Informationen zur Erde zurücksendet und ihnen die Technologien verschafft, die die Koalition ihnen vorenthalten hat."

„Ich verstehe." Ich konnte förmlich spüren, wie sein Verstand arbeitete, wie er überlegte und einen Plan ausformulierte. „Und woher weißt du das alles? Sind die Informationen über Amanda zuverlässig?"

„Absolut, ja. Ich habe die Hauptaufseherin der Erde, Lady Egara beauftragt, ihre Vergangenheit unter die Lupe zu nehmen."

Grigg beugte sich nach vorne. „Ich dachte, die Erde hatte gerade erst von der Existenz der Koalition erfahren. Und ich kenne den Kommandanten Egara. Was macht seine Partnerin, eine Prillon-Dame, auf der Erde?"

Die Antwort auf diese Frage war bedrückend. „Lady Egaras Partner verschwanden alle beide vor ein paar Jahren bei einem Überfall der Hive."

„Mögen die Götter sich ihrer erbarmen." Grigg runzelte erneut die Stirn und ich spürte seine Trauer über die Neuigkeit. „Keine Kinder?"

„Nein. Und sie weigerte sich, neue Partner zu nehmen. Sie wurde Jahre vor dem offiziellen Kontakt mit der Erde geholt. Ich kenne nicht alle Einzelheiten, aber nach dem Tod ihrer Partner bot sie an, als Leiterin des Bräute-Programms auf der Erde zu dienen. Ihre Loyalität liegt in jedem Fall bei der Koalition. Ich vertraue ihren Informationen."

Grigg schritt auf und ab und ich schaute zu, überließ es ihm, über unser weiteres Vorgehen zu entscheiden. Ich war ausgebildet zu heilen und nicht, um mit Verrat und Täuschung umzugehen. Und ich wusste, dass der Krieg um das Herz und die Loyalität unserer Braut gerade erst begonnen hatte.

Grigg wandte sich mit verschränkten Armen zu mir. „Möchtest du sie aufgeben und eine neue Partnerin anfordern?"

„Nein. Sie passt zu uns. Die Tests haben eine fünfundneunzig prozentige Übereinstimmung ergeben. Für Aufseherin Egara und mich steht außer Frage, dass sie die Richtige für uns ist. Sie gehört jetzt uns. Egal, ob sie das versteht oder nicht. Egal, ob sie ihrer Regierung oder uns gegenüber verpflichtet ist."

„Einverstanden." Grigg schritt erneut auf und ab. „Das erklärt, warum Egara so sehr darauf aus ist, ihre ersten Kämpfer in den Kampf gegen die Hive zu schicken."

Das überraschte mich. „Sie wollen ihre Soldaten entsenden?"

„Ja. Unbedingt sogar. Sie wollten noch nicht einmal, dass ihre Soldaten das gesamte Trainingsprotokoll durchlaufen." Er schüttelte den Kopf. „Wie selbstmörderisch und dumm. Der Bericht besagt, dass diese Männer so etwas wie *Sondereinsatzkräfte* darstellen, die kein besonderes Training benötigen. Es sind die Elitetruppen der Erde."

Griggs Ausdruck brachte mich zum Lächeln. Es konnte losgehen. „Was wirst du also machen?"

„Wir lassen sie kommen und unsere hübsche, kleine Partnerin wird uns zu den Verrätern unter ihnen führen. Sicherlich werden sie nicht nur einen Spion senden."

„Und dann?" Der Gedanke machte mich nervös. Ich wusste, dass Grigg unserer Partnerin niemals etwas zuleide tun würde, aber bezüglich der Soldaten von der Erde war ich mir nicht ganz so sicher.

„Die Verräter werden sterben und ich werde ihr den Arsch so lange versohlen, bis er glüht. Sie wurde uns zugeteilt. Wie du sagtest, es besteht kein Zweifel, daran, dass sie uns gehört. Wir werden sie ficken und ausfüllen damit sie genau weiß, zu wem sie gehört, und zwar nicht zu den Stammesführern auf der Erde. Die sind nicht in der Lage, sie so zu ficken und so zu lieben, wie wir."

„Nein. Sie ist vielleicht deren Spionin, aber sie gehört zu uns."

* * *

Amanda

EIN EIGENARTIGES PIEPEN weckte mich auf. Ich hörte es nur einmal, also ignorierte ich es und drehte mich wieder um. Ich war daran gewöhnt, aufgrund meines Jobs ständig an neuen Orten aufzuwachen und daher wusste ich, wo ich mich befand. Ich war im Weltraum. Es half auch, dass meine Muschi und mein Arsch ziemlich wund waren und ich würde niemals vergessen, was Grigg und Rav mit mir angestellt hatten. Der Analstöpsel war umgehend entfernt worden, nachdem Grigg mich gefickt hatte, als ich erschlafft und gesättigt zwischen ihnen einschlief.

Das Piepen ertönte wieder. Ich hob den Kopf und

blickte mich im Zimmer um. Ich war allein, beide Seiten des Bettes waren kalt. Ich wurde nicht geweckt, als die beiden aufstanden, also waren sie entweder extrem leise oder ich hatte wie eine Tote geschlafen.

Piep!

Ich nahm das Laken und wickelte es um mich herum, ich ging ins Wohnzimmer und bemerkte zum ersten Mal den kleinen Tisch mit den drei Stühlen, die übergroße Couch, die am Boden festgeschraubt war und die nüchternen, leeren, bräunlichen Wände. Das Ganze sah verdammt nach einer Junggesellenbude aus und ich fragte mich, welche Dekorationen ich wohl auftreiben könnte, damit es mehr nach Zuhause aussehen würde als nach einem Krankenhausquartier.

Trotz allem war das Zimmer leer.

Piep!

Das Geräusch kam von der Tür. Es schien eine Art Weltall-Türklingel zu sein. Ich ging zur Tür, aber es gab keinen Türgriff. Wahrscheinlich gab es einen Bewegungsmelder, denn sobald ich einen Meter entfernt war, schob sich die Tür auf.

Vor mir stand eine Frau und lächelte. Sie trug eine ähnliche Uniform wie Rav am Tag zuvor, aber ihr Shirt war hell orangefarben und nicht grün. Sie war nicht menschlich. Ihr schulterlanges Haar war zu einem Zopf geflochten, trotzdem erkannte man aber ihre dunkel-orangefarbenen Strähnen. Sie stand im Eingang und überragte mich deutlich. Sie war fast eine Armlänge größer als ich. Ihre Augen waren gutmütig und golden, ich gewöhnte mich an die Farbe und ihre Haut war dunkelgoldfarben, ähnlich wie Griggs. Ihre Stimme klang aber durchaus normal.

„Sind sie die Partnerin des Kommandanten? Lady Zakar?"

Ihre Stimme war sanft und höflich, allerdings hatte sie die aufrechte Haltung einer Soldatin, einer Frau, die sich von niemandem einschüchtern ließ.

Ich zog das Laken fester um mich und errötete, denn ich konnte mir nur denken, was sie von mir hielt. Ich fühlte mich bloßgestellt und wusste nicht, wohin ich mich wenden sollte.

„Ja", antwortete ich, „ich … ähm, ich heiße Amanda."

Zwei Soldaten traten in den Gang und die Frau blickte kurz zu ihnen hinüber, als ich einen Schritt zurückwich. Dann wandte sie sich wieder mir zu.

„Mein Name ist Lady Myntar, aber sie können mich Mara nennen. Ihre Partner haben mich geschickt. Darf ich hereinkommen?"

Ich nickte und trat einen weiteren Schritt zurück, als ich die Stimmen der Soldaten näher kommen hörte. Ich wollte nicht, dass sie mich so sahen, nackt, verbraucht und nur mit einem Laken bekleidet.

Sie trat ein und die Tür schloss sich hinter uns. Erleichtert atmete ich auf.

„Wie erwähnt wurde ich von deinen Partnern entsendet, da die beiden nicht anwesend sein können, wenn du aufwachen würdest."

Wie rücksichtsvoll von den beiden.

„Ich kümmere mich um die Familienintegration und die Sozialisierung und ich habe auch zwei Partner hier. Einer von ihnen, Drake, arbeitet mit Kommandanten Zakar zusammen. Du hast sehr großes Glück, einen so vorbildlichen Partner und einen sehr angesehenen Zweitpartner zu haben." Sie beugte sich vor und fügte leise hinzu: „Aber erzähl das nicht meinen Partnern."

Ich lächelte, denn sie war nett und mir war nicht

klar, dass ich jemanden ... brauchte. Ich brauchte jemanden, der nicht darauf aus war, mir die Kleider vom Leib zu reißen und mich zu ficken. Zumindest im Moment. Ich brauchte eine Vergewisserung, dass der Aufenthalt auf einem Schiff der Prillonen mehr war, als mit zwei Kriegern verpartnert zu werden. Obwohl ich genossen hatte, was die beiden in der Nacht zuvor mit mir gemacht hatten und mein Körper sich weiter nach ihnen sehnte – ihr Samen triefte noch aus meiner Muschi – war ich doch mehr als nur ein Sexobjekt. Wenn ich tagelang in dem kleinen Zimmer sitzen und an die nackten Wände starren müsste, dann würde ich komplett durchdrehen.

„Ich bin gekommen, um dir für den Anfang einige Kleidung und Essen zu geben. Und falls du irgendetwas anderes benötigst, dann lass es mich bitte wissen. Ich werde dir dabei helfen, einen Job zu finden, der dir Spaß macht. Freunde. Etwas, womit du dich beschäftigen kannst, während deine Partner unabkömmlich sind. Ich denke, es ist für dich hier ziemlich anders als auf der Erde."

Ich hatte noch keinen Schimmer, inwiefern es hier anders sein würde, aber ich zupfte an meinem Laken. „Jedes Ding wäre besser als dieses Laken. Danke. Aber ich möchte gerne zuerst duschen."

Sie lächelte. „Natürlich."

Mara verbrachte die nächste Stunde damit, mir zu zeigen, wie die Duscheinheiten funktionierten. Es gab eine Dusche und eine Wanne und sie erklärte mir, dass diese zum Vergnügen da waren und nicht unbedingt notwendig seien. Sie zeigte mir den S-Gen, dessen grüne Lichter meinen Körper scannten und automatisch neue Kleidung für mich materialisierten. Der Wohnbereich war vollkommen anders als auf der Erde, es gab keine Küche, keine Schränke und ich folgte ihr fast blind und mit einer Neugierde, die man sonst nur bei kleinen Kindern beobachten würde. In den Wänden waren verschiedene Fächer versteckt und ich freute mich darauf, sie alle ausfindig zu machen und zu öffnen – wie auf einer Schatzsuche. Ich war aufgeregt wie ein kleines Kind und war dankbar für ihre Unterstützung. Und das sagte ich ihr auch.

„Gern geschehen. Ich zeige dir jetzt die Cafeteria. Danach solltest du klar kommen. Oh!" Sie drehte sich um und blickte mich an. „Deine Verpartnerungsbox. Ich glaube, sie ist noch auf der Krankenstation."

„Verpartnerungsbox?"

Sie wirbelte ihre Hand durch die Luft. „Das ist eine Box mit Zubehör für die neuen Partnerinnen. Wir holen einfach eine aus dem Lager. Möchtest du gerne noch das Schiff erkunden, bevor wir essen gehen?"

Mir gefiel der Gedanke, mehr als nur Griggs Quartier zu sehen und ich ignorierte meinen knurrenden Magen. Ich hatte Hunger, aber ich konnte warten. Ein Rundgang würde nicht nur meine Neugierde stillen, sondern ich würde auch das Schiff in Augenschein nehmen und einen Bericht darüber zur Erde zurücksenden können.

„Ja, gerne."

Mit einer nachtblauen Uniform bekleidet, die aus einer dunklen Hose und einer passenden Tunika bestand, kämmte ich mit den Fingern durch mein Haar und ließ es wild auf meine Schultern fallen. Neugierig folgte ich Mara hinaus auf den Gang. Es gab nicht viel zu sehen außer dem komplett orangefarbenen Gang. Die Wände wechselten zu grün und dann blau, als wir durch das Schiff liefen. Mara erklärte mir, dass Orange und Cremefarben bedeuteten, dass wir uns in Wohn- oder Familienbereichen aufhielten. Grün bedeutete, wir befanden uns auf der Krankenstation, Blau war der technische Bereich, Rot war die Kommando- und Kampfzentrale. Das Schiff hatte einen Farbcode, wie die Uniformen auch. Grau stand für die allgemeinen Hilfsmitarbeiter, die Farbe und das Abzeichen auf ihrer Brust wiesen aus, in welchem Bereich des Schiffs sie tätig waren. Höhere Offiziere, wie Ärzte und Ingenieure trugen Uniformen, die dem Sektor des Schiffs entsprachen. Deshalb trug Rav eine dunkelgrüne Uniform.

Die Krieger, wie auch Grigg, trugen alle einen schwarzbraunen Tarnpanzer, der, wie Mara mir versicherte, fast unzerstörbar war. Sie erklärte: „Der Kommandant hat das schon oft getestet."

Das gefiel mir überhaupt nicht.

Wir liefen an einigen Leuten vorbei, die allesamt respektvoll nickten. Zuerst dachte ich, das sei ihre Art der Begrüßung, aber sie schienen es nur für mich zu tun und nicht für Mara.

„Warum nicken sie mir zu? Sie kennen mich doch überhaupt nicht."

„Sie wissen, dass du Lady Zakar, die Partnerin des Kommandanten bist. Wir haben deine Ankunft mehrere Jahre lang erwartet."

Ich blickte skeptisch, als wir um eine Ecke bogen. „Woher weiß man, dass ich das bin?"

Mara deutete auf meinen Hals. „Dein Halsband. Deine Kleider. Deine fremde Erscheinung. Der Kommandant hat darauf bestanden, dass du die Farben der Familie Zakar trägst. Jede Gruppe von Partnerinnen hat eine andere Farbe. Siehst du—" Sie deutete auf ihr Hals. „Die Familie meines Partners, der

Myntar-Clan, wird durch die dunkelorange Farbe repräsentiert."

„Ich fühle mich geehrt, aber ich bin verwirrt; warum sollte irgendjemand hier auf mich gewartet haben?"

Mara hielt inne und schaute mir ins Gesicht. „Die Partnerin des Kommandanten hat große Macht und großen Einfluss. In Zivilangelegenheiten wird deinen Anweisungen von Allen an Bord Folge geleistet, den Kriegern wie auch den Zivilisten. Niemand außer dem Kommandanten höchstpersönlich kann dir Befehle erteilen und alle an Bord würden ihr Leben opfern, um dich zu beschützen. Du bist jetzt eine Art Prinzessin. Oder eine Königin. Unsere Königin."

Was zur Hölle? Ich konnte den Schock in meiner Stimme nicht verbergen. „Warum? Was habe ich zu tun? Warum sollte ein Krieger meinen Anweisungen folgen? Sollte ich auch in den Kampf ziehen?"

„Oh nein, Liebes." Sie tätschelte meinen Ärmel, dann ließ sie ihre Hand herunterhängen. „Nein. Wenn du es allerdings wolltest und deine Partner davon überzeugen könntest, dann wäre auch das möglich. Aber ich werde dir helfen, eine Aufgabe zu finden, die zu dir passt. Als bisher ranghöchste Frau auf dem Schiff war ich für die zivilen Aspekte des Lebens im Weltall verantwortlich. Die Krieger sind damit beschäftigt, zu kämpfen und erwarten von den Zivilpersonen, den Rest zu organisieren."

Verdammte Scheiße. „Und was zum Beispiel?"

„Adoptionen, Verpartnerungen, Pflege, Sozialisierung, Gemeinschaftsleben, Schule—"

Ich hob meine Hand, um ihr ins Wort zu fallen. „Also die Männer kämpfen und wir kümmern uns um den Rest?"

„Richtig." Sie grinste. „Und es würde mich freuen, wenn du mir helfen könntest, falls du daran interessiert wärst."

„Aber woher weiß ich denn, ob ich nicht alles durcheinanderbringe? Ich habe keine Ahnung von euren Schiffen oder davon wie ihr lebt. Bis vor Kurzem wusste ich noch nicht einmal, dass Raumschiffe auch außerhalb von Kinofilmen existieren."

Mara lächelte zuversichtlich und ich konnte der Wärme ihrer Worte nichts entgegnen: „Du wurdest für ihn ausgewählt. Du passt perfekt zu ihm und das bedeutet, dass du auch für uns perfekt sein wirst. Die Protokolle hätten unseren Kommandanten nicht mit einer Frau verpartnert, die ihm oder ihren eigenen Verantwortungen nicht gewachsen wäre."

Fassungslos klappte mein Unterkiefer herunter und wieder nach oben, worauf hin sie lachen musste.

„Mein Partner ist Captain Myntar, der dritthöchste Offizier der Kampftruppe Zakar. Da weder der Kommandant noch Captain Trist eine Partnerin genommen hatten, war bisher nur ich hier oben für alles verantwortlich. Und unter uns, ich könnte *wirklich* etwas Hilfe gebrauchen."

Die Aussicht auf eine verantwortungsvolle Aufgabe ließ meine Wirbelsäule vor Aufregung kribbeln. Ich hätte mich über die Gelegenheit freuen müssen, in meiner neuen Rolle an Informationen zu kommen. Aber ehrlich gesagt fühlte ich mich gut, weil ich etwas Produktives tun würde. Ich liebte den Gedanken, mich nützlich zu machen, etwas zu erschaffen, anstatt es kaputt zu machen.

„Wie lange bist du schon verpartnert?" fragte ich.

„Seit fünf Jahren. Wir haben einen Sohn." Ihr Gesicht erstrahlte. „Möchtest du ihn sehen?"

„Ähm … sicher."

„Toll, denn ich habe ihn in seine Schule gebracht. Er ist erst drei Jahre alt, dort wird also mehr gespielt—aber ich mag es, ihm dabei zuzuschauen, wie er Spaß hat."

Wir bogen einige Male mehr ab, die Farbe der Wände wechselte erneut zu einem weichen, sandigen Braunton. Mara stoppte vor einer Tür, bis diese sich öffnete und ich folgte ihr. Wir befanden uns in einem Empfangsbereich und eine Frau mit einer merkwürdig blauen Hautfarbe saß an einem Schreibtisch. Ihr Haar war so schwarz wie ihre Augen, aber ihre Gesichtszüge waren atemberaubend wie die eines Fotomodells.

„Lady Myntar", sagte die Frau.

„Hi Nealy. Das hier ist Lady Zakar—"

Die Frau stand auf und nickte mit dem Kopf. „Die Partnerin des Kommandanten. Herzlich Willkommen."

Ich lächelte der jungen Frau entgegen. „Danke. Du kannst Amanda zu mir sagen."

Mara strahlte geradezu. „Ich wollte nur kurz bei Lan vorbeischauen. Ich werde euch nicht stören."

Nealy nickte und wir gingen zu einem der Fenster, welche den Blick auf die angrenzenden Räume freigaben. In jedem davon spielten Kinder verschiedenen Alters, begleitet von Erwachsenen, die ebenfalls spielten, einige halfen beim Ausmalen oder warfen einen Ball.

„Da!" Mara zeigte auf einen kleinen Jungen mit derselben goldenen Haut und der rostroten Haarfarbe wie seine Mutter. Er stapelte zusammen mit einem kleinen, flachsblonden Mädchen Blöcke aufeinander, ihr Haar ähnelte Ravs. Die Szene ähnelte einer Vorschule auf der Erde.

„Er ist hinreißend."

Mara leuchtete vor Freude, sie war offensichtlich von ihrem Kind wie verzaubert. „Ja. Er ist stark. Und schon so fürsorglich. Gestern hat er einen anderen Kleinen gehauen, weil dieser Aleandra an den Haaren gezogen hatte. Seine beiden Väter waren so stolz."

Okay, sie ermunterten die Kinder also zu Streitereien.

Nein, sie ermunterten ihre kleinen Jungs dazu, die kleinen Mädchen zu beschützen. Dagegen hatte ich nichts einzuwenden.

Wir schauten ihnen ein paar Minuten lang zu, genossen die pure Freude auf den Gesichtern der Kinder, ihr unschuldiges Vergnügen an einfachen Dingen. Mir wurde klar, dass diese Kinder genau wie die kleinen Jungen und Mädchen auf der Erde waren. Es gab keinen Unterschied. Ein Kind stahl einem anderen das Spielzeug, eines war mit einem Buch auf einer Decke eingeschlafen. Ein weiteres saß weinend auf dem Schoß einer Lehrerin. Sie wedelte mit einem kleinen, leuchtenden Stab über den Kratzer an seinem Knie.

Ich deutete auf den Stab. „Was ist das?"

„Der ReGen-Stab?"

„Das Ding in der Hand der Lehrerin."

„Ja. Das ist ein Stab, mit dem man heilen kann."

Innerhalb von Sekunden war das Knie des Jungen komplett verheilt und von dem Kratzer war keine Spur mehr zu sehen. Er weinte nicht mehr, sondern lächelte.

„So etwas habe ich noch nie gesehen", kommentierte ich.

„Wir sollten gehen, bevor Lan mich sieht."

Wir verließen die kleine Schule und befanden uns erneut auf den Korridoren.

„In den gesamten Gemeinschaftsbereichen gibt es solche ReGen-Stäbe und in den Arbeitsbereichen ebenfalls. Sie heilen kleine Verletzungen, aber bei ernsten Wunden sollte man in eine der Krankenstationen gehen, dort stehen die ReGen-Blöcke."

„Damit heilen Verletzungen ebenso schnell wie das Knie des kleinen Jungen?"

„Ja. Eigentlich sind es Submersionseinheiten zur Regeneration, aber wir nennen die Geräte einfach nur Block."

Wow. Ich stellte mir einen sargähnlichen Block vor, wie aus einem Science-Fiction-Film. Einfach hineinlegen, ein paar Minuten warten und man ist wieder vollkommen gesund? Auf der Erde könnte man so etwas wirklich gut gebrauchen.

Und der ReGen-Stab? Der war transportierbar, leicht und schnell. Er könnte die medizinische Behandlung auf der Erde revolutionieren, aber wir wussten nichts davon. Ich würde mich nach einem dieser Dinger in den Gemeinschaftsbereichen umsehen, so wie Mara es gesagt hatte. Andernfalls müsste ich den ReGen-Stab aus der Vorschule stehlen, auch wenn es mir widerstrebte. Mit Sicherheit würden sie ihn sofort ersetzen, sie mussten schließlich tausende von den Dingern haben.

Ich begleitete Mara zu einem weitläufigen, Cafeteria-ähnlichen Speisesaal, der fast leer war. Sie zeigte mir, wie ich Essen an der S-Gen-Einheit bestellte und erklärte mir, dass ich auch auf meinem Zimmer etwas zu essen bestellen könnte, dass aber bei den Prillonen nicht üblich war, alleine zu essen und dass die Krieger und ihre Partnerinnen es als Geringschätzung auffassen würden, sollte ich nicht in den Gemeinschaftsräumen speisen, insbesondere da ich die Partnerin des Kommandanten war. *Ihre* Lady Zakar.

Na toll. Auf einmal hatte ich also Verpflichtungen wie eine Hoheit, einschließlich Politik und öffentlicher Auftritte? Das war mehr, als ich erwartet hatte. Sehr viel mehr.

Das Essen war merkwürdig. Ich aß knusprige Nudeln, die nach einer Mischung aus Orangenschalen und Pfirsichen schmeckten. Es gab eine eigenartige, lila Frucht, die wie ein Apfel geformt war, aber nach Sauerkirschen schmeckte, wie jene, mit denen meine Großmutter Kuchen backte.

Ich strengte mich wirklich an, aber die Abneigung musste auf meinem Gesicht zu sehen gewesen sein. Mara lachte: „Du kannst den Kommandanten darum bitten, dass er die Programmierer dazu veranlasst, einige Gerichte von der Erde mit ins Angebot aufzunehmen."

„Das geht?" Himmel sei Dank. Ich hätte mit diesem Zeug überleben können, aber auf einer Food-Messe hätte man damit keine blauen Schleifen gewonnen. Ich hätte sicher damit abgenommen.

„Ja. Du kannst einfach eine Liste erstellen. Sobald er sie unterzeichnet hat, übermitteln wir sie den Programmierteams auf Prillon Prime. Die werden die Gerichte von der Erde anfordern, die Inhaltsstoffe analysieren und sie in die S-Gen-Einheit für dich einprogrammieren."

„Danke! Das wäre großartig." Ich wollte sie am liebsten umarmen.

„Wir müssen gehen."

Ich nickte. Sie hatte fast den ganzen Tag damit verbracht, mir das Schiff zu zeigen und mich den Leuten, die wir trafen vorzustellen. Ich war es gewohnt, zu lächeln und zu nicken und gab allgemein mein Bestes, um eine gesellige Person zu sein, aber auch ich hatte Grenzen und diese waren in den vergangenen zwei Tagen auf eine harte Probe gestellt worden. Ich brauchte jetzt etwas Ruhe und Zurückgezogenheit. Ich brauchte Zeit zum Nachdenken und um herauszufinden, was ich als Nächstes tun würde.

Wir verließen die Cafeteria und liefen durch einige Gänge, bis wir an einem merkwürdigen Schalter ankamen. Mara ging darauf zu, die Frau hinter dem Schalter erinnerte mich an eine Apothekerin oder sogar an eine Ticketverkäuferin im Kino. Ich wusste nicht genau, was die Aufgabe dieser Dame war.

„Ein ATB bitte", bestellte Mara.

Die Prillonen-Dame blickte mich kurz an, sie nickte und ging in den kleinen Raum hinter ihr, um etwas zu holen. Sie überreichte es Mara, die es daraufhin mir übergab.

„Was ist das? Was ist ein ATB?" Ich nahm die Box, die in Etwa die Größe eines Schuhkartons hatte und klemmte sie unter den Arm.

„ATB steht für anale Trainingsbox. Das ist keine offizielle Bezeichnung, aber wir Frauen nennen sie gerne so."

KAPITEL 10

„Was?" Das konnte sie *nicht* wirklich gesagt haben.

Mara lief den Gang hinunter und sie erwartete offensichtlich von mir, dass ich ihr folgte. „Ich habe noch etwas zu erledigen. Ich bringe dich zurück in dein Privatquartier. Doktor Zakar hat mir versichert, dass einer von ihnen bald zurück sein würde. Ich möchte nicht, dass sie sich um dich sorgen, sollten sie schon da sein."

Tatsächlich war noch keiner der beiden wieder da. In Ruhe öffnete ich die Box, ich war neugierig, zu erfahren, um was es sich dabei handelte.

ATB. Anal – also im Ernst?

In der Box befanden sich über ein Dutzend eigenartig geformter Werkzeuge mit knollenförmigen Enden, merkwürdig verdrehten Griffen sowie Werkzeuge, die eher wie Schraubenschlüssel aussahen oder etwas, womit man ein Auto reparierte. Kopfschüttelnd glitt ich mit der Fingerspitze über ein merkwürdig langes, hubbeliges, silberfarbenes Werkzeug, das zu leuchten schien.

Ich hatte keine Ahnung, was man mit den Geräten anstellte und keines davon schien für … ähm … den Anus geeignet zu sein. Ich ging davon aus, das wenigstens eines davon etwas war, was Robert gefallen würde, wie der ReGen-Stab. Der Geheimdienst verlangte nach Technologien und hier hatte ich eine ganze Kiste voll. Was auch immer man damit anstellte, ich war sicher, dass die Wissenschaftler der Behörde Rückschlüsse ziehen und daraus etwas Nützliches entwickeln konnten. Da war auch noch dieser heilende Stab. Ich musste eines dieser Teile in die Finger bekommen und einen Weg finden, es nach Hause zu senden.

Ich stöberte weiter und fand ein Werkzeug, das ungewöhnlich aussah. Ich zog es heraus und spielte damit herum, ich fragte mich, wofür man es verwendete. Es war ein etwa fünfzehn Zentimeter langer Stab mit zwei Ringen an jeder Seite. Der Stab bestand aus Leichtmetall, er war ziemlich einfach und sah aus wie ein doppelter Schraubenschlüssel. Komisch.

Ich lief mit dem eigenartigen Ding durch das Quartier, spielte mit den Enden und versuchte herauszufinden, wofür es wohl gedacht war. Ich stand neben der Couch, als ich die Tür hörte und Grigg nach mir rief.

„Amanda! Bist du zurück?"

Der Gedanke, mit dem komischen Teil ertappt zu werden, versetzte mich in Panik, also beugte ich mich schnell vor, um den Stab unter dem dunkelblauen Sofakissen zu verstecken.

„Liebes!"

Der bloße Klang seiner tiefen Stimme ließ mein Herz höher schlagen und meine Muschi pulsieren. Als ich mich zu ihm drehte, stand er nur ein paar Schritte hinter mir und hatte die Hände auf die Hüften gestützt. Er hatte mich mit den Händen unter dem Kissen und herausgestrecktem Hintern ertappt. Ich errötete und mein Gesicht heizte sich noch mehr auf, als er seine dunkle Augenbraue hochzog.

„Ich bedaure, dass ich dich alleine gelassen habe. Sieht so aus, als ob Mara sich gut um dich gekümmert hat."

Er trat zu mir und flüsterte: „Mir gefällt die dunkelblaue Farbe der Zakar an deinem runden Arsch. Allerdings gefällst du mir noch besser, wenn du nur ein Laken umhast."

Seine schmeichlerischen Worte und sein Enthusiasmus heizten mich weiter auf. Der bloße Klang seiner Stimme, seine schiere Anwesenheit im Raum erregten mich.

„Was versteckst du da?" wollte er wissen und deutete auf die Couch.

Mir blieb nichts Anderes übrig, als den Stab unter dem Kissen hervorzuziehen und ihn hochzuhalten.

„Ich weiß nicht genau", antwortete ich aufrichtig. Das Ding zu verstecken, mochte eigenartig erscheinen, also schwindelte ich nicht noch mehr. Ich deutete auf die Box. „Wir haben die Verpartnerungsbox abgeholt, aber ich habe keine Ahnung, wofür man die Teile darin benutzt."

Grigg legte seine Finger auf den Rand der Box, zog sie über den Tisch und schaute hinein. „Ja, die Box ist mir bekannt. Liebes, aber warum wolltest du ausgerechnet dieses eine Objekt verstecken?"

„Ich ... ich—" Normalerweise konnte ich mich aus

jeder Situation herauswinden. Von Australien bis nach Arizona, ich konnte mir immer im Handumdrehen irgendetwas ausdenken. Diesmal aber ... „Ich weiß nicht."

Griggs Antwort darauf war ein unverbindliches Grunzen. „Dir ist klar, Liebes, dass wir über unsere Halsbänder auch unsere Gefühle miteinander teilen. Zum Beispiel hättest du spüren müssen, dass ich leicht erregt war, als ich hereingekommen bin. Mein Verlangen nach dir würde höchstwahrscheinlich deine eigene Erregung verstärken."

Das ergab Sinn, denn ich hatte sofort Lust auf ihn, als er zurückkam. Eigentlich hatte ich immer noch Lust auf ihn.

„Das Halsband spürt auch andere Empfindungen, wie Nervosität." Er nahm den Stab aus meiner Hand und spielte damit in seinen großen Händen. „Oder Lügen."

Ich schluckte. Verfluchte Technik. Wie zum Teufel sollte ich eine Spionin sein, wenn jeder meiner Gedanken und jedes meiner Gefühle sichtbar waren?

„Ich hab absolut keine Ahnung, was das ist."

Er griff in die Box und holte einen sehr viel kleineren Stab heraus. „Ich bat Mara darum, sicherzustellen, dass du deine Box bekommen würdest. Nach der Untersuchung hatten wir vor lauter Eile vergessen, eine für dich in der Krankenstation abzuholen."

Der Gedanke an die Untersuchung ließ mich rot anlaufen.

„Was sind all diese Geräte?" fragte ich.

Er öffnete den Deckel, hob eine Schicht hoch, die ich noch nicht geöffnet hatte und zog etwas heraus, das offensichtlich wie ein Analstöpsel aussah.

Ich schwieg, mein Abdomen heizte sich auf, meine

Muschi und mein Poloch zogen sich zusammen. Plötzlich ergab ATB viel mehr Sinn. Sicherlich war nicht alles in der Box—

Er grinste. „Alle neuen Partnerinnen erhalten ein Set, um damit zu üben. Wir können uns nicht komplett miteinander vereinen, bevor Rav und ich dich gleichzeitig nehmen, dich gleichzeitig ficken."

„Oh." Ich stellte mir vor, zwischen den beiden zu liegen, mit beiden Schwänzen in mir drin, die mich bis zum Anschlag ausfüllten. Genau wie in meinem Traum. Ich verfluchte meinen lüsternen Körper, aber ständig dachte ich an diesen Traum. Zwei Männer, die mich fickten, ausfüllten, für sich beanspruchten.

„Anscheinend war Mara der Meinung, wir benötigen nicht nur die einfache Box mit den Analstöpseln, sondern sehr viel ausgefeiltere Hilfsmittel."

Ich deutete auf den Metallstab und runzelte mit der Stirn. „Das ist ein Sexspielzeug?"

„Ein *Sexspielzeug*", Grigg nickte, „ich mag diesen Ausdruck, denn es ist definitiv ein Spielzeug, mit dem ich gerne spielen möchte."

Und ich? Ich zweifelte daran, denn das Ding sah eher wie ein doppelter Schraubenschlüssel aus als ein Spielzeug.

„Du hast versucht, ein Sexspielzeug in der Couch zu verstecken. Verrate mir bitte noch einmal, warum?"

Scheiße. Ich biss meine Lippe und starrte auf das Ding. „Ich ... ich weiß nicht. Es war dumm von mir."

Prüfend nahm er es mir weg.

„Ja, das sagtest du bereits und ich habe dir gesagt, dass das eine Lüge ist."

Beide Male hatte es also nicht geklappt. Mist.

„Hast du es versteckt, weil du nicht willst, dass ich es an dir ausprobiere?"

Ich nickte, und zwar mit mehr Eifer als nötig.

„Aber du weiß nicht, was es ist. Woher willst du wissen, dass es dir nicht gefällt?"

Ich zuckte mit den Schultern, denn darauf hatte ich keine Antwort.

„Was ist, wenn ich dir sage, dass es dir gefallen würde? Dass ich nie etwas mit dir machen würde, was dir nicht gefallen würde? Würdest du mir vertrauen?"

Sein Blick war dunkel und ernst, aber seine Stimme klang sanft und behutsam. Er redete mir gut zu, denn ich hatte das Gefühl, dass er das Spielzeug benutzen wollte. An mir. Jetzt sofort.

„Es wird nicht weh tun?" fragte ich und starrte dabei auf das eigenartige Teil.

„Es ist ein lustvoller Schmerz." Als ich einen Schritt zurückwich und skeptisch blickte, fügte er hinzu: „Hab Vertrauen."

Ich leckte meine Lippen und schaute ihn an. Ich schaute ihn *eindringlich* an. Vertraute ich ihm?

„Falls du mir noch nicht traust, dann hab Vertrauen in die Verpartnerung. Hab Vertrauen, dass ich weiß, was dir gefällt, was du willst. Was du *brauchst*."

„Ich brauche dieses Ding?" Ich deutete auf das geheimnisvolle Objekt.

„Wir werden sehen. Zieh dein Oberteil aus."

Ich blickte erst auf das kleine Objekt aus Metall in seiner Hand, dann zu Grigg. Er wartete ruhig und geduldig darauf, dass ich beschloss, wie abenteuerlustig ich sein wollte.

„Ich soll mein Shirt ausziehen?"

„Ich möchte dich nackt und bettelnd vor mir sehen, aber wir fangen mit deinem Shirt an."

Mist. Warum musste er so etwas auch sagen? Das

war so verdammt erregend. „Was ist dieses Ding?" fragte ich und biss erneut meine Lippe.

Er hielt es hoch. „Das? Das ist für deine Nippel."

„Meine—" Die besagten Nippel erhärteten sich schmerzhaft, bei dem Gedanken an … was auch immer das Ding gut für war.

„Zieh dein Shirt aus, Amanda."

„Ich … ich—" Ich stotterte weiter und wurde langsam echt nervös.

„Der Gedanke daran, dass ich etwas mit deinen Nippeln anstellen könnte erregt dich, nicht wahr, Liebes?" Grigg kam einen Schritt näher. „Ich kann sehen, dass sie schon steif sind und sich auf das freuen, was auch immer ich mit ihnen anstellen werde. Ich spüre deine Aufregung und dein Verlangen über das Halsband. Ich wette, wenn ich mit meinen Fingern in deine Pussy gehen würde, dann wäre sie auch schon feucht."

Er kam einen weiteren Schritt auf mich zu und legte den Metallstab behutsam auf den Tisch. Er ignorierte ihn für den Moment und sein Fokus lag jetzt ausschließlich auf mir. Seine Macht, Stärke und Intensität waren ganz auf mich gerichtet und ich konnte dem nichts entgegensetzen. Wogen des Begehrens überkamen mich, meine Muschi zog sich zusammen und wurde dick, sie bereitete sich auf seinen Schwanz vor. Meine Brüste schwollen an, meine Brustwarzen standen steil empor. Meine Haut heizte sich auf.

„Irgend … irgendetwas stimmt nicht mit mir." Ich war noch nie zuvor dermaßen schnell erregt und er hatte mich noch nicht einmal angefasst. Es war so ähnlich, als ich das Halsband umgelegt hatte, meine Gefühle waren dabei, mich zu überwältigen.

„Du spürst meine Erregung. Die Verbindung

zwischen uns wird stärker, unser Samen, die Essenz unserer Bindung arbeitet bereits in deinem Körper. Unter Partnern gibt es keine Geheimnisse, keine falschen Emotionen oder Wünsche. Diese Tatsache wird dir dabei helfen, deine Ängste zu überwinden."

Er hob seine Hand an meinen Arm, aber ohne mich dabei zu berühren. Er ließ sie durch die Luft nach unten gleiten, ich spürte das Knistern, die Hitze dieser kurz bevorstehenden Berührung und ich zitterte.

„Die Essenz unserer Bindung?"

„Die Flüssigkeit, die aus unseren Schwänzen kommt, ist für dich. Ich habe während der Untersuchung deine Klitoris damit eingerieben, um deine Ängste zu lindern. Danach, als wir dich gefickt haben, hat unser Samen deine Pussy ausgekleidet und dich markiert, dich gefüllt. Die Bindungschemikalien in unserem Samen gehen in deinen Körper über, sie verbinden sich mit dir. Das ist eine Art, mit der Prillon-Krieger sich mit ihren Partnern vereinen."

„Ihr habt mich mit eurem Samen betäubt?" fragte ich.

Er zuckte die Achseln und schämte sich nicht, es zuzugeben. „Betäuben ist nicht das richtige Wort. Dein Verlangen, deine Zustimmung ist nur ein weiteres Zeichen dafür, dass du zu uns gehörst. Im Augenblick hab ich dich noch nicht einmal angefasst und du bist schon kurz vorm Kommen, stimmt's?"

Ich atmete schwer. Das Zimmer war ziemlich warm.

„Nein." Ich musste es zugeben, denn offensichtlich wirkte es. Es wirkte ... irgendwie.

„Dann verlass dich darauf, dass ich dich verwöhnen werde. Zieh. Dein. Shirt. Aus."

Seine Stimme senkte sich und hatte einen scharfen

Unterton. Er war auf meine Zweifel eingegangen, aber jetzt war er mit seiner Geduld am Ende. Auch das konnte ich spüren.

Ich griff nach dem Saum, hob ihn hoch, stülpte ihn über den Kopf und schmiss das Shirt auf den Boden. Grigg sah mir zu, sein Blick ruhte auf meiner Brust, die jetzt entblößt war. Der eigenartige BH – mit Bügeln und Körbchen wie auf der Erde, aber die Körbchen waren nicht geschlossen – gab die Spitzen meiner Brust preis. Er ähnelte einem Halbschalen-BH, nur mit weniger Schale als ich es auf der Erde je gesehen hatte. Ich atmete schwer und ich war mir sicher, dass meine Brustwarzen herausschlüpfen würden.

Genau das testete Grigg mit einem Finger, er angelte sich den Stoff am Rand des weißen Materials und zog ihn herunter. Meine Brustwarze lag frei, sie war hart und prall. Als er meine zweite Brustwarze befreite, musste ich nach Luft schnappen, die kühle Luft im Zimmer machte sie noch härter.

„Himmel, du bist umwerfend", rief er aus, während er angespannt ausatmete. Ich spürte, wie sich seine Lust weiter aufbäumte, besonders als er mit seinem Fingerknöchel an meiner geschwollenen Brust entlangfuhr.

In diesem Moment fühlte ich mich wunderschön, denn seine Augen und sein Gesichtsausdruck verrieten Begeisterung, Verlangen und ein dunkles Begehren. Sein Verlangen war wie eine Sprungfeder dicht zusammengestaucht. Er beugte sich vor und nahm ein Ende in seinen Mund. Er saugte und leckte mich. Meine Finger wanderten sofort in sein Haar, ich spielte damit und hielt ihn fest. Eine Minute später ging er an meine andere Brust und tat dasselbe, dann schaute er beide

Brüste an. Sie waren hellrosa und glänzten nach seiner Behandlung.

„Da, so ist es besser."

Ich funkelte ihn mit lusterfüllten Augen an. Ich konnte nur noch nicken, denn es war besser so und unendlich schlimmer, denn ich wollte mehr, sehr sogar.

Ohne mich von seinem Blick abzuwenden, griff er nach dem Metallstab und hielt ihn vor meine Brüste. Mit einem Knopfdruck passte sich die Länge des Geräts dem Abstand zwischen meinen Brustwarzen an, sodass die Ringe genau auf ihnen auflagen. Grigg presste sie sanft gegen meine Brüste, er bewegte meine weiche Haut, damit meine Brustwarzen genau in der Mitte der beiden Ringe saßen. Er tat das erst mit der einen Brust, dann mit der anderen.

Ich sah herunter und beobachtete ihn, voller Faszination für das fremdartige Objekt. Ich kannte nur Brustwarzenklammern, die wie kleine Spangen waren und die Nippel zwickten. Manchmal baumelten Schmuck oder Ketten daran herunter. Das hier aber … war etwas anderes. Wie hielt dieser Stab? Mit Saugkraft? Einem Gurt? Ich war mir nicht sicher, wie es funktionierte.

Sein Blick sprang zu mir über. „Alles in Ordnung?" wollte er wissen.

Das warme Metall auf meiner Haut tat absolut nicht weh, also nickte ich.

Er drückte auf einen anderen Knopf in der Mitte und ein helles, gelbes Licht ging an. Gleichzeitig schlossen sich die Ringe um meine Brustwarzen und Grigg konnte seine Hand entfernen, das Gerät hielt von ganz allein. Der Druck war nicht zu schmerzhaft, aber ich keuchte. Meine Brustwarzen waren bereits sehr empfindlich und wurden noch weiter zusammengepresst.

Das Licht wechselte zu einem dunklen Gelb.

„Das war's", sagte Grigg: Er zog sein eigenes Oberteil aus und warf es zu Boden.

Oh Mann. Seine Brust war enorm und muskelbepackt. Seine Schultern waren doppelt so weit wie meine und diese ganze Power verjüngte sich zu einem waschbrettartigen Abdomen und ich wusste, dass sein riesiger Schwanz bereits hart war und darauf wartete, mich zu nehmen, denn ich konnte ihn bereits sehen.

„Das war's?" wiederholte ich und blickte an mir herab. Es tat nicht weh, aber es erregte mich auch nicht. „Das Ding ist kein besonders nützliches Spielzeug", fügte ich enttäuscht hinzu.

„Aber ich bin noch nicht dabei, dich zu ficken", entgegnete er.

Ich runzelte die Stirn, als er sich komplett auszog. Seine Rüstung fiel zu Boden und er legte etwas auf einen kleinen Ständer zwischen dem Sessel und dem Bett. Ich sah nicht, was es war, denn sein Schwanz war steif und wippte auf und ab und nahm meine gesamte Aufmerksamkeit in Anspruch.

„Das Spielzeug – wie du es nennst – misst deine Erregung und spürt, was du brauchst, um einen Orgasmus zu erlangen und wird den Druck um deine Nippel entsprechend anpassen."

Ich blickte erneut auf das harmlose Objekt. „Meinst du das ernst?"

Er grinste und kam zu mir herüber, dann zog er meine verbleibende Kleidung aus und ich war nackt. Er hatte sogar vorsichtig meinen BH entfernt.

„Himmel, sieh dich nur an. Haben dir die Männer auf der Erde gesagt, wie fantastisch du aussiehst?"

Ich machte den Mund auf und dachte an die Männer, mit denen ich zusammen gewesen war. Ich konnte mich an keines ihrer Gesichter erinnern, denn mit Grigg und Rav fühlte ich mich vollkommen anders.

Er hob seine Hand. „Egal, du musst darauf nicht antworten. Denk nicht über andere Männer nach, während ich dich anfasse oder ich werde deinen perfekten Arsch so lange versohlen und dich mit meinem Schwanz ausfüllen, bis du dich daran erinnerst, dass du zu mir gehörst."

Ich wollte lachen, aber ich ahnte, dass er es damit ernst meinte.

„Du gehörst uns, Amanda. Wir sind Partner. Du spürst es, du weißt es."

Ich errötete, denn ich spürte durch das Halsband, dass er die Wahrheit sprach, ich spürte den Ausbruch der Erregung, als er mich anblickte. Die Ringe um meine Brustwarzen verengten sich leicht und ich keuchte. Der Stab wechselte seine Farbe zu Orange.

Er zwinkerte mir zu, als die Klammern enger wurden.

„Mir gefällt dein Gesicht, wenn das Spielzeug anfängt, mit deinen harten Nippeln zu spielen. Ich möchte in dein Gesicht blicken, wenn du auf meinem Schwanz reitest und kommst."

Ich stöhnte, denn genau diese Worte wollte ich hören.

Er setzte sich auf einen Stuhl, die Beine weit gespreizt und er krümmte einen Finger.

Ich ging auf ihn zu, der Stab zwischen meinen Brüsten gab mir ein komisches Gefühl und lenkte mich ab, da sich der Griff leicht verengt hatte.

Mit einer Hand umgriff er meine Hüfte und zog

mich zu sich, damit ich auf seinen Hüften ritt, meine Brüste waren genau vor seinem Gesicht. So sanft wie möglich leckte Grigg um die Metallringe herum an meinen Brüsten; erst die eine Seite, dann die andere. Die Ringe verengten sich.

Meine Finger wirbelten in seinem Haar herum, ich versuchte, seinen Mund direkt über mir zu behalten. Ich beugte mich über seinen Schoß, kreiste und rieb seinen Schwanz an meinem Bauch. Ich spürte, wie sein Lusttropfen heraussickerte und unsere Haut beschmierte. Die Hitze, die Essenz, wie er es nannte, wärmte mich auf und verteilte sich in meinem Körper wie eine Droge. Es *war* eine Droge, denn ich war süchtig danach. Ich brauchte es. Aber dieser kleine Tropfen davon war nicht genug. Ich wollte ihn ganz für mich haben, ich wollte seinen Schwanz tief in meiner Muschi spüren und ich wollte, dass sein Samen mich auskleidete.

„Was ist mit … was ist mit Rav?"

Ich war nicht daran gewöhnt, mit zwei Männern zusammen zu sein. Gab es ein Protokoll, das besagte, ob ich mit nur einem der beiden Sex haben durfte? Würde der andere dann eifersüchtig werden?

„Er hat noch zu tun. Du brauchst eine Veranschaulichung darüber, wie man mit einem Sexspielzeug umgeht und außerdem brauchst du einen guten Fick. Wir müssen nicht immer gleichzeitig mit dir Sex haben. Du wirst noch sehen, dass wir unersättlich sind, also mach dich darauf gefasst, deine Männer morgens, mittags und abends zu nehmen."

Mit seiner Nase stupste er an dem Stab zwischen meinen Brüsten. Ich schnappte nach Luft und zog an seinem Haar.

„Mal sehen, wie feucht und bereit für meinen Schwanz du schon bist."

Seine Hände fassten fest um meine Hüften, als er mich von sich wegschob und mich mit dem Arsch auf seine Knie setzte. Er hielt meine Schenkel, während er seine Beine auseinander spreizte und so meine Muschi öffnete, damit er sie mühelos sehen und anfassen konnte. Ich legte meine Hände auf seine Schultern, um mich festzuhalten. Obwohl ich wusste, dass er mich nicht fallen lassen würde, benötigte ich eine Art Anker.

„Halt still." Kaum hatte ich diese beiden Worte wahrgenommen, verließ auch schon seine linke Hand meine Hüfte, um meine nasse Mitte zu befühlen. Ich wusste, dass ich feucht war, denn die Luft kühlte meine empfindliche Haut an den Stellen, wo die Säfte in den Falten meiner Mitte saßen.

Er erkundete mich mit zwei Fingern, unsere Blicke ließen nicht voneinander ab. Ich starrte in seine dunklen Augen, als seine Finger begannen, sehr, sehr gemächlich in mich einzudringen. Seine Augen waren voller Lust, Bedürftigkeit und Verlangen und dieser Anblick erregte mich genauso stark oder noch stärker als die Essenz in seinem Samen. Nie hatte ein Mann mich so angesehen wie er, als würde er sterben, wenn er nicht mit mir ficken würde. Als wäre ich die allerschönste Frau der Welt. Sein Verlangen machte mich süchtig. Ich fühlte mich mächtig, obwohl er mich beherrschte und nicht anders herum. Und dieser Widerspruch verwirrte mich.

Ich blinzelte.

„Nein, Amanda. Du darfst nicht wegschauen." Grigg fickte mich langsam und sinnlich mit seinen Fingern, das Gleiten machte mich immer wilder, aber es gab mir nie die Erlösung, nach der ich lechzte.

„Ich kann nicht. Du bist zu—" Zwei stumpfe Fingerspitzen berührten mich tief in meinem Inneren, streichelten meinen Gebärmuttermund und meine Beine verkrampften sich, als ich auf den Reiz hin zusammenzuckte. Gott, er war so verdammt tief in mir.

„Was?" knurrt er.

Ich schüttelte den Kopf, denn ich war nicht gewillt oder nicht in der Lage, ihm zu antworten. Ich konnte nicht genau sagen, was es war, denn mein Verstand setzte aus, als das Nippelspielzeug plötzlich dunkelrot leuchtete und einen schwachen Elektroschock durch meine empfindlichen Brustwarzen sendete, während es sich enger zusammenzog. Das elektrische Kitzeln ließ mich aufstöhnen.

Grigg seufzte und entfernte seine Hand aus meiner feuchten Muschi und die andere Hand von meiner Hüfte. Seine Berührung fehlte mir augenblicklich, plötzlich fühlte ich mich kalt, leer und allein. Ich sehnte mich nach dem Körperkontakt, seine Berührungen waren eine Wohltat für meine Sinne. Es stand mir frei aufzustehen, von seinen Knien zu rutschen und dieses Spiel zu beenden. Aber ich wollte nicht. Ich blieb, wo ich war, geöffnet und keuchend und zu Tode erschreckt darüber, wie sehr ich ihm gefallen wollte. Ich wollte mehr. Ich wollte genau das, was auch immer er mir geben würde.

Wann genau hatte ich mich von einer brillanten, unabhängigen Spionin in eine bedürftige, anhängliche Frau verwandelt? Und warum mit ihm? Rav erregte mich, mit ihm fühlte ich mich sicher, begehrt und beglückt, aber Grigg hatte etwas, das mich in den Wahnsinn trieb. Mit Grigg war ich nicht mehr ich selbst und das machte mir mehr Angst als alles andere, was ich je erlebt hatte. Mehr, als bei einer Verfolgungsjagd angeschossen zu werden, mehr als der Tod selber.

Die Übereinstimmung beträgt 99% … er ist in jeder Hinsicht perfekt für dich. Die Worte der Aufseherin Egara fielen mir wieder ein. Das war die einzig mögliche Erklärung. Das Verpartnerungsprotokoll funktionierte, wie versprochen. Was wiederum bedeutete, dass Grigg wirklich der Richtige sein musste. Falls das stimmte, dann musste er ehrenhaft, treu und aufrichtig sein. Wäre er das nicht, dann würde ich ihn nicht wollen, dann wäre ich nicht zu ihm hingezogen. Sein Charakter war für mich von Bedeutung. Daher konnte Grigg nicht einer sein, der einen ganzen Planeten voller Menschen ausbeuten würde, so wie Robert es angedeutet hatte. Das würde er einfach nicht tun. Lag die CIA falsch? Waren wir einfach noch nicht lange genug Mitglied der Koalition, um die Lage richtig einzuschätzen oder war ich von der Lust geblendet und konnte die Wahrheit nicht erkennen?

„Du hast mich angelogen, Amanda."

„Was?" Mit meiner nassen Muschi, meinen eingeklemmten Brustwarzen, meinem pochenden Herzschlag und meinem verrückt gewordenen Verstand konnte ich nicht verstehen, was er damit schon wieder meinte.

„Du hast mich über die Sexspielzeuge angelogen. Und ich fürchte, das ist nicht alles."

Nervös versuchte ich, meine Beine zu schließen, aber er legte seine Hände wie Klammern auf meine Oberschenkel. „Ich weiß nicht, wovon du sprichst."

Er seufzte und ich spürte, wie seine Enttäuschung durch das Halsband zu mir durchdrang und mein Herz fing tatsächlich an, zu schmerzen.

„Was wolltest du mit der Box anstellen?"

„Nichts. Ich habe sie mir nur angeschaut." Was sollte ich darauf antworten? *Also ja, Grigg, ich wollte herausfinden, wie ich die Analstöpsel und die elektrischen Nippelklemmen zur Erde und zur CIA befördern könnte?* Das klang mehr als lächerlich und mir wurde klar, dass mein Vorgehen tatsächlich lächerlich war. War ich denn so verzweifelt darum bemüht, meine Befehle zu erfüllen, dass ich Teile einer analen Trainingsbox zu ihnen schicken würde, damit sie die auseinandernehmen und analysieren konnten? Das war bescheuert. Und ich war keine Frau ohne Intelligenz. Ich machte mir selten etwas vor, aber seit meiner Ankunft aber hatte ich mir doch anscheinend einiges vorgemacht. Ich hatte mich selbst und meine Partner belogen.

Ich schwieg, bis ich mich plötzlich mit dem Arsch in die Luft gestreckt auf Griggs Knien wiederfand. Er hatte mich so schnell umgedreht, dass ich keine Gelegenheit hatte, zu protestieren. Mit dem Stab an meinen Brüsten ging Grigg dabei sehr behutsam um.

„Du hast wieder gelogen."

„Nein", ich schüttelte den Kopf und starrte mit aufgerissenen Augen auf den Boden.

Seine Hand landete mit einem stechenden Schmerz auf meinem Po und ich keuchte: „Was zum Teufel machst du da?"

„Ich versohle dir den Hintern. Ich habe dich gewarnt. Du wirst bestraft, wenn du deine Partner anlügst." Seine Hand landete auf der anderen Pobacke und aus irgendeinem Grund tat die linke Seite mehr weh, als die rechte. Mein Rücken krümmte sich und ich schrie vor Lust und Schmerz, als die Hitze sich unter meiner Haut bis zu meinen Schenkeln, meinem Bauch und zu meinem Kitzler ausbreitete. Die Nippelklemme verstellte sich noch enger.

Klatsch!
Klatsch!
Grigg grunzte, seine raue Hand knetete meinen Arsch dort, wo er mich eben noch verhauen hatte. Seine Stimme klang rau: „Dein Arsch ist perfekt, Amanda, so rund. So üppig. Er wackelt so niedlich, wenn ich dich versohle. Ich liebe die Art wie er schwingt, wenn ich dich ficke."

Als sein nächster Hieb auf meinem Arsch landete, war ich sogar noch feuchter als zuvor und das Stechen breitete sich noch schneller aus und ging direkt zu meinen eingeklemmten Brustwarzen.

Klatsch!
Klatsch!
Klatsch!
Ich wandte mich, als die Nippelklemme zupackte und wieder losließ, über meine empfindlichen Brustwarzen pulsierte, sie beim Loslassen mit Stromschlägen kitzelte und jedes Mal losließ, als Griggs Hand scharf auf meinem Po landete. Links. Rechts. Er versohlte mich immer weiter, bis ich nicht mehr konnte und mein Körper vollkommen außer Kontrolle war.

Die Hand an meinem Rücken presste mich nach unten und mir wurde klar, dass ich nicht entkommen konnte und mich nur unterwerfen konnte, als das Feuer durch meine Adern schoss und meine Schenkel mit meinen Säften trieften. Ich schrie laut auf, und zwar nicht vor Entsetzen oder vor Schmerzen, sondern vor Lust. Ich spürte unglaubliche, vollendete, schmerzhafte Lust. Gott, das war so absurd. Es war mir egal.

Ich war so verdammt geil, dass ich kurz vorm Orgasmus stand und es war mir verdammt nochmal egal.

Ich war glückselig und mein Verstand setzte komplett aus.

Mein Körper sackte unterwürfig zusammen und freute sich auf den nächsten, scharfen Stich seiner Schläge, seine Dominanz, mein Körper freute sich auf den abschließenden, lustvollen Biss, der mich zum Höhepunkt bringen würde.

KAPITEL 11

Ich erwartete den herben Genuss, wenn seine Hand erneut auf meinem Hintern aufsetzen würde. Aber nichts geschah und ich jammerte vor lauter Bedürftigkeit.

Ich lehnte in Richtung Boden und versuchte, mich aus Griggs Schoß weg zu drücken.

„Halt still. Ich bin noch nicht fertig mit dir."

Ich erstarrte augenblicklich. Ich war ihm komplett ausgeliefert und der gebieterische Tonfall seiner Stimme bewirkte, dass sich meine Muschi um die gähnende Leere herum frustriert zusammenzog. Ich wollte seinen Schwanz. Und zwar jetzt gleich.

Er Griff nach dem Ding auf dem kleinen Tisch, jenem Spielzeug, dass ich zuvor ignoriert hatte und mir wurde klar, dass es sich um einen Analstöpsel aus der Box handelte.

Ich protestierte nicht und ließ stattdessen den Kopf hängen, denn ehrlich gesagt wollte ich das Ding in meinem Arsch spüren, wenn er mich ficken würde und irgendwann würde er mich schließlich ficken. Die Lust, die von ihm ausging und die ich durch das Halsband spürte, war betörend. Ich sehnte mich nach dem Gefühl, komplett ausgefüllt zu werden, gedehnt zu werden und beherrscht zu werden, genau wie in der Nacht zuvor.

Er machte sich zügig daran, meine Pobacken auseinander zu spreizen und mit einem harten, dicken Finger das Gleitmittel in meinen Anus einzumassieren. Ich atmete im Gleichtakt zu seiner fürsorglichen Geste. Der Analstöpsel war groß und weit und ich wusste, dass er einen mit einem knolligen Kopf und einem abgeflachten Ende gewählt hatte, damit der Stöpsel an Ort und Stelle blieb und trotzdem in mir hin und her rutschen würde, wenn sein Schwanz in mir drin stecken würde.

Allein schon der Gedanke daran ließ mich winseln und ich umfasste seinen Unterschenkel mit meiner Hand.

„So ist es richtig, Liebes. Du gehörst mir. Deine Pussy gehört mir. Dein Arsch gehört mir."

Seine Worte ließen meine Hüften kreisen und ich drückte mich zurück in die Richtung des Objektes, das mich dehnte. Grigg arbeite den Stöpsel langsam und vorsichtig in mich hinein bis meine Muskeln sich entspannten und ihn hineingleiten ließen. Tief in mir umschloss mein Körper den Stöpsel, bis das dünnere Ende in meinem Anus saß und den Stöpsel festhielt. Ich stöhnte bei dem Gefühl, gefüllt zu werden. Ich spürte bereits den Druck im Inneren meiner Muschi und fragte mich, wie ich seinen dicken, langen Schwanz auch noch in mich aufnehmen könnte.

Würde es weh tun, wenn er mich ficken würde? Und warum machte mich die Vorstellung von einem mit Schmerzen durchzogenem Vergnügen ganz wild darauf, es herauszufinden?

„Fick mich, Grigg. Bitte." Ihn anzubetteln war mir zu diesem Zeitpunkt überhaupt nicht mehr peinlich.

Mein Partner antwortete, indem er meinen Hintern erneut versohlte und der Analstöpsel bewirkte, dass die Wucht seiner Handfläche bis zu meiner Muschi durchdrang. Ein lauter Aufschrei entwich meinen Lippen.

„Was wolltest du mit der Box anstellen, Amanda?"

Verdammt! Schon wieder? Meine Frustration erreichte die Grenzen meiner Belastbarkeit und ich spürte, wie sich Tränen in meinen Augen sammelten. „Nichts, okay? Es war dumm von mir." Ich meinte es ernst und Grigg musste meine Aufrichtigkeit durch das Halsband gespürt haben, denn er hörte auf, mich zu schlagen und hob mich hoch, um mich an der Wand am anderen Ende des Betts abzusetzen.

Grigg setzte mich mit den Füßen zur Wand und ich fasste nach hinten, um meinen wunden Hintern zu besänftigen. Grigg hatte aber etwas Anderes mit mir vor, er umfasste meine Handgelenke und als ich über meine Schulter blickte, waren seine Augen fast schwarz vor Intensität. „Nein. Dein Schmerz gehört mir. Deine Lust gehört mir."

Herrgott nochmal, er war sinnlich und primitiv wie ein Tier und ich liebte es.

Langsam schüttelte er den Kopf. „Du darfst dich nicht selber anfassen."

Richtig. Das hatte ich vergessen. Was sollte ich also tun? Meinen Hintern weiter brennen lassen?

Er ließ mir aber keine Gelegenheit, weiter darüber nachzudenken. Er öffnete ein kleines Fach, das sich über meinen Schultern befand. Darin befanden sich eine Reihe an Handschellen, die an Metallhaken befestigt waren. Augenblicke später waren meine Handgelenke mit einer Art Alien-Handschellen festgebunden. Er zog meine Hüften zurück und behielt eine Hand auf meinem Rücken, sodass ich meine Hüften nach unten beugen musste. Meine Arme waren über meinem Kopf gestreckt und die Handschellen hielten meine Hände an der Wand. Das Spielzeug an meinen Brüsten hing schwer nach unten, es zog sich zusammen, ließ wieder los und klammerte sich an mich. Es hielt sich mit einer merkwürdigen Saugkraft an meinen Nippeln, die ich vorher noch nie gespürt hatte.

Gerade gewöhnte ich mich an meine neue Position, als Grigg ein anderes Geheimfach unter dem Bett öffnete und eine lange Stange sowie ein weiteres Paar Handschellen herausholte. Die Handschellen waren für meine Füße gedacht. Ich leistete keinen Widerstand, als er meine Füße spreizte und mich festmachte, die Stange verhinderte, dass ich meine Beine schloss und ihm verweigerte, was er von mir wollte.

* * *

Grigg

DER NACKTE ARSCH meiner Partnerin war nach der Bestrafung gerötet, der Analstöpsel saß fest an Ort und Stelle und steigerte ihre Lust. Er bereitete ihren Körper darauf vor, genommen zu werden und von Rav und mir mit unseren beiden Schwänzen penetriert zu werden. Ihre Knöchel waren ganz zu meinem Vergnügen gefesselt und weit auseinander gespreizt. Ich hatte sie nach vorne gebeugt, so dass ihr Arsch in die Höhe ragte, während ihre schweren Brüste hin und her baumelten und ihre langen, eleganten Arme zur Wand gestreckt waren und mit einem zweiten Paar Handschellen fixiert wurden. Ihr exotisches, schwarzes Haar ruhte auf ihrer helleren Haut und umrahmte ihre Schönheit.

Die Halsbänder verrieten mir jeden ihrer Wünsche, jede ihrer Reaktionen. Ich verlangte Einiges von ihr, aber ich würde sofort mitbekommen, wenn sie Angst bekäme oder ich zu weit gehen würde. Ihre Emotionen aber waren ein wirres Aufgebot aus Lust, Scham, Frustration, Verlangen, Sehnsucht und Schuld. Sie hatte keine Angst. Meine kleine Spionin war dabei, nachzugeben, sich zu öffnen und sich zu verlieren, aber es reichte noch nicht ganz. Sie kämpfte immer noch darum, sich zu beherrschen. Und ich? Ich wollte alles von ihr.

Sie gehörte mir und mir allein. Jeder schöne, weiche, feuchte, makellose Zentimeter an ihr gehörte mir.

„Du gehörst mir", knurrte ich, als ich einen Schritt vorwärts trat und den Eingang ihrer Pussy mit meinem Schwanz berührte. Der Satz gab ihr einen Kick und ich drang mit einem langsamen, beharrlichen Stoß tief in sie ein und zog ihr Haar zurück, damit sie mich über ihre Schulter anblicken konnte. Als sie mir tief in die Augen sah, wiederholte ich: „Du gehörst verdammt nochmal mir."

Ihre Pussy umklammerte mich wie eine Faust und

ich stöhnte voller Befriedigung. Sie war so feucht und so unglaublich heiß. Die Wände in ihrem Inneren kräuselten sich schlangenhaft und umfassten umgehend meinen Schwanz.

Ich hielt eine Hand in ihrem Haar und behielt ihren Blick weiter auf mich gerichtet, während ich mein Gewicht verlagerte und so tief in sie eindrang, dass ihre Füße mit jedem Stoß meines harten Schwanzes vom Bett gehoben wurden. Ich überlegte kurz, ob ich zu ihr herunterlangen und ihre Klitoris streicheln sollte, stattdessen aber fickte ich sie härter und sie war kaum in der Lage, den zusätzlichen Druck des Analstöpsels auszuhalten. Ohne den Plug war sie eng. Und mit ihm?

Himmel, sie war so eng. So feucht. So heiß.

Ich schlug ihren wunden Arsch nur mit genug Härte, um sie einen sanften Stich spüren zu lassen und sie daran zu erinnern, dass ich das Sagen hatte und dass ich mit ihr machen konnte, was ich wollte. Dafür wurde ich belohnt, als ich ihre Lust durch das Halsband spürte und sie stöhnend ihre Hüften beugte, um mich tiefer zu nehmen. Ihre Säfte überfluteten meinen Schwanz.

Die Verzweiflung vernebelte ihre Sinne. Ihr Bedürfnis zu kommen, überwältigte sie und ergriff über das Halsband auch von mir Besitz.

Ich wusste, dass eine einzige Berührung ihrer Klitoris sie in meinen Armen zerbersten lassen würde. Aber ich tat es nicht. Nicht dieses Mal. Diesmal wollte ich, dass mein Samen in sie hineingeschleudert wurde und die Chemikalien darin ihre Sinne betäubten, sie sättigten und immer wieder zum Höhepunkt zwangen.

Der bloße Gedanke an meinen Samen in ihrem Inneren genügte, dass meine Eier fest wurden. Mein

Samen schoss hervor und entlud sich in ihr. Ich brüllte, als ich mich erleichterte.

Sie hielt komplett still und war wie erstarrt, als mein Samen sie füllte und ich sie immer stärker für mich beanspruchte.

Ich spürte, wie sie sich gleich dem Schuss einer Ionenkanone ihrem Höhepunkt näherte, aber sie unterdrückte den Drang und hielt ihn zurück. Für mich.

„Bitte." Sie wartete auf mich und dieses eine Wort klang wie ein bedürftiges Schluchzen.

Ich hatte ihr nicht erlaubt, sich gehen zu lassen.

In diesem Augenblick fühlte ich mich verloren. Ich bewunderte sie. Sie war schön, intelligent und mutig. Aber diese eine Geste verwandelte meine Emotionen in etwas Blendendes und Ehrfurchtsvolles. Ich wusste, dass ich so etwas nie zuvor gespürt hatte. Liebe. Das musste Liebe sein.

Ich legte meine Brust auf ihren Rücken und küsste sanft ihre Wange. Ihr Gesicht blickte weiter zu mir, ihr Haar war weiter in meiner festen Hand gefangen: Ein Kuss und sie war befreit.

„Komm für mich, Schatz. Jetzt. Ich bin hier."

Sie explodierte und ich umarmte sie, ich schlang meinen Arm um ihre Taille und hielt sie fest. Ich gab ihr Halt, als sie in meinen Armen in eine Million Stücke zerbrach. Als die Wogen des ersten Orgasmus endeten, musste ich nur meine Hüften verlagern und sie kam erneut. Zweimal. Dreimal.

Mein Schwanz wurde in ihr wieder steif und bereit dazu, sie erneut zu ficken. Diesmal fickte ich sie behutsam. Ich bewegte mich kaum, denn die geschwollenen Wände ihrer Pussy hielten mich fest und molken mich mit einer Lust, die so intensiv war, dass ich mich aus ihrer feuchten Hitze nicht entfernen wollte. Himmel, sie war perfekt.

Ich ließ von ihrem Haar ab und legte meine Hände auf ihre Brüste. Ich entfernte das Nippelspielzeug und spielte an ihr. Ich zog und zwickte und streichelte sie sanft, als ihr Arsch unter meinen Hüften kreiste und wackelte. Ihr Rücken war weich, lang und unter meiner Brust elegant gekrümmt.

Sie bewegte sich zu stark und ich biss ihr in die Schulter, damit sie stillhielt. Ein animalischer Instinkt, der lange Zeit in mir verborgen gewesen war, ließ meinen Verstand aussetzen, als ich meinen Samen ein zweites Mal in ihrer Pussy entleerte.

Ihr nächster Orgasmus kam hart und schnell und ich wollte nicht, dass sie ihn unterdrückte. Ich wusste, dass sie der Macht meines Samens nichts entgegensetzen konnte, denn die Bindung war zu stark, zu intensiv. Es blieb ihr nichts Anderes übrig, als zu kommen. Ihre Schreie hallten durch unser Schlafzimmer. Es war das himmlischste Geräusch, das ich je gehört hatte und ich wusste, dass ich nie genug von ihr bekommen könnte. Ich würde sie nie im Stich lassen.

Als unser Atem sich wieder beruhigt hatte, machte ich ihre Fesseln los und entfernte vorsichtig den Stöpsel aus ihrem Arsch. Als ich damit fertig war, nahm ich sie in den Arm und legte mich für eine dringend benötigte Pause mit ihr auf das Bett.

Sie schmiegte sich an mich wie ein zufriedenes Haustier und ich streichelte ihren verschwitzten Rücken, ihre Wange, jedes Stück Haut, dass ich erreichen konnte und wunderte mich über die Tiefe meiner Zuneigung. Mir war klar, dass meine Gefühle über das Halsband zu ihr durchdrangen und ich begrüßte unsere gegenseitige Bindung. Und trotzdem hatte ich nicht vergessen, dass meine süße Partnerin mit aller Sicherheit eine Spionin ihres Heimatplaneten war und hierher entsendet wurde, um mich zu umgarnen und mich zu hintergehen.

Aber das war mir egal. Sie war getestet und mir zugeteilt worden. Auch wenn es für ihren Transport vielleicht tiefere Beweggründe gegeben hatte, bestand kein Zweifel an unserer Verbindung. Sie gehörte mir. Ich musste einfach daran arbeiten, ihre Loyalität und ihr Vertrauen zu gewinnen. Alles andere würde nebensächlich werden. Ich wollte, dass sie mich liebte, aber ich blieb dabei auch realistisch. Das würde mehr Zeit in Anspruch nehmen, als ich vielleicht übrighatte. Die Kampftruppen von ihrem Planeten würden in zwei Tagen eintreffen. Zum ersten Mal bereute ich meine Entscheidung, sie so früh kommen zu lassen, denn ich hatte keinen Zweifel, dass sich unter den Soldaten noch mehr Spione befinden würden. Ich hatte nicht genug Zeit, meine Partnerin für mich zu gewinnen, denn sie würden ohne Zweifel versuchen, sie von ihrer eigenen Denkweise zu überzeugen. Sie würden Amanda davon überzeugen, sich für die Interessen der Erde einzusetzen und nicht für ihr eigenes Wohl.

Was war ihr eigenes Wohl? Mit ihren beiden Partnern zusammen zu sein, den einzigen, beiden Männern im gesamten Universum, die perfekt für sie waren.

Ich deckte uns mit einer weichen, blauen Decke zu und war erfüllt und glücklich, als sich ihr Arm um meine Brust legte und ihr Bein mein Bein umschlang. Ihr Geist war leer. Glücklich. Das Gefühl machte süchtig und ich wusste, dass ich Welten zerstören würde, um sie hier in meinen Armen zu halten. Als ich diesen Gedanken hegte, wurde mir gleichzeitig klar, dass ich den Augenblick damit kaputt machte.

„Amanda."

„Hmm?"

„Ich glaube, wir müssen reden."

Ihr Körper erstarrte und ich war dabei, mich selbst zu verfluchen, aber wir kamen darum einfach nicht herum. Ich musste die Wahrheit herausfinden. Sie *musste* mir ausreichend vertrauen, um mir die Wahrheit zu sagen. Falls das, was wir gerade miteinander geteilt hatten, nicht ein Beweis war für die Verbindung und das gegenseitige Vertrauen, das zwischen uns möglich war, darstellte, dann wusste ich nicht, was danach noch kommen sollte.

„Okay. Worüber müssen wir reden?" Sie drängelte sich an meiner Brust entlang und ich ließ sie gehen, als sie sich aufsetzte und mit der Decke über ihren Körper gezogen zum Rand des Bettes rutschte. In diesem Moment hasste ich mich. Warum konnte ich den Moment nicht einfach genießen, als sie still und zufrieden in meinen Armen lag? Nicht einmal für fünf Minuten?

Ich war Kommandant und für die Leben von tausenden Soldaten und Milliarden von anderen Kreaturen auf den Planeten in diesem Sektor des Weltraumes verantwortlich. Ich wollte die Wahrheit herausfinden, ich wollte wissen, ob unsere Verbindung, die sehr real war, wenn mir miteinander fickten, für sie nur zweitrangig war und ob die Spionage für ihren Planeten und die Tatsache, mich und die Koalition dadurch zu hintergehen, weiterhin ihr Hauptanliegen war.

Verdammt, ich *wollte* sie als offizielle Partnerin für

mich und Rav behalten. Ich wollte, dass sie sich uns unterwirft und für immer bleiben würde.

Bis sie sich entschieden hatte, konnte ich die heimliche Bedrohung, die von ihr ausging, nicht einfach ignorieren.

„Was ist los, Grigg? Ich merke, dass du nachdenkst."

„Rav hat die Aufseherin Egara auf der Erde kontaktiert."

„Hat er das? Warum?" Ich spürte ihre Angst und ich wusste, dass Rav Recht hatte.

Ich setzte mich mit dem Rücken gegen die Wand gelehnt neben sie, ohne mich zu bedecken. Ich war ein Krieger und kein kleines Mädchen. Mein Schwanz war schon wieder fast steif aus Lust nach ihr und noch klebrig von ihrem Verlangen und meinem Samen. Vielleicht würde das helfen, um sie davon zu überzeugen, wie wichtig sie mir war und ihr zeigen, dass sie mir mehr bedeutete, als mir unter den Umständen Recht war.

„Er war neugierig und wollte wissen, wo du herkommst und wie du zur ersten Braut von deinem Planeten wurdest."

Sie knabberte an ihrer Unterlippe und zog das Laken fester an ihre Brüste. Ihre Knöchel waren weiß. „Ich bin nichts Besonderes."

„Ganz im Gegenteil, ich finde eine Agentin, die im Auftrag eines Regierungsdienstes ein Alien-Schlachtschiff infiltriert und ausspioniert unglaublich interessant."

Sie erstarrte und verbarg ihre dunklen Augen, indem sie langsam blinzelte. Das Halsband bombardierte mich gleichzeitig mit Schock und Erleichterung. „Was?"

„Du hast mich verstanden, Liebes."

Sie schüttelte mit dem Kopf. „Ich weiß nicht, wovon du sprichst."

Ich zuckte mit den Achseln. „Möchtest du nochmal eine Runde den Arsch versohlt bekommen?"

„Nein!" Ihr Einspruch war entschlossen und unverzüglich.

„Lügen, Amanda. Schluss mit den Lügen. Was hast du deinem werten Geheimdienst alles geschickt?"

Ihre Schultern erbebten und ich wollte triumphierend meine Faust ballen, als ich spürte, dass sie endlich reden würde. „Nichts."

„Warum bist du hier?"

„Diese ganze Sache mit der Interstellaren Koalition ist vollkommen neu für uns. Wir haben keine Beweise für einen Angriff der Hive gesehen. Verdammt, wir haben noch nicht einmal einen Beweis für die Existenz der Hive zu Gesicht bekommen. Ihr kommt zur Erde und verlangt von uns Frauen und Soldaten als Gegenleistung für euren *Schutz*." Sie hob ihre Hände und ihre ersten zwei Finger machten jeweils eine eigenartige, runde Geste, als sie sprach. „Es ist alles zu weit hergeholt und die Abmachungen kommen den Koalitionstruppen zu Gute. Es ist wie eine Schutzgelderpressung der Mafia."

Ich hatte keine Ahnung, was die Hälfte ihrer Worte bedeuteten, aber ich verstand, was sie damit sagen wollte. Die Erde glaubte uns nicht. „Die Hive existieren wirklich, Amanda. Fast mein gesamtes Leben lang habe ich sie bekämpft."

Sie zog ihre Knie an ihr Kinn und legte ihre angewinkelten Arme obendrauf. Ihre Wange ruhte auf ihren Armen, als sie den Kopf zur Seite neigte und mich beobachtete. „Das mag sein, Grigg. Aber wenn die Bedrohung echt ist, warum gebt ihr der Erde dann keine Waffen, um sich selber zu verteidigen? Wenigstens könntet ihr eure medizinischen Technologien mit uns teilen. Die ReGen-Technologie könnte Millionen von Leben retten."

Amandas dunkle Augen waren so ernsthaft und nachdenklich. Mir wurde bewusst, dass ich diese Seite an ihr genauso mochte, wie die wilde Verführerin, die sich meinen sexuellen Wünschen so anmutig unterwarf. Ich sah die Anführerin, die ich für meine Leute brauchte, die wahre Lady Zakar, von der ich befürchtet hatte, dass sie diese Person niemals sein würde.

Meine Hand zitterte, als ich meine Finger hob und die zarte Wölbung ihrer Wangenknochen streichelte und ihr feines Gesicht nachzeichnete. Sie wies mich nicht zurück, sondern blickte mich einfach mit stiller Klugheit an, mit einem Ausdruck, den ich erwartet hatte und zugleich bewunderte.

„Unsere Regenerationstechnologie könnte Millionen von Leben retten, Schatz, aber man könnte damit auch Millionen umbringen. Deswegen glauben wir nicht, dass es klug wäre, unsere Technologien mit den Anführern deiner Welt zu teilen. Sie streiten um Land und Religionen, führen Kriege und töten zehntausende, obwohl sie in der Lage wären, die Hungernden zu ernähren, die Kranken zu heilen und alle Bewohner der Erde zu versorgen. Sie respektieren sich nicht als Gleichgestellte, sie bilden ihre Leute nicht aus und sie ehren und beschützen nicht ihre Frauen. Es wäre töricht von uns, diese mächtige Waffe an so primitive Wesen weiterzugeben."

Ich beobachtete, wie sie meine Worte abwägte und die Wahrheit darin akzeptierte. Ich hatte nicht gelogen und unsere Halsbänder teilten ihr meine Aufrichtigkeit so deutlich mit, wie ich ihre Zweifel vernahm.

„Und die Hive?"

Mein Daumen wanderte an ihre Unterlippe und spielte mit ihrer vollen Geschmeidigkeit, bis sie ihren Mund leicht öffnete und mich gerade genug hereinließ, um mit ihren Zähnen an mir zu knabbern. „Ich möchte dich nicht in der Nähe dieser gemeinen Biester sehen, aber wenn du Beweise willst, nehme ich dich morgen mit auf die Kommandobrücke. Unsere Krieger werden eine ihrer Integrationseinheiten zerstören. Ich werde dir zeigen, was du sehen willst, Amanda, aber du wirst nicht das finden, wonach du suchst."

„Und was ist das?"

„Eine Bestätigung dafür, dass die Bedrohung für die Erde nur erfunden ist. Die Hive sind gefährlich und furchteinflößend. Unsere Krieger nehmen lieber den Tod in Kauf, als gefangen genommen zu werden. Sie verschlingen all das Leben, das ihnen begegnet, mit einer Kaltblütigkeit, wie sie nur von einer Maschine ausgehen kann. Heute noch bist du misstrauisch, Schatz, aber morgen wirst du zu Tode verängstigt sein."

Sie hob ihr Kinn und meine Finger blieben zurück. „Wenigstens werde ich die Wahrheit erfahren."

Ich schüttelte den Kopf und zog sie zurück in meine Arme, wo sie hingehörte. „Nein. Du kennst die Wahrheit bereits. Alles, was ich dir sage, ist wahr. Die Welt, von der du gekommen bist und die Leute, für die du gearbeitet hast – und die glauben, dass du immer noch für sie arbeitest – gehören nicht länger zu dir. Du bist jetzt eine Prillonin. Du bist eine Kriegerbraut von Prillon Prime, du bist Lady Zakar. Ich sage die Wahrheit. *Wir* verkörpern die Wahrheit. *Du* lebst die Wahrheit hier, jetzt und mit uns. Du willst es einfach nicht akzeptieren."

Sie antwortete mir nicht. Was sollte sie auch sagen? Sie konnte nichts dagegen einwenden, denn ihre Perspektive war zu einseitig. Morgen, sobald ich sie zur Kommandobrücke bringen würde und sie alle Informationen bekommen würde, die sie benötigte, um eine kompetente Entscheidung zu treffen, könnten wir weiter darüber diskutieren.

Amanda schlief in meinen Armen ein und ich starrte an die Decke, bis Rav von seiner Schicht zurückkehrte. Er warf uns einen Blick zu, dann sah er die zurückgelassenen Spielzeuge auf dem Boden liegen und kicherte: „Hast du sie erschöpft?"

„Sie hat mir alles erzählt", antwortete ich leise, um sie nicht aufzuwecken.

Rav wurde hellhörig. „Hat sie zugegeben, dass sie eine Spionin ist?"

„Ja. Morgen nehme ich sie mit auf die Kommandobrücke, damit sie zusehen kann, wenn die Kampfeinheiten ihre nächste Integrationseinheit zerstören."

Rav verzog das Gesicht und legte seine Kleidung ab. „Ihr wird schlecht werden, letzte Woche haben wir ein komplettes Geschwader verloren."

Ich spürte Ravs Zorn durch das Halsband und Amanda rührte sich im Schlaf. Vielleicht konnte sie es auch spüren, obwohl sie schlief.

„Ich weiß. Aber unsere menschliche Partnerin möchte die Wahrheit wissen. Ich habe es ihr versprochen. Je eher sie es mit eigenen Augen sieht, desto eher wird sie ganz uns gehören, vollständig uns."

Rav kroch nackt hinter Amanda ins Bett und streichelte ihre Hüfte mit seiner Hand, als er die Augen

schloss, spürte ich die Schwere seiner Erschöpfung.
„Sie glaubt, dass sie alles wissen will. Es wird sie zu Tode erschrecken, Grigg. Es ist zu viel. Wir könnten sie verlieren."

„Wir verlieren sie, wenn wir sie die Wahrheit nicht mit eigenen Augen sehen lassen."

Rav gab schließlich nach, denn wir beide wussten, wie starrsinnig unsere hübsche Partnerin sein konnte. „Ich hoffe, du weißt, was du tust, Grigg."

„Das hoffe ich auch."

KAPITEL 12

*A*manda

DIE KOMMANDOBRÜCKE vom *Schlachtschiff Zakar* wer nicht genau das, was ich mir vorgestellt hatte. Ich hatte mehr als nur einmal *Star Trek* geschaut und erwartete ein paar Stühle vor einem großen Bildschirm mit dem Kommandanten, der wie ein König in der Mitte saß.

Was für ein Reinfall.

Die Kommandobrücke war ein runder Raum mit einem Gang und mehreren Bildschirmen, die in der Mitte von der Decke herabhingen. Das obere Drittel der Wände war mit zusätzlichen Bildschirmen bestückt. Der Raum war fast so groß wie ein kleines Café und sehr viel geschäftiger, als ich es mir ausgemalt hatte. Die Bildschirme zeigten Planeten und interne Systeme des Raumschiffs, Kommunikationen und Flugpläne, schematische Darstellungen und Daten, die ich nicht verstand und die vollkommen fremdartig waren. Die abgebildeten Objekte wurden anscheinend von mehreren Offizieren kontrolliert, die sich im äußeren Gang des Raumes aufhielten. Fast dreißig Offiziere unterschiedlicher Ränge bedienten die Arbeitsstationen oder huschten wild umher. Die Kommunikationen waren präzise und systematisch und die Krieger funktionierten wie eine ausgeklügelte Maschine.

Einige trugen die schwarze Panzeruniform kampferprobter Krieger, einige trugen blaue Ingenieursuniformen und einige trugen die rote Uniform des Waffenarsenals. Drei Krieger trugen weiße Uniformen. Ich hatte keine Ahnung, wofür sie zuständig waren und ich wollte nicht dazwischenreden, um zu fragen. Spannung lag in der Luft und diese Stimmung ging von meinem Partner auch auf mich über, als er sich bereitmachte, seine Krieger in den Kampf zu entsenden.

Die Vorschule einige Stockwerke tiefer war das krasse Gegenteil von der Kommandobrücke. Dort unten spielte sich das Leben ab. Hier ... ging es um Leben *und* Tod.

Für die Krieger war es nicht die erste Schlacht, aber für mich schon. Meine Handflächen wurden feucht und ich wischte sie an dem blauen Stoff meiner Tunika ab, während ich Grigg wie ein Küken durch den Raum folgte. Ich hörte ihm zu und nahm so viel wie möglich in mich auf. Diejenigen, die den Blick von ihren Bildschirmen abwendeten, nickten mir respektvoll zu, aber dieser Respekt kam mir wie eine Ablenkung vor. *Ich* kam mir vor wie eine Ablenkung für die Leute im Raum, für Grigg. Aber er wollte, dass ich dabei war. Ich musste dabei sein.

Ich sah Kampfmittelanzeigen, Verfolgungssysteme, Navigationsaufgebote, welche die Astrophysiker und

Ingenieure der NASA vor Neid und Unglauben erbleichen lassen würden. Alles war hier und Grigg verheimlichte mir nichts. Nichts.

„Kommandant, das achte Kampfgeschwader ist in Position. Das Transportshuttle ist auch bereit."

Grigg nickte. Er erklärte mir, dass die Kampfgeschwader jeglichen Widerstand ausmerzen würden, während das Shuttle landen würde, um die eventuellen Gefangenen der Hive zu befreien. Sie waren der Schutzschild des hilflosen Shuttles. Sobald die Gefangenen befreit sein würden, würden die Fighter den kleinen Außenposten der Hive zerstören. Mein Partner ging zu dem einzigen Sitz im Raum, der noch frei war. Er setzte sich zwischen die rote Waffenkontrolleinheit und den blauen Ingenieursposten und winkte mich zu ihm, damit ich mich neben ihn setzte.

„Das vierte?" fragte er.

„Fertig, Sir."

„Erstellen Sie eine Verbindung zu Captain Wyle."

„Ja, Sir." Wenige Sekunden später zeigte der Bildschirm direkt vor mir das Gesicht eines Prillon-Kriegers mit goldenen Augen, dessen Gesicht durch seinen Helm leicht verdunkelt wurde.

„Kommandant?"

Grigg erhob sich und ging auf und ab. „Wyle, wie ist Ihr Status?"

Die Augen des Captains musterten Daten und Systeme, die wir nicht sehen konnten. „Wir sind bereit, Kommandant. Ich erfasse nur drei Aufklärungsschiffe, keine Soldaten. Es sollte eine einfache Aufräumaktion werden, Sir."

Grigg nickte. „In Ordnung, Captain. Sie haben die Führung. Wir behalten Sie von hier aus im Auge. Sie können loslegen."

„Verstanden." Das Gesicht des Captains verschwand wieder vom Bildschirm, aber Grigg lief immer aufgeregter hin und her, als er etwas vor sich her murmelte.

„Irgendetwas stimmt hier nicht. Es ist verdammt nochmal zu einfach."

Ein riesiger Krieger mit goldenen Armbändern, ein Kriegsfürst der Atlanen, wendete sich Grigg von der Waffeneinheit aus zu. „Soll ich sie zurückrufen?"

Grigg schüttelte mit dem Kopf. „Nein, Captain Wyle hat jetzt die Führung übernommen."

„Es sieht gut aus, Sir. Unsere Aufklärungspatrouillen haben keine zusätzliche Präsenz der Hive auf dem Mond festgestellt. Da sind nur die Integrationseinheiten." Der Riese hatte dunkelbraunes Haar, seine Haut sah menschlicher aus als bei allen anderen Leuten, die ich bisher auf dem Raumschiff gesehen hatte. Er trug eine schwarze Panzeruniform und keine rote und an den verspannten Linien um seine Augen und um seinen Mund konnte ich erkennen, dass er genau wie Grigg nicht erfreut darüber war, während dieser Operation auf der Kommandobrücke festzusitzen.

„Ich weiß." Grigg funkelte mich an und mir war klar, dass ich einer der Gründe war, warum er so ängstlich und nervös war. Durch das Halsband konnte ich es deutlich spüren, aber es lag einfach in der Luft. Der Druck, die Intensität dessen, was als Nächstes passieren würde. Ich wollte ihm deutlich machen, dass bei mir alles in Ordnung war. Ich hatte sehr viel beunruhigendere Situationen als diese erlebt. Ich war kein zartes Mauerblümchen, das man abschirmen und beschützen musste. Ich wollte erfahren, was da draußen los war. Ich musste es wissen.

„Es geht los." Ein junger, weiß gekleideter Krieger sprach und alle wendeten sich fieberhaft ihren Monitoren zu. Innerhalb von Sekunden leuchteten auf mehreren Bildschirmen Schüsse auf. Explosionen und die gedämpften Kampfgeräusche erfüllten den Raum. Es war, als würde man Weltraumkrieger mit Live-Kameras in ihren Cockpits beobachten. Ein dutzend verschiedener Bildschirme folgte den Piloten, während sie die Schiffe der Hive angriffen. Die Explosionen waren für uns kaum hörbar, ebenso wie die rasanten Kommunikationen, die Stimmen der Piloten waren ein anhaltendes Gerede, das ich nicht verstehen oder einordnen konnte.

„Da sind noch zwei an deinem Heck."

„Feuer! Feuer! Feuer! Da kommen drei von der Rückseite des Monds."

„Ich kann sie sehen."

„Woher kommen die? Verdammt, ich kann sie nicht sehen."

„Wyle, ich wurde getroffen!"

„Steig aus, Brax! Sofort!"

Grigg knurrte und einer der Männer in Weiß betätigte sich hektisch an seinem Posten, er sprach mit jemanden, den ich nicht sehen konnte. Was auch immer er tat, es musste erwartet worden sein, denn Grigg wendete sich ihm sofort zu.

„Das Shuttle?"

„Nein, sie sind schon gelandet. Wir können sie frühestens in drei Minuten abholen."

„Verdammt. Das ist nicht schnell genug." Griggs Kiefer verkrampfte sich und ich wusste, dass er glaubte, die Krieger seien verloren.

Grigg hatte Recht. Ich beobachtete einen grellen, hellen Lichtstrahl, der sich dem Piloten im Weltraum näherte. Ich hielt den Atem an, als die Lichtkugel ihn einverleibte und seine verzweifelten Schreie den kleinen Raum erfüllten, während die Krieger in den anderen Schiffen sich daran begab, das Hive-Schiff, das auf ihn gefeuert hatte, zu zerstören.

„Bring den Bastard um!"

„Brax! Verdammt!"

„Haut ab, viertes Geschwader. Von der Oberfläche kommen noch mehr."

„Verdammt. Wie viele sind es? Ich sehe sie nicht."

„Ich sehe sie nicht—warte. Verdammt. Zehn. Nein, zwölf. Kann irgendjemand bestätigen, dass es jetzt zwölf sind?"

„Hier kommen noch drei. Abbrechen. Es sind zu viele." Ich erkannte Captain Wyles Stimme. „Shuttlebesatzung, ihr müsst verschwinden. Sofort. Alle Fighter in Verteidigungsposition. Wir müssen hier verdammt nochmal weg. Kommandant Zakar? Hier ist Wyle."

„Ich bin hier."

„Wir stecken in Schwierigkeiten. Keines unserer Systeme hat sie erfasst, aber wir sehen fünfzehn feindliche Fighter und sie greifen an."

„Verstanden. Einen Moment, wir kommen."

„Schneller, Kommandant, oder wir sind alle tot."

Grigg drehte sich zu einem der roten Krieger. „Mach das siebte und neunte bereit. Sofort. Alle Piloten. Ich will sie in sechzig Sekunden in der Luft sehen."

Der Krieger antwortete nicht, sondern wendete sich nur seinem Posten zu und redete mit jemandem, als helle Lichter und Warngeräusche an seinem Arbeitsposten ansprangen.

Das Senken und Einzoomen, die Hochgeschwindigkeitsbewegungen auf den Bildschirmen ließen mich schwanken. Ich war dankbar für den Stuhl, an dem ich mich festhalten konnte, als mir fast übel wurde. Ich war entschlossen, nicht wegzuschauen und versuchte, die schnelllebigen Bilder, die mich benommen machten, zu verfolgen und zu verstehen. Ich war hilflos, schwach und nutzlos. Ich konnte mir nur vorstellen, wie Grigg sich fühlen musste, als seine Männer da draußen unter Beschuss lagen und starben.

Wir waren umgeben vom Kampfgeschwätz der Piloten, die miteinander sprachen und ihre Verfolger abhängten. Man hörte einen gedämpften Jubel, als die Verstärkung eintraf und die Hive-Fighter ihre Verfolgungsjagd abbrachen, kehrtmachten und in die entgegengesetzte Richtung flohen, zurück dorthin, von wo zur Hölle sie hergekommen waren.

Captain Wyles Stimme war laut und deutlich zu hören. „Sie fliehen, Sir. Sollen wir sie verfolgen?"

„Negativ. Aber ich möchte herausfinden, wie wir von einer ganzen Schwadron verdammter Hive-Aufklärer überrascht werden konnten."

„Verstanden, Sir."

Die Stimmung im Raum beruhigte sich wieder und wandelte sich zu einem geschäftigen Treiben wie in der Erholungsphase nach einer Explosion und ich lehnte mich im Stuhl zurück. Mein Puls hämmerte und mein Verstand raste, als die Piloten sich zurückmeldeten. Der Kampf war echt und der arme Brax war tot. Meine Neugierde aber war noch nicht gestillt. Ich wollte das Angesicht des Feindes sehen. Ich wollte *wissen*, mit was wir es zu tun hatten.

Ich war so angespannt, dass ich dachte, ich müsste mich übergeben. Ein Teil der Anspannung gehörte mir, aber ein nicht geringer Teil davon kam von Grigg. Ein Gefühl von Wut strömte durch ihn wie eine Flutwelle blanken Hasses, der so intensiv war, dass ich es kaum nachvollziehen konnte. Grigg *hasste* die Hive mit einer Vehemenz, die meinen Eingeweiden einen Tritt verpasste. Und ich hatte an diesem Krieg gezweifelt. Ich hatte an *ihm* gezweifelt.

An der Oberfläche aber war das Gesicht meines Partners kühl, besonnen wie Granit und ich bewunderte seine Fassade, die eiserne Kontrolle, mit der er den Sturm in seinem Inneren regierte. Ich bewunderte ihn noch mehr, als er die Crew mit ruhiger Stimme und selbstbewussten Schritten beruhigte. Seine Macht hatte das Chaos im Griff, seine Befehle allein entschieden über Leben und Tod von so vielen, hier auf dem Schiff und da draußen im Weltall, wenn sie um ihr Leben kämpften.

Der weiß gekleidete Krieger wendete sich zu Grigg. „Das Shuttle meldet zwei Überlebende in der Hive-Station, die an Bord genommen wurden, Sir."

Griggs Schultern verkrampften sich und ein alter, tiefer Schmerz überflutete mich durch das Halsband, wie ein Knochenbruch, der nicht heilen wollte. An der Oberfläche aber war nichts zu sehen, nicht einmal ein zuckendes Augenlid oder ein winziges Stirnrunzeln. Ich wollte ihn trösten, umarmen, ihm etwas von seinem Schmerz abnehmen. „Ein medizinischer Notfall."

„Ja, Sir."

Grigg drehte sich zu mir und reichte mir die Hand. Sein Unterkiefer war verkrampft. Jede Linie seines Körpers war verkrampft. „Du willst das Gesicht unseres Feindes sehen, ihn verstehen?"

„Ja." Ich legte meine Hand auf die seine und stand auf, als er mich sanft nach oben zog.

Er seufzte, seine Lippen waren zu einer dünnen Linie gepresst und ich erkannte seinen Ausdruck: Es war pures Entsetzen. „In Ordnung, Amanda. Der Kampf war schlimm genug. Komm mit mir, aber sag nachher bitte nicht, ich hätte dich nicht gewarnt." Ich lief neben ihm her, als er mit einem großen Krieger auf der anderen Seite des Raumes sprach. „Trist, die Kommandobrücke gehört ihnen."

„Ja, Sir. Lady Zakar, es war mir eine Ehre."
„Vielen Dank."

Der gigantische Krieger verbeugte sich, als wir an ihm vorbeiliefen. Grigg führte mich hinaus auf den Gang, sein warmer Griff umfasste sicher meine Hand. Allein durch den Körperkontakt fühlte ich mich in Sicherheit. Ich hoffte, dass meine Anwesenheit ihn wenigstens beruhigte. „Wohin gehen wir?"

„In die Krankenstation."

* * *

CONRAV, Krankenstation Nummer Eins

ICH ZITTERTE, als die zwei kontaminierten Krieger, die die Zeit im Lager der Hive überlebt hatten, auf Tragen aus dem Shuttle herbeigeeilt wurden.

Wir würden versuchen, sie zu retten. Wir versuchten es *immer*.

„Doktor Rhome?"

„Ich bin da." Der besonnene Doktor hatte sich hierher versetzen lassen, nachdem sein einziger Sohn bei einem Kampf im Sektor 453 ums Leben gekommen war. Er war zwanzig Jahre älter als ich und er hatte mehr Übernahmen durch die Hive gesehen, als ich mir ausmalen mochte. Eines meiner Prinzipien war, keine Vergleiche anzustellen und dasselbe galt auch für Grigg.

Die beiden Körper zuckten und wehrten sich gegen die Fesseln, die sie auf den Untersuchungstischen festgeschnallt hielten. Vor zwei Tagen noch waren das zwei junge Prillon-Krieger in der Blüte ihrer Jugend, die auf einer Aufklärungspatrouille verloren gegangen waren. Und jetzt?

Sie waren immer noch Krieger, aber sie hatten keinerlei Erinnerungen mehr an ihre Vergangenheit. Ihre Identität wurde weggewischt von etwas, das mir als ein immerwährendes Summen im Kopf beschrieben worden war. Wie alle Krieger waren sie groß und mit ihren neuen Hive-Implantaten wären sie noch stärker als unsere Atlan-Krieger im Berserkermodus, die mikroskopisch kleinen Bio-Implantate verschmolzen mit ihren Muskeln und ihrem Nervensystem und machten diese Krieger stärker, schneller und unbesiegbarer, als unsere minderwertigen, biologischen Krieger es je sein würden.

Diese verdammten Hive.

„Welchen willst du übernehmen?"

Doktor Rhome zuckte mit den Achseln. „Ich nehme den Rechten."

Ich nickte und er trat nach vorne, um das Team anzuweisen, den Patienten in die Chirurgie zu schaffen. Ich ging mit meinem eigenen Team auf die linke Seite, zu dem Krieger, der noch das dunkel-orange Halsband eines Myntar-Partners um den Hals trug.

Verdammt. Ich kannte ihn.

Die Tür der Krankenstation öffnete sich und ich wusste, wer auf der anderen Seite stand, noch bevor Grigg und Amanda in den Raum traten. Ich beauftragte mein Operationsteam damit, ohne mich anzufangen und den Krieger fertig zu machen. Ich funkelte Grigg an: „Sie hat hier nichts zu suchen. Hast du den Verstand verloren?"

Sie war kein Krieger und sie war auch keine Ärztin. Sie durfte diesen Schmerz, diese verstörende Seite des Krieges nicht zu Gesicht bekommen.

Grigg blickte kalt, verhärtet und vollkommen unnachgiebig. „Sie muss sehen, was mit uns geschieht, was mit der Erde geschehen wird."

„Nein." Ich wendete mich unserer Partnerin zu, blickte in ihre weichen, braunen Augen, die so unschuldig und so verdammt stur waren. „Nein, Amanda. Ich werde das nicht zulassen. Du darfst das nicht sehen. Ich bin dein Zweitpartner, mein einziger Wunsch ist, dich zu schützen, dich vor all dem fernzuhalten."

Der kontaminierte Krieger zu meiner Rechten schnaubte und wütete, als das Operationsteam versuchte, ihn zu betäuben und ihn auf die Extraktion des Prozessorstücks, das die Hive ihm eingesetzt hatten, vorzubereiten. Amanda zuckte bei dem Geräusch zusammen und ich schüttelte nur den Kopf. Falls der Krieger überleben sollte, würde man ihn in die Kolonie senden, um dort für den Rest seines Lebens in Frieden zu leben.

Die meisten schafften es nicht.

Ich konnte nicht zulassen, dass sie diese traurige Misere mit ansah, dass der Abschaum der Hive sie beschmutzte. „Nein, Amanda."

„Bitte, Rav?" Sie blickte bestimmt. Sie war entschieden, nicht um zu sehen, was die Hive uns antaten, sondern entschieden, die Wahrheit zu kennen. „Ich muss es mit eigenen Augen sehen."

„Nein." wiederholte ich. Es war mein Instinkt,

meine Partnerin zu beschützen und es war verdammt nochmal ausgeschlossen, dass sie dabei zusah, wie einer der beiden Krieger hier auf dem Tisch verrecken würde.

Grigg knurrte und ich wusste, dass ich seine nächsten Worte verabscheuen würde. Ich lag nicht daneben. „Zeig es ihr, Rav. Das ist ein Befehl."

„Verdammt!" Ich schüttelte den Kopf. „Ich hasse dich dafür."

„Ich weiß."

Ich konnte ihn nicht länger ansehen und wendete mich meinem Team zu. Ich ignorierte Amanda ebenfalls. Sie und Grigg folgten mir wie zwei Schatten.

Der Krieger war mit speziellen Fesseln, die wir extra zu diesem Zweck entworfen hatten, an den Operationstisch gekettet. Die Implantate der Hive waren so verdammt wirksam, dass wir ein spezielles Material entwickeln mussten, um sie in Schach zu halten.

Doktor Rhome hatte seinen Platz eingenommen und ich wusste, dass das Schicksal des Kriegers in den nächsten Minuten besiegelt sein würde. Ich zwang mich, nicht länger über ihn nachzudenken. Der Krieger befand sich jetzt ganz in den Händen von Doktor Rhome. Ich musste mich um meinen eigenen Patienten kümmern.

Der Krieger auf dem Tisch vor mir war von seinem Hals bis zu den Schläfen mit einer silbernen Haut bedeckt. Aus irgendeinem Grund aber hatten die Hive seine Stirn und sein Haar ausgelassen. Sein linker Arm war komplett mechanisiert worden, die roboterartigen Fächer öffneten und schlossen sich, als die kleinen Geräte und Waffen nach einem Ziel suchten. Seine Beine sahen normal aus, aber wir konnten uns dessen nicht sicher sein, bis wir ihn ausgezogen und vollständig untersucht hatten.

Wir würden uns darum kümmern, sobald er die nächsten fünf Minuten überlebt hätte.

„Stellt ihn sofort ruhig."

„Ja, Doktor."

Amanda stand bei seinen Füßen und ich konnte sie nicht anblicken, als mein Patient sich verkrampfte und ein Wirrwarr aus unverständlichen Worten hervor schrie. Er wurde still und die Bio-Monitoren an der Wand zeigten an, dass er das Bewusstsein verloren hatte.

„Dreht ihn um." Vier Helfer beeilten sich, um ihn umzudrehen. Ich kannte alle ihre Gesichter und vertraute ihnen, wir hatten diese Hölle zuvor immer wieder gemeinsam durchlebt.

Ich blickte über meine Schulter und forderte ein freies Teammitglied dazu auf, uns zu helfen. Die junge Frau war vor Kurzem verpartnert worden und war mit den Grauen des Krieges noch nicht vertraut. Sie eilte heran. „Ja, Doktor?"

„Bitte informieren sie Captain Myntar persönlich darüber, dass sein Gefährte aus der Integrationseinheit der Hive befreit wurde und auf die Krankenstation Nummer Eins verlegt wurde." Captain Myntar würde zwischen den Zeilen lesen können und, wenn er gescheit war, seine Partnerin Mara in der nächsten Zeit davon abhalten, hierher zu kommen.

„Er ist auf der Kommandobrücke", fügte Grigg hinzu. „Scheiß drauf."

Sie beeilte sich, um die Nachricht unserem dritten Kommandanten zu übermitteln. Amanda legte eine Hand auf ihren Mund. „Myntar?"

„Ja."

Amanda war außer sich, als ich mich zu ihr umdrehte.

„Alles in Ordnung?"

„Ja, aber – Mara. Ich kenne sie. Sie ist die ... das ist Maras Partner?"

Ich schaute hoch zu Grigg und er nickte bestätigend. Wir hatten keine Zeit mehr für Halbwahrheiten. Ich dämpfte meine Stimme, als ich ihr antwortete. „Ja, Liebes. Das ist Maras Zweitpartner."

„Oh Gott."

Grigg ging mit ihr an den Rand des Operationsbereichs, er legte den Arm um ihre Taille, während ich mich dem Krieger zuwandte, dessen Leben an einem seidenen Faden hing. Er lag jetzt auf der Seite und mein Team hatte die Rüstung entfernt, die seine Wirbelsäule bedeckte. Die Narbe war deutlich sichtbar, sie verlief etwa 12 Zentimeter an der linken Seite seiner Wirbelsäule entlang, nicht weit von seinem Herzen entfernt.

„Das Bio-Integritätsfeld?" fragte ich und ging an seiner Rückseite in Position.

„Ist aktiviert und voll funktionsfähig, Doktor."

Das Energiefeld um seinen Körper würde eine Infektion und eine Kreuzkontamination verhindern, während wir ihn öffnen würden. Ich zog meine Schultern leicht nach hinten, um die Anspannung zu lindern, die sich wie kleine Schrauben in mich bohrte. An manchen Tagen hasste ich diesen verdammten Job. Es ging hier nicht darum, Mediziner zu sein und Kranke zu heilen, sondern ich wurde jetzt eher zu einem Fleischermeister und nicht selten einem Mörder.

Ich ballerte keine Hive-Aufklärer aus der Luft und ich zerriss sie auch nicht mit bloßen Händen auf dem Schlachtfeld, aber ich tötete mehr, als mir lieb war, und zwar hier im Behandlungsraum. Und das Verwirrendste daran war, das jeder Einzelne von ihnen mir wahrscheinlich dafür danken würde, wenn er nur könnte.

Jemand überreichte mir ein Paar OP-Handschuhe und ich schlüpfte in sie hinein, während ein weiterer Helfer die Ionenklinge auf einem hüfthohen Tablett neben mir platzierte. Sie aufzuschneiden war barbarisch, mehr als grausam und der einzige Weg, um die Fremdkörper zu entfernen, die die Hive in unsere Krieger, Frauen und unsere verdammten Kinder einpflanzten.

„Okay, dann holen wir das verdammte Ding aus ihm heraus."

„Er ist stabil."

Ich nickte und griff nach der Ionenklinge. Ich hob das Gerät an Myntars Rücken und schnitt ihn langsam Stück für Stück auf, bis die Knochen seiner Wirbelsäule frei lagen. Aber ich wusste, dass das nicht ausreichen würde. Ich entfernte mehr und mehr Knochengewebe, bis ich fand, wonach ich suchte: Die silberne Kugel, die an seinem Rückenmark befestigt war und die unzähligen, mikroskopisch kleinen Tentakel, die sich in seinen Nervenbahnen ausbreiteten und sich mit ihm verflochten. Sie übernahmen die Kontrolle über seinen Körper.

Wir nannten das eigenartige Gerät den Kernprozessor, denn jeder Hive, vom untersten Aufklärer bis zur obersten Soldatenklasse, konnte ohne dieses Ding nicht mehr funktionieren. Sobald man den Kernprozessor entfernte, konnten die Individuen nicht weiter selbstständig denken und das konstante, summende Gemauschel, unter dem sie als ein Teil des Kollektivs litten, verstummte.

Es war nicht leicht, das Ding zu entfernen. Über die Jahrhunderte hinweg hatten wir alles versucht. Herausschneiden. Herausreißen. Das Metall einschmelzen. Egal, wie schonend oder gnadenlos unsere Methode auch war, das Ergebnis war immer dasselbe.

Das Opfer überlebte oder er verstarb innerhalb von wenigen Minuten, denn in den verbleibenden Implantaten, die sich im restlichen Körper des Opfers befanden, aktivierte sich ein Selbstzerstörungsmechanismus. Es war weder schön anzusehen noch für das Opfer schmerzfrei.

„Ich sehe es, Doktor."

„Ja." Ich legte die Klinge weg und grub meine Finger tief in das offene Fleisch des Kriegers, ich umfasste die Metallkugel mit meinen Fingern. Sie war in etwa ein Viertel so groß wie meine Faust. „Sind alle bereit?"

Als alle Helfer um mich herum meine Frage bejahten, biss ich die Zähne zusammen und zog. Ich zog kräftig.

KAPITEL 13

A̶manda

GRIGGS ARM WAR DAS EINZIGE, was mich noch aufrecht hielt. Maras *Partner;* der zweite Vater des kleinen Lan. Ihre Familie würde direkt vor meinen Augen zerstört werden und ich konnte mich nicht abhalten, mir den unsagbaren Schmerz des Verlusts vorzustellen, wenn einer meiner Partner, wenn Grigg oder Rav hilflos und verwundet auf diesem Tisch liegen würden.

Ich wusste nicht genau, was sie mit dem Prillon-Krieger anstellten, aber die aufgeladene Atmosphäre und die finsteren Gesichter im Raum verhießen nichts Gutes. Ich ignorierte die Geräusche des Teams auf der anderen Seite des Raumes, das mit dem anderen Krieger beschäftigt war. Ein Krieger, der wahrscheinlich ebenfalls eine Familie hatte, der geliebt wurde. Ich wollte es nicht herausfinden. Ich hatte bereits mehr zu verkraften, als ich aushalten konnte.

Der Mann war offensichtlich ein Prillon-Krieger, er hatte goldenes Haar, kantige Züge und eine dunkelgoldene Stirn. Aber unterhalb davon hatte seine Haut einen eigenartigen, silbernen Schimmer. Bevor sie ihn ruhiggestellt hatten, glich sein gesamter linker Arm einer Erfindung aus einem Horrorfilm: Eigenartige, kleine Gerätschaften kamen aus seinem Gewebe und klickten, schnappten oder schnarrten ins Leere wie eine verwirrte Fliege, die ihren Körper immer wieder gegen eine Fensterscheibe schleudert, um nach draußen zu gelangen.

Es war so merkwürdig und traurig. „Was haben die ihm angetan?" Ich flüsterte Grigg zu, denn Rav konzentrierte sich vollkommen auf seinen Patienten und ich wollte ihn nicht ablenken.

„Sie verschlingen die anderen Rassen, sie implantieren uns Technologien, die unsere Körper übernehmen und steuern. Der Kernprozessor, den Rav gerade entfernt, wächst mit dem Rückenmark zusammen. Es ist ein biosynthetisches Gerät, das weiterwächst und sich ausbreitet, bis es ins Gehirn eindringt. Danach gibt es keinerlei Hoffnung mehr."

„Das verstehe ich nicht." Ich weigerte mich wegzuschauen, als Rav den Rücken des Kriegers aufschnitt. Ich näherte mich sogar, als das helle Schimmern des Fremdkörpers an der Stelle sichtbar wurde, an der es sich irgendwie an die Wirbelsäule des Mannes angeheftet hatte. *Der Kernprozessor.* Er sah gänzlich fremdartig aus und unheilvoller als alles, was ich je gesehen hatte.

Grigg legte eine Hand auf meinen Nacken und ich

verschränkte die Arme vor meiner Brust, um mich auf den abscheulichen Anblick vorzubereiten.

„Rav wird ihn jetzt entfernen. Sobald das getan ist, wissen wir es in den nächsten Minuten."

„Was werden wir wissen?"

„Er wird entweder aus seinem Delirium aufwachen und sich daran erinnern, wer er ist – in diesem Fall verlegen wir ihn umgehend in einen ReGen-Block, um die Schäden an seiner Wirbelsäule zu behandeln—"

„Oder?" Ich schubste Grigg mit meiner Schulter, obwohl ich mich in Richtung seiner starken Finger lehnte, die dabei waren, meinen Nacken zu massieren.

„Oder er wird sich automatisch vernichten."

Ich schluckte. „Was?"

Was zum Teufel sollte das heißen? Ich wollte eine weitere Frage stellen, aber mein Verstand setzte aus, als ich Rav dabei zusah, wie er sich mit aller Kraft seiner gestählten Muskeln gegen den Tisch stemmte und die Silberkugel mit einem kraftvollen Ruck seines Unterarms aus dem Rücken des Kriegers herauszerrte.

„Die Sicherheitsumschließung!" Rav schnauzte den Befehl hervor und einer seiner grau gekleideten Helfer kam mit einer kleinen, schwarzen Kiste angestürmt. Rav legte die silberne Kugel hinein, die haarfeinen Tentakel wogen in der Luft, als ob sie nach einem neuen Wirt, einen anderen Körper suchten, in dem sie sich einnisten konnten.

Dieses Ding war unheimlicher, als die schlimmsten der monströsen Riesenkakerlaken, die ich in meinem schäbigen College-Apartment unter der Spüle gefunden hatte.

Der Offizier schloss den Deckel und begab sich umgehend zu einer S-Gen-Station im Zentrum der Krankenstation. Eilig legte er seine Hand auf den

Scanner, er seufzte vor Erleichterung, als das hellgrüne Licht aufleuchtete und die Kiste mit der widerlichen Silberkugel hoffentlich für immer verschwand.

Ich wendete mich Rav zu, der die Intervention beendete und mit einem kleinen ReGen-Stab über den Einschnitt am Rücken des Kriegers glitt. „Wie lange noch?"

„Zwei Minuten."

Rav war so betrübt, er erschien resigniert und der Zorn und die Hilflosigkeit, die ich durch mein Halsband spürte, verrieten mir, dass er nicht davon ausging, dass der Krieger überleben würde. „Dreht ihn auf den Rücken. Lasst uns sehen, ob er aufwacht."

Sie drängelten sich übereinander und taten, was Rav befahl und ich presste meine Lippen zusammen und wartete darauf, was als Nächstes geschehen würde. Die Gerätschaften am Arm des Kriegers rührten sich nicht und ich fragte mich, was mit ihnen geschehen würde, wenn er überlebte.

Rav sah mich und anders als Grigg verstellte er sich mir gegenüber nicht. Er ließ mich seinen Schmerz, seine Hilflosigkeit, seinen Zorn und sein Bedauern darüber, dass er nicht mehr tun konnte, in seinem Blick erkennen. Ich konnte alles *fühlen*.

„Wenn er überlebt, dann entferne ich so viel wie möglich. Aber die meisten Schäden sind mikroskopisch klein, die biologischen Implantate sind zu winzig und sind in seine Muskeln, seine Knochen, seine Augen und seine Haut gewandert, um ihn kräftiger, schneller, scharfsichtiger und sein Gewebe temperaturbeständiger zu machen."

„Ist er – kann ich—" Ich war mir nicht genau sicher, was ich eigentlich sagen wollte, aber ich wollte ihn mir aus der Nähe anschauen.

Grigg wendete sich an Rav, der billigend nickte. Er seufzte, wahrscheinlich wurde ihm klar, dass er mich nicht länger vor dem Schlimmsten beschützen konnte. „Nur zu, Amanda. Sieh dir an, was die Hive anrichten können."

Ich ging nach vorne, meine Beine waren steif und instabil aber ich wiegelte ab, als Grigg mir seine Unterstützung anbot. Ich wollte es selber sehen. Ich musste es sehen.

Vier, fünf Schritte und ich stand neben der schwerfälligen Masse des besinnungslosen Kriegers. Er sah beinahe friedlich aus, sein eigenartig silbernes Gesicht war entspannt. Ich ging um den Untersuchungstisch herum und betrachtete die Metallteile, die an seinem Arm befestigt waren, die silberne Färbung seiner Haut. Ich rief mir in Erinnerung, wie er orientierungslos und vollkommen außer Kontrolle gewesen war, bevor sie ihn sediert hatten. Sein Verstand war verrückt geworden, zusammenhangslos. Er war nicht mehr wiederzuerkennen—als was? Ich wollte „menschliches Wesen" sagen, aber er war kein Mensch, richtig?

Er war ein Alien. Ein Prillon-Krieger, den ich noch vor ein paar Tagen als Feind bezeichnet hätte. Als einen Eindringling. Als einen Erpresser.

Aber er war Maras Partner. Er war Vater, ein Familienmensch. Ein Krieger, der sich genauso wie jeder Soldat auf der Erde nach Frieden sehnte.

Ich schämte mich, als mir bewusst wurde, wie verdammt klein und unbedeutend die Erde doch war und wie viel kleiner noch unsere abergläubischen, ängstlichen Gemüter waren.

Ich blickte meine beiden Partner an und teilte ihnen mein Bedauern und meine Einsicht über das

Halsband mit. „Es tut mir leid, ich hatte keine Ahnung."

Beide zögerten, als ob sie erst noch darüber entscheiden mussten, was sie jetzt, als ich mich ihnen nicht länger widersetzte und die Realität meiner neuen Existenz anerkannte, zu mir sagen sollten. Der Anblick von Maras Partner verfestigte meine Erkenntnis. Woran auch immer die Erde zweifeln mochte, ich zweifelte nicht länger daran. Ich kannte die Wahrheit. Ich hatte sie mit eigenen Augen gesehen. Ich glaubte der Koalition. Ich glaubte meinen Partnern.

Ich musste so bald wie möglich den Geheimdienst kontaktieren und sie darüber informieren, was sich hier draußen abspielte. Die Wahrheit.

Das Kommunikationsgerät der Krankenstation piepte und ich erkannte die Stimme von Captain Trist. „Kommandant, wir brauchen Sie auf der Kommandobrücke. Aufklärer der Hive steuern aus drei verschiedenen Systemen auf uns zu."

Grigg sah zu mir herüber und ich nickte. Sendete ihn fort. Es war in Ordnung. Er wurde gebraucht, um die Sicherheit Aller zu gewährleisten. Rav rettete Leben auf der Krankenstation und Grigg rettete Leben, indem er Befehle erteilte, anführte, das Schiff und die Geschwader leitete. Er leitete uns alle.

„Geh, sie brauchen dich."

Er nickte einmal, kehrte um und ließ mich mit Rav allein.

Der Gerettete bewegte sich, ein schwaches Stöhnen kam aus seiner Kehle, als ich mich über ihn lehnte. Seine Augen flackerten und mein Blick weitete sich, als ich den hellen, silbernen Schimmer erblickte, der seine Iris umrandete. Es war derselbe Effekt wie auf Fotos von einer Sonnenfinsternis.

„Mara." Er rief nach seiner Partnerin, aber sein Blick war auf mich fixiert und ich sah ganz und gar nicht aus wie die große, orange-goldene Dame, die zu ihm gehörte.

„Sie kommt."

„Mara!" Sein Rücken wölbte sich und ich reichte ihm instinktiv meine Hand, um ihn zu trösten. Sein Griff zerschmetterte fast meine Finger, aber ich hielt fest und legte meine andere Hand auf seine Stirn.

„Schhh. Alles wird gut. Mara kommt gleich."

„Mara." Er erschlaffte, als ich ihn hielt. Sein Blick war auf mein Gesicht gerichtet, aber er sah das Antlitz einer Anderen, als ich sein Haar in der Hoffnung es würde ihn beruhigen von seiner Stirn strich.

Ein Zittern ging von seiner Wirbelsäule zu seinen Armen und Beinen aus und plötzlich eilte Rav herbei und zog mich zurück von dem Krieger, der sich unter Schmerzen auf dem Tisch hin und her wandte und krümmte.

„Was passiert mit ihm?"

„Er stirbt." Rav presste mich gegen seine Brust aber er ließ mich weiterzusehen. Ich *konnte* nicht wegsehen, als die Geräte an seinem Arm trieften, als hätte jemand Säure in das Metall gespritzt und sie aus seinem Körper heraus gekocht wurden. Sein Fleisch blubberte und schäumte ebenfalls, als ob er von innen heraussieden würde.

Mir wurde übel und ich musste schlucken, als sein Brustkorb zusammenfiel. Seine Brust kollabierte in einer grauenhaften Szene, wie ich sie mir sonst nur in Horrorfilmen hätte vorstellen können. Ich weinte und Rav hob mich hoch, schließlich drehte er mich um und schob seinen großen, warmen, schützenden Körper zwischen mich und die grässliche

Szene auf dem Tisch hinter ihm. „Okay, Amanda. Das reicht."

Ich sog ihn ein und zitterte wie ein Ast. Ich wollte es wissen und jetzt wusste ich es. Gott steh uns bei.

Der Geruch des gärenden Fleisches machte mich benommen und ich musste würgen, als ich mich verzweifelt an Ravs Uniform klammerte. „Ich kriege keine Luft."

„Schafft ihn hier raus bevor seine Familie eintrifft." Rav erteilte den Befehl, als er mich aus dem Raum beförderte. Ich stolperte, bevor wir die Tür erreicht hatten und er hob mich hoch, nahm mich in seine Arme und trug mich in das kleine Untersuchungszimmer, in dem ich ihn und Grigg zuerst getroffen hatte.

Als die Tür hinter uns schloss, zitterte ich.

„Ruhig, Liebes. Alles in Ordnung."

„Er ... er schäumte."

Rav fluchte. „Es tut mit leid, Amanda. Ich habe dich gewarnt."

Das hatte er, mein mitfühlender Rav hatte mich gewarnt. Er hatte mit Grigg gestritten und versucht, mir diesen Anblick zu ersparen. Er hatte gewusst, wie belastend es sein würde. Sie beide hatten es gewusst.

Rav saß auf einem Stuhl und hob mich auf seinen Schoß während ich bemüht war, mich auf seinen Geruch, seine Körperwärme und seine starken Arme, die mich festhielten zu konzentrieren. Ich fasste sein Hemd, als würde es mir Halt geben. Ich sog ihn in mich hinein bis sich mein Magen beruhigte und ich wieder klar denken konnte.

„Nein. Ich musste es wissen. Ich musste es selber mit ansehen." Ich küsste ihn sanft auf den Hals und schlang meine Arme um seinen Torso. Ich drückte mein Gesicht auf seine Brust und hielt mich an ihm fest. Ich klammerte mich an ihm fest und befürchtete, er würde mich verlassen müssen, um seine Pflicht zu erfüllen, so wie Grigg mich zurückgelassen hatte. So viele Leute waren von meinen Partnern abhängig. Und ich? Ich war unbedeutend, eine Ablenkung. Eine schwache Frau, die in diesem Moment ihre Seele verkaufen würde, um von einem ihrer Partner im Arm gehalten zu werden.

Vielleicht hatte ich meine Seele schon verkauft. Ich wurde nicht verpartnert, weil ich mir einen Partner gewünscht hatte. Ich wurde verpartnert, weil ich eine Geheimagentin war. Jahrelang war ich eine Spionin gewesen. Aber in Ravs Armen wurde mir klar, dass ich irgendwo auf dem Weg dorthin wirklich meine Seele verloren hatte. Ich hatte nichts und niemanden. Ich war mit meiner Arbeit verheiratet, konnte niemandem vertrauen und wollte nicht riskieren, verletzt zu werden. Jetzt aber war ich mit Grigg und Rav zusammen und Rav fühlte sich *so* gut und stark und echt an. Es war so viel besser, als der kalte Komfort, den mir die US-Regierung bot.

„Wie oft hast du das schon erlebt? Passiert es oft?"

„Dass ein guter Mann stirbt?"

„Ja."

„Myntar war Nummer zweihundertdreiundsiebzig. Aber die meisten, die von den Hive entführt werden, tauchen nie wieder auf. Wir bekämpfen sie draußen auf dem Schlachtfeld, nicht hier in der Krankenstation." Rav grollte, während mein Verstand torkelte – er hatte mitgezählt? Jedes Leben war so bedeutsam, dass er keinen Einzigen vergessen konnte? „Ich bin nicht erfreut darüber, dass du es auch nur ein einziges Mal mit angesehen hast."

Ich seufzte und atmete tief ein. „Ich weiß. Es tut

mir leid, ich bin so verdammt stur. Es tut mir leid. Ich bin unwichtig, Rav. So viele Leute brauchen dich, Grigg und dich. Ich sollte nicht einmal hier sein. Ich lenke dich nur ab. Eine Bürde, die du nicht gebrauchen kannst. Herrgott, es tut mir so leid, alles tut mir leid."

Rav legte seine Hand an meinen Hals, seine gigantische Handfläche glitt unter mein Kinn und er hob sanft meinen Kopf zu sich hoch. „Du brauchst dich nicht entschuldigen. Du bist perfekt. Ich liebe die Leidenschaft in dir, deine Willensstärke. Ich brauche dich, Liebes. Grigg braucht dich. Wir waren beide verloren, bevor du hier aufgetaucht bist."

Sie waren verloren? Das klang beinahe lächerlich. Sie hatten beide eine Aufgabe.

„Nein, Rav. Ihr seid beide stark, ihr tragt so viel Verantwortung. Ihr braucht mich hier nicht, ich lenke euch nur ab. Ich war so dumm. Ich habe es nur noch schlimmer gemacht, ich habe es für euch beide nur komplizierter gemacht."

Er senkte seine Lippen und ließ sie mit einer sanften Berührung über mir schweben. Seine Geste war ehrfürchtig und nicht sexuell. Sein Mund war weich, warm und behutsam. Seine vollkommene Hingabe ließ Tränen in meinen Augen aufsteigen, seine Verehrung und sein verzweifelter Wunsch nach Liebe erfüllten mich durch das Halsband. Der Tod Myntars hatte ihn tief verletzt, aber er zeigte es nicht. Ich verfügte über den Luxus, dass das Halsband mir seinen Schmerz vermittelte. Es vermittelte mir auch seine Bedürftigkeit. Ich musste ihn trösten, ihn lieben.

„Conrav", flüsterte ich, streckte meine Arme aus, grub meine Finger in sein Haar und zog ihn an mich heran. Ich zog sein Gesicht an meinen Hals und kuschelte mit ihm, denn ich spürte, dass mein riesiger

Krieger das Bedürfnis danach hatte. Er brauchte mich wirklich. Er hatte das nicht einfach nur gesagt, um mich zu beruhigen oder um mich davon zu überzeugen, zu bleiben.

Ich hielt ihn fest und strich immer wieder mit einer tröstenden Geste mit den Fingern durch sein Haar. Sein hellgoldenes Haar glitt wie Seidenfasern durch meine Finger. „Dein Haar ist so weich."

Er kicherte und seine Hände glitten sanft an meinem Rücken hoch und runter. „Ich brauche dich, Amanda. Wir beide brauchen dich. Wir sind beide nicht besonders gut darin, unsere Gefühle in Worte zu fassen. Den Göttern sei Dank, dass es die Halsbänder gibt." Er küsste mich. „Ja, ich liebe es, dich zu ficken. Ich liebe deinen Körper, deine nasse Pussy, die Geräusche, die du machst, wenn wir dich ficken, aber es ist noch so viel mehr als nur das. Ich brauche dich, wenn du zärtlich und sanft bis. Ich brauche deine Liebe, um die Wut in meiner Seele zu lindern. Um mich zu heilen, obwohl ich nicht wirklich verletzt wurde. Du musst mich halten und einfach nur für mich da sein, so wie jetzt gerade. Grigg braucht dich auch, sogar noch mehr, als ich dich brauche. Seine Wut ist wie ein brodelnder Vulkan. Wir brauchen dich. Bitte, Amanda. Du darfst uns nicht verlassen."

Es war für mich nie infrage gekommen, für immer zu bleiben, selbst als ich wusste, dass ich nie mehr zurückkehren konnte. Nie war mir die Idee gekommen, für immer mit meinen Partnern zusammen zu bleiben, mich für sie zu entschieden. Jetzt aber gaben sie mir alles, was ich wollte, was ich benötigte, um eine freie Entscheidung zu treffen. Seit Jahren hatte ich nur für meine Arbeit gelebt. Ich hatte keine andere Wahl. Aber jetzt war klar, was ich zu tun hatte. In diesem

Moment wusste ich ohne den geringsten Zweifel, wie ich mich zu entscheiden hatte.

„Ich werde nirgendwo mehr hingehen. Du gehörst zu mir, Rav. Du und Grigg, ihr gehört zu mir." Meine Stimme erstarkte, als ich mich entschieden hatte. Ich war mir sicher. „Ich muss die Erde kontaktieren und ihnen von dem berichten, was ich hier gesehen habe. Sie müssen die Wahrheit erfahren."

„Sie werden dir nicht glauben." Rav hob seinen Kopf von meiner Schulter und blickte mir in die Augen. „Wir haben versucht, es ihnen zu sagen. Wir haben ihnen die Überreste von Kriegern wie Myntar gezeigt, wir haben ihnen Bilder der Kampfhandlungen gezeigt, die Aufklärer der Hive, ihre Integrationseinheiten. Wir haben ihnen alles gezeigt."

Ich erstarrte und das Gefühl der Wut schnürte meine Kehle zu. „Ihr habt was?" Davon weiß ich nichts. Leichen? Videos von Einrichtungen und Raumschiffen der Hive? Hive-Soldaten im Kampf?

„Wir haben ihnen alle Beweise geliefert, die sie benötigten. Sie wollten einfach nicht zuhören."

Obwohl ich es nicht glauben konnte, wusste ich, dass Rav die Wahrheit sagte. Ich musste die Gewissheit seiner Worte nicht erst durch das Halsband spüren, um ihm zu glauben. „Wenn sie die Beweise hatten, warum haben sie mich dann hierhergeschickt? Was wollen sie?"

Rav küsste mich sanft auf die Lippen. Er blickte betrübt. „Ich habe keine Ahnung, Liebes. Das musst du wissen."

Und dann fiel es mir wieder ein. Waffen. Sie wollten Waffen. Neue Technologien. Alles, was ihnen im Kampf um die Vorherrschaft auf unserem kleinen, blauen Planeten einen Vorteil verschaffen würde. Ich war nicht wegen der Koalition hier oder wegen der Ankunft der Aliens. Es ging einzig um die erbärmlichen Machtkämpfe auf der Erde, den immerwährenden Kampf um Vorherrschaft.

Was ich aber gerade gesehen hatte, ließ ihre zwanghaften Bestrebungen nach Überlegenheit geradezu lächerlich erscheinen. Hier draußen gab es viel mehr, so viel mehr, was die Menschheit mit ihren erbärmlichen Machtfehden erst noch begreifen musste. „Wann treffen die Soldaten der Erde ein?"

„Bald. Sie kommen morgen."

Heilige Scheiße. Mir blieb nicht viel Zeit. „Ich will sie als Erste treffen, mit ihnen reden und ..." Meine Stimme verstummte, als ich darüber nachdachte, was wohl das beste Vorgehen war, um die Soldaten von der Erde zu überzeugen, dass die Bedrohung echt war.

„Und?"

„Ich möchte, dass sie Myntars Körper sehen. Sie sollen sehen, was passiert ist. Habt ihr es aufgezeichnet? Hat die Krankenstation Videokameras?"

Rav ächzte und ich bemerkte seine totale Entrüstung über meinen Vorschlag. „Alles, was auf diesem Schiff passiert wird aufgezeichnet."

Alles? Verdammt. Das hatte man mir nicht mitgeteilt. Aber das war jetzt nicht das Problem. „Ich möchte es ihnen zeigen, Rav. Ich kenne diese Art von Typen. Sie haben einen strengen Ehrenkodex. Sie sind absolut loyal. Sie werden auf mich hören."

„Das hoffe ich. Das hoffe ich wirklich. Denn sollten sie dich auch nur schief ansehen und sollte Grigg davon ausgehen, sie seien eine Bedrohung, dann wird er sie töten."

Ich zuckte zusammen, denn was Rav da sagte, war die Wahrheit. Ich hatte Griggs Geduld bereits bis aufs

Äußerste strapaziert, die beschissene Einstellung der Machthaber auf der Erde und die heutigen Verluste im Kampf gegen die Hive kamen noch hinzu. „Das werden sie nicht."

„Gut. Aber du musst wissen, Liebes, wenn die Erde versuchen sollte, sich mit der Koalitionsflotte anzulegen, dann werden sie verlieren."

„Würde die Interstellare Koalition zulassen, dass die Hive uns übernehmen? Dass sie die Erde zerstören?" Der Gedanke war beängstigend, aber ich hatte keine Ahnung, was der Prime auf Ravs Heimatplaneten oder die Anführer der anderen Planeten beschließen würden, wenn die Befehlshaber der Erde nicht ihre Köpfe aus ihren Ärschen herausziehen würden. Die Erde war klein und so verdammt weit weg.

„Nein, Wir werden sie beschützen, auch wenn sie es nicht verdienen. Auf deiner Welt leben Milliarden Unschuldiger, die beschützt werden müssen."

„Aber was ist mit unseren Soldaten? Die Anführer der Erde werden weiterhin versuchen, an Waffen zu kommen. Ein menschlicher Pilot könnte sehr wohl ein Raumschiff stehlen. Warum lasst ihr sie überhaupt hierherkommen? Ich verstehe das nicht."

Rav streichelte meine Wange, als er es mir erklärte. „Du musst verstehen, wir sind sehr, sehr weit weg von deinem Zuhause. Sollte ein Pilot ein Schiff stehlen, dann würde er es nicht lebend aus diesem Sonnensystem schaffen. Das Licht eurer Sonne benötigt tausende Jahre, um uns zu erreichen. Über zweihundert sechzig Planeten sind Mitglied der Koalition, die meisten liegen in verschiedenen Sonnensystemen. Die Flotte beschützt Billionen von Lebewesen, hunderte Welten, die unendlich weit voneinander entfernt liegen. Wir leben, kämpfen und sterben und die meisten verlassen diesen Sektor des Weltalls nie. Wir bilden ein riesiges Netzwerk, dass sich über unvorstellbare Entfernungen erstreckt und wir sind nur über unsere Transportsysteme miteinander verbunden."

„Wie bin ich dann hierhergekommen?"

„Unser Transportsystem nutzt die Gravitationsquellen, um Planeten und schwarze Löcher, um den Transport und die Kommunikation zu beschleunigen. Du bist als ein Strahl reiner Energie hierhergereist, mit einer unvorstellbaren Beschleunigung. Unsere Transport- und Kommunikationsstationen sind extrem sicher und werden von ganzen Kampfeinheiten bewacht. Eure leichtgläubigen Spione könnten unser System auch nicht knacken, wenn wir sie hierher einladen und an die Steuerungssysteme anketten würden. Die Transportflächen werden mit Bioscannern und Neuroimplantaten gesichert, die direkt in die Gehirne unserer Techniker eingepflanzt wurden. Eure Leute könnten unser Sicherheitssystem niemals durchbrechen. Selbst den Hive ist das nicht gelungen und ihre Rasse ist sehr viel fortschrittlicher als die Menschheit."

„Es ist also absolut nicht möglich, ohne die entsprechende Erlaubnis irgendetwas zur Erde zurückzusenden, nicht einmal eine einfache Nachricht?"

„Nein. Das ist unmöglich. Aber die Erde ist nicht der erste Planet, der an unseren Absichten zweifelt. Eure Anführer werden es irgendwann einsehen. Das tun sie immer." Rav küsste mich erneut und ich schmolz in seinen Armen, wir umarmten uns zärtlich und behutsam, nicht lüstern und sexbesessen, obwohl Rav auch darin verdammt gut war.

„Ich liebe dich, Amanda. Was auch immer passiert, ich möchte, dass du das weißt."

Ich konnte darauf noch nicht antworten, aber ich hielt ihn lange Zeit fest. Wir beide waren in unseren eigenen Gedanken verloren, die Verbindung zwischen uns wurde stärker und überflutete uns mit Liebe und Zärtlichkeit als ich es zuließ, dass er mir gehörte und ich mich vollständig, rückhaltlos und Hals-über-Kopf in ihn verliebte.

KAPITEL 14

rigg

DER SPEISESAAL WAR VOLL und die Masse an Leuten, die innehielten, um Amanda zu grüßen, ging mir langsam auf die Nerven. In weniger als einer Stunde würden die Soldaten von der Erde über das Transportsystem eintreffen und meine hübsche, gutmütige kleine Partnerin hatte mich irgendwie davon überzeugt, die Soldaten nicht umzubringen.

„Lady Zakar, Kommandant, Doktor." Captain Trist verneigte sich, als er von der anderen Seite des runden Tisches aufstand, sein Tablett war geleert. „Ich muss der Kommandobrücke Bericht erstatten."

„Captain." Ich neigte meinen Kopf, als er uns verließ. Ich aß meistens hier, aber vor der Ankunft von Amanda hatten die meisten nur leise genickt, während sie an mir vorbeiliefen. Heute kam ich mir vor wie die Attraktion in einem Event.

Alle wollten unsere Partnerin kennenlernen, sie begrüßen und ihr gratulieren. Amanda ging glänzend damit um, sie saß zwischen mir zu ihrer Rechten und Rav zu ihrer Linken. Niemand kam nahe genug an sie heran, um sie zu berühren. Ich war nach den gestrigen Geschehnissen noch zu aufgewühlt, um sie aus den Augen zu lassen.

Ich spürte die Verbindung zwischen ihr und Rav, wie sie sich gegenseitig trösteten. Ich spürte, wie mich eine Welle der Zärtlichkeit durch das Halsband tröstete, während ich weit entfernt auf der Kommandobrücke stand und mehr als hundert Piloten in den Kampf schickte. Wir hatten ein Dutzend verloren, aber der Vormarsch der Hive war zurückgedrängt worden.

Der Krieg ging weiter und weiter. Immer weiter. Ich hatte gekämpft, seit ich ein kleiner Junge war. Mein Vater hatte mich mit auf die Kommandobrücke geschleift und mir Kampfstrategien gelehrt, als ich fast noch ein Kind war. Er zeigte mir, wie man einen tödlichen Schuss setzte, wie man erbarmungslos tötete. Zwanzig Jahre lang hatte ich gekämpft und jeder Verlust hat an meiner Seele gezehrt. Ich war kaputt, am Ende.

Vor Amandas Ankunft kämpfte ich aus Ehrgefühl, aus Pflicht. Und jetzt? Jetzt kämpfte ich für sie, meine Entschlossenheit, die Hive zurückzudrängen und Amanda und alle meine Leute zu beschützen. Der Gedanke bäumte sich wie ein Gebirge in meiner Brust auf, unbeweglich und erbarmungslos. Für sie würde ich ewig weiterkämpfen.

Sie stocherte in ihrem Essen herum, ihr hübsches

Gesicht zeigte einen Ausdruck des Missfallens und mir wurde klar, dass ich nicht daran gedacht hatte, was die Menschen auf der Erde gerne aßen.

„Entschuldige, Amanda. Ich hätte daran denken sollen, Gerichte von der Erde bei den S-Gen-Programmierern zu bestellen. Ich werde mich sofort darum kümmern."

Sie legte den Kopf auf meine Schulter und berührte mich mit einer tröstenden, familiären Art und Weise, an die ich mich rasch gewöhnte und nach der ich mich immer mehr sehnte. „Ist schon in Ordnung. Du hast Wichtigeres zu erledigen, als dich mit meinen kulinarischen Vorlieben zu beschäftigen."

„Nein, Liebes. Das habe ich nicht. Du bist das Einzige, was mir wichtig ist." Und das meinte ich auch. Wenn ich sie verlieren würde, dann hätte ich keinen Grund mehr, weiter zu kämpfen. Ich wäre erledigt.

Sie machte große Augen, als ich ihr meine Gefühle offenlegte, aber ich konnte die Intensität meiner Zuneigung, meine Bedürftigkeit nicht länger vor ihr verstecken. Rav änderte seine Haltung, ich war mir sicher, dass er es ebenfalls spürte. Die emotionale Verbindung über unsere Halsbänder war zugleich ein Fluch und ein Segen. Ich funkelte ihn an; er sollte es nicht wagen, dazwischen zu reden.

Was er selbstverständlich tat.

„Ich hab's dir gesagt, Liebes."

Sie schmunzelte und ihr Lächeln wandelte sich in ein zurückhaltendes Lachen. „Ja, das hast du."

Ich umfasste ihr Gesicht mit meinen Händen und küsste sie. Einmal. Zweimal. Geradewegs vor allen Anderen. Eine ungewöhnliche Stille breitet sich im Raum aus. „Was hat er dir gesagt?" flüsterte ich.

Amandas geheimnisvolles Lächeln war wie ein

feminines Rätsel und ich sehnte mich danach, sie auf den Tisch zu schleudern und die Wahrheit aus ihr heraus zu vögeln.

Herrgötter nochmal, ich musste mich zusammenreißen, aber ich wusste, dass ich nicht vollständig ich selbst sein konnte, bis sie mit Sicherheit uns gehörte, bis wir die Verpartnerungszeremonie hinter uns hatten und ihr Halsband dunkelblau war.

Rav bewahrte mich davor, dass ich mich inmitten des Speisesaals zu einem verdammten Narren machte. „Ich hatte ihr gesagt, du wärst ein armseliges, bedürftiges Häufchen Elend."

Ich wollte dem etwas entgegensetzen, aber das sanfte Leuchten in Amandas Augen und die vollkommene Akzeptanz in ihrem Blick stoppte mich abrupt. Sie wusste es. Sie kannte bereits die verdammte Wahrheit. „Ja, das bin ich."

Das zuzugeben, machte mich keineswegs schwächer. Es machte mich in keiner Weise so, wie mein Vater mich beschrieb. Stattdessen machte es mich stärker, denn ich wusste, dass Amanda und Rav immer für mich da sein und mich unterstützen würden. Egal, was auch auf uns zukommen würde, sie würden mich lieben.

Mein Eingeständnis wurde mit einem weiteren Lächeln belohnt und ich hörte ein Seufzen, das mir das Gefühl gab, als hätte ich soeben das gesamte Hive-Kollektiv besiegt. Ich küsste sie erneut und zog sie so nah, wie es an diesem öffentlichen Ort möglich war, an mich heran. Als ich sie wieder losließ, lächelte sie und drehte sich zu Rav, um ihn zu küssen und um auch ihn wissen zu lassen, wie viel er ihr bedeutete.

Amanda strahlte vor Glück und sie würgte einen weiteren Bissen nahrhafter Proteinwürfel herunter. Ihre

Augen wanderten über die Menge, die urplötzlich mit etwas anderem beschäftigt war und woanders hinschaute. Aber die Atmosphäre im Raum *war* unbeschwerter, ruhiger und fröhlicher.

Vielleicht kam es mir auch nur so vor.

Amanda erschrak und sprang auf. Ich stand sofort auf. Rav erhob sich einen Sekundenbruchteil später und wir waren beide bereit, was auch immer Amanda Angst machte, den Kopf abzureißen, aber ich spürte keine Panik in meinem Halsband, sondern Kummer.

Verwirrt schaute ich zu meiner Partnerin herunter, als sie ihre Hand auf meinen Arm legte und mich aufforderte, zu bleiben und sie anschließend zu einem Paar mit einem kleinen Jungen lief, das gerade den Raum betreten hatte.

Alles wurde wieder ganz still, als sich meine Partnerin Captain Myntar und seiner Partnerin näherte. Alle beobachteten sie und wollten wissen, was Amanda jetzt machen würde.

Sie sprach kein Wort, aber sie sah der sehr viel größeren Prillon-Frau kurz in die Augen, bis Mara sich nach vorn beugte und sich mit einem heftigen Schluchzen in Amandas ausgestreckte Arme fallen ließ.

Wie nach einem Dammbruch erhob sich der gesamte Speisesaal und umringte Myntar, seine Partnerin und ihr Kind. Die Leute boten ihre Unterstützung an und teilten ihre eigenen Sorgen mit. Meine kleine, menschliche Partnerin stand im Zentrum der kleinen Ansammlung und zementierte meine Leute zu einer Familieneinheit, die nie zuvor so solidarisch miteinander umgegangen war.

„Herrgötter nochmal, ihre Herzenswärme wird mich verdammt nochmal umbringen." Rav rieb sich die Brust und versuchte, den scharfen, stechenden

Schmerz zu lindern, den er fühlen musste, denn Amandas Schmerz war zugleich unser Schmerz und sie war wirklich untröstlich für Mara, Myntar und den kleinen Lan.

„Bevor sie auftauchte, hatten wir wohl kein Herz", sagte ich.

„Stimmt." Rav verdrehte seinen Kopf auf seinen Schultern und ließ seine Wirbelsäule in der Hoffnung, die Anspannung etwas zu mildern, krachen. „Ich muss auf die Krankenstation und den Leichnam vorbereiten." Er drehte sich zu mir. „Bist du dir sicher?"

„Ja. Und sie ist sich auch sicher."

Rav nickte, klopfte mir auf die Schulter und machte sich davon. „Wir sehen uns dann da unten."

Ich folgte und stellte mich hinter ihn, wir warteten geduldig, bis sich die Versammlung auflöste und wir die Familie in der Mitte erreichen konnten.

„Mein Beileid, Freunde." Ich legte meine Hand auf die Schulter des Captains und verneigte mich vor Lady Myntar. Rav gesellte sich neben mich, der Kummer war deutlich auf seinem Gesicht sichtbar. Er hatte am Abend zuvor mit den beiden gesprochen, als er ihnen berichtet hatte, was genau passiert war. Rav war gereizt und aufgebracht in unser Zimmer zurückgekehrt und sofort in Amandas Arme gekrochen.

Mara ließ meine Partnerin los und wischte sich die Tränen aus den Augen, als sie uns ansah. „Uns ist bewusst, dass man nichts mehr für ihn tun konnte, aber wir danken euch allen." Sie blickte in die Gesichter, die sie umrundeten und die ihr, angeführt von der neuen Lady Zakar, Unterstützung anboten. „Vielen Dank. Ich bin stolz, eine Braut der Prillonen zu sein." Ihr Blick wanderte zu Amanda, dem neuen Herzstück unserer

Gemeinschaft. „Und ich bin glücklich, dich meine Freundin nennen zu dürfen."

Amanda drückte noch einmal ihre Hand und kam dann zu uns, ihren Partnern, gelaufen. Wir warteten auf sie und mir wurde bewusst, dass ich immer auf sie warten würde, dass ich sie immer beschützen würde und sie immer lieben würde. Ich nahm ihre Hand und wir folgten Rav aus dem Saal, ich dankte den Göttern für die Verpartnerungsprotokolle, die sie zu mir gebracht hatten. Amanda, meine perfekte Partnerin.

* * *

Amanda

Ich wartete schweigend vor dem Versammlungsraum, der normalerweise für Zusammenkünfte der Kampftruppen vor Kampfeinsätzen verwendet wurde. Zwölf Tische mit jeweils drei Stühlen standen wie in einem Klassenzimmer vor einem gigantischen Kommunikationsmonitor, der an der Wand angebracht war.

Als ich bereit war, musste ich nur darum bitten, mit Robert und Allen auf der Erde verbunden zu werden. Ich hatte keine Ahnung, wie die Kommunikation über so gewaltige Entfernungen im Weltraum funktionierte, aber das war mir egal. Ich wusste nur, dass ich in Echtzeit mit ihnen reden konnte und ich wollte versuchen, sie zur Vernunft zu bringen.

Ich hatte Grigg gewarnt, dass sie nicht zuhören würden und dass sie sich nur um die Konflikte auf der Erde sorgten, daher hatte er vorgeschlagen, ich sollte mit den Eingliederungsteams der Koalition Kontakt aufnehmen und ihnen den Täuschungsversuch der Erde schildern. Ich hatte an diesem Morgen neben ihm gesessen und während meiner ersten Telekonferenz im Weltall einer Vertretung aus verschiedenen Rassen und eigenartigen Kreaturen meine Ängste und Zweifel bezüglich der Leute, für die ich arbeitete, offengelegt. Sie hatten mir aufmerksam zugehört, obwohl sie Lichtjahre entfernt waren, und waren bereit, die sehr viel diplomatischeren Vertreter der Koalition, die vergeblich versuchten, mit den starrköpfigen Repräsentanten der Erde zu verhandeln, abzuziehen.

Ich hatte ihnen alles gesagt, worüber ich Bescheid wusste und vertraute Grigg und diesen fremden Wesen, die das Schicksal der Erde jetzt in ihren Händen hielten. Sobald ein Zweifel in mir aufkam, musste ich mir nur Myntar in Erinnerung rufen; wie er schäumte und vor Schmerzen schrie, als die Implantate der Hive seinen Körper vernichteten. Als ich mir vorstellte, dass die unschuldigen Bewohner der Erde das gleiche Schicksal erleiden könnten, richtete ich meine Wirbelsäule auf und zog die Schultern zurück. Ich musste meine Leute beschützen, auch wenn sie nicht verstanden, was ich gerade tat.

Die Tür öffnete sich und Grigg trat herein, Rav folgte ihm und ich lief ihnen sofort entgegen und war dankbar, als sich ihre Arme um mich legten, ich mich sicher und geliebt fühlte. Ich war stärker, wenn sie an meiner Seite waren.

„Sind sie hier?" fragte ich.

Grigg seufzte. „Ja. Sie werden gerade abgefertigt. Wir bringen sie auf die Krankenstation und danach gehören sie dir."

„Wie lange wird es dauern?"

„Etwa zwanzig Minuten. Wir machen mit ihnen keine vollständige Untersuchung, sondern stellen nur sicher, dass sie gesund sind und ihre Rückreise überleben werden."

Grigg hatte sichergestellt, dass der Transporter bereit war, sie wieder zurück zu schicken. Er hatte eingewilligt, die Soldaten von der Erde zu treffen, aber weigerte sich, sie hier zu lassen. Sie würden die Wahrheit erfahren, Myntars Leiche zu Gesicht bekommen, die Aufnahmen seines qualvollen Todes ansehen und dann würden sie zurückgeschickt werden, um der Erde Bericht zu erstatten. Damit würden sie der Koalition besser dienen, als wie vorgesehenen zwei Jahre lang gegen die Hive zu kämpfen.

Ich nickte und befreite mich aus ihren Armen. Ich wischte meine klammen Hände an meiner dunkelblauen Uniform ab. Ich war stolz darauf, die Farben meiner neuen Familie zu tragen und ich war noch stolzer auf das Abzeichen auf meiner linken Schulter. Grigg hatte mir offiziell den Titel „Lady Zakar" verliehen und er hatte mir Zugang zu allen Systemen des Schiffs verschafft. Ich konnte die gesamten Waffensysteme, historischen Aufzeichnungen und medizinische Daten einsehen. Ich hatte Zugang zu allem, was ich benötigen würde, um ihn zu hintergehen. Sein Vertrauen in mich, in *uns*, war unantastbar. Als er es getan hatte, küsste er mich bis zur Besinnungslosigkeit. Ich konnte jetzt jedem in der Kampftruppe Befehle erteilen, jedem, außer ihm.

Was für mich vollkommen in Ordnung war. Seine dominante, gebieterische Art ließ mich vor Vorfreude erzittern, denn sobald wir hier fertig waren, sobald die Soldaten von der Erde die Wahrheit kannten und zurückgeschickt wurden, würden wir unsere Verpartnerungszeremonie abhalten. Ich hatte ihnen gesagt, dass ich bereit dazu war, ich hatte es gespürt, als wir uns unsere Liebe gestanden hatten und ich fühlte es durch das Halsband. Die Verpartnerungszeremonie würde das Ganze offiziell machen. Ich wollte, dass mein Halsband dieselbe Farbe hatte wie ihres. Ich wollte für immer ihnen gehören und sie würden für immer mir gehören.

„Lass uns die Sache hinter uns bringen, damit ich dich für mich beanspruchen kann." Ich erinnerte sie absichtlich daran, was danach kommen würde und wurde dafür mit einer Hitzewallung, die sich über mein Halsband ausbreitete, belohnt. Beide Männer funkelten mich mit feurigen Augen an. Ihre Blicke verrieten mir ihr eigenes Bedürfnis, mich vollständig zu besitzen.

„Kommandant Zakar?" Die Stimme des Kommunikationsoffiziers erfüllte den Raum.

„Ja?"

„General Zakar möchte mit Ihnen sprechen, Sir."

Grigg seufzte, er rieb irritiert seinen Nacken und Ravs Blick verengte sich vor lauter Unmut. Meine Neugierde war geweckt und ich war froh, als Grigg befahl, seinen Vater auf den Bildschirm am Ende des Raumes durchzustellen.

„Kommandant?"

„Ja, General?" Grigg ging nach vorne in die Mitte des Raumes, damit sein Vater ihn besser sehen konnte und ich musterte den sehr viel älteren Prillon-Krieger auf dem Bildschirm. Seine Züge waren denen von Grigg ähnlich, aber seine Hautfarbe war sehr viel dunkler, es war ein brüniertes Gold, das fast kupferfarben war, sein Haar hatte eine dunkle, orange, fast verbrannte Tönung. Ich erkannte die Panzeruniform eines Kriegers, aber seine war nicht schwarz, sondern dunkelblau wie meine, in der Farbe des Zakar-Clans.

„Wie kannst du es wagen, mir deine neue Partnerin zu verheimlichen? Erst die Mitarbeiter der Krankenstation haben mir von ihr berichtet."

Griggs Kiefer verkrampfte sich und ich spürte seine Anspannung, seinen Zorn. „Ich habe nie ein Geheimnis aus meiner Partnerin gemacht, Vater. Ich dachte, es sei dir egal."

Der General beugte sich nach vorne, er blinzelte, um mich am anderen Ende des Raumes sehen zu können. Ich blickte zu Rav, der mit den Achseln zuckte und leise zu mir sprach, damit er über den Bildschirm nicht gehört werden konnte. „Nur zu, wenn du möchtest. Aber er ist ein Vollidiot."

Das besiegelte die Sache für mich. Ich würde nicht zulassen, dass Grigg das alleine aushalten musste. Nicht mehr. Aufrecht schritt ich nach vorne und legte meine Hand in Griggs riesige Hand. Der General musterte mich und ich blickte ihn an. Er bedeutete mir nichts und wenn er meinem Partner Schaden zufügte, dann war er mein Feind. Trotzdem war er mein Schwiegervater. Der Anstand verlangte, dass ich höflich blieb. „General, es freut mich, sie kennen zu lernen."

Er ließ sich Zeit, um mich von Kopf bis Fuß zu betrachten, als ob er eine Stute für seinen preisgekrönten Hengst begutachten würde. „Sie sieht gut aus, aber ich wünschte, du hättest eine Prillon-Partnerin gewählt."

„Sie wurde mir durch das Programm für Bräute zugeteilt. Ich gehe davon aus, dass du die Erfolgsquote des Auswahlprozesses kennst. Damit solltest du dich zufriedengeben. Sie ist meine auserwählte Partnerin. Ich könnte mir keine Bessere vorstellen."

Sein Vater verschränkte die Arme, räusperte sich und knurrte. „Gut, Kommandant. Du kannst ficken, wen immer du willst. Solange sie Nachkommen erzeugt, ist es mir egal. Ich werde umgehend für die Verpartnerungszeremonie anreisen."

Rav knurrte im Hintergrund.

Ähm, ja. Nein. Es war ausgeschlossen, dass mein Schwiegervater der Verpartnerungszeremonie beiwohnte. Das wäre widerlich und überaus bizarr.

Grigg protestierte, aber sein Vater wollte nichts davon wissen. Grigg war dabei, auszurasten. Behutsam, äußerst behutsam machte er einen Schritt nach vorne und schob mich mit seinem Arm hinter sich, aus dem Blickfeld seines Vaters. „Nein."

„Was hast du da gesagt?"

Grigg verspannte sich vor lauter Zorn, ich blieb, wo ich war und lehnte mich gegen ihn. Ich presste meine Stirn an seinen Rücken, damit er wusste, dass ich hinter ihm stand, dass ich ihm beistand. „Ich sagte Nein, Vater. Jetzt ist Schluss damit."

Ich hörte ein Rascheln und vernahm, wie Rav sich annäherte und sich neben Grigg gesellte, als dieser seinem Vater die Stirn bot.

„Wovon redest du? Womit ist jetzt Schluss? Was für ein verdammtes Spielchen spielst du da mit mir, Junge?"

Ich erwartete, dass Grigg gleich in die Luft ging und war schockiert, als das Gegenteil eintraf. Es war, als ob sein gesamter Zorn verflossen war, er war ruhig und entspannt. „Amanda ist meine Partnerin und ich werde sie nicht deinen Blicken aussetzen. Wir sind fertig. Ich bin dein Fleisch und Blut und ich werde immer unsere Familie ehren. Aber ich bin nicht dein Sohn und du bist auf meinem Schiff nicht willkommen. Falls du mich kontaktieren musst, dann sende mir in Zukunft eine Nachricht an den Kommunikationsoffizier. Ich möchte nie wieder mit dir reden."

Der General kochte vor Wut, aber Grigg lief einfach nach vorne und legte seine Hand auf die kleine Steuerfläche. Im Raum wurde es wunderbar still.

Ich folgte ihm und legte von hinten die Arme um Grigg. Rav war zufrieden und seine Gefühle vermischten sich mit Griggs Resignation. „Das wurde aber auch Zeit."

„Ja, es war an der Zeit." Grigg legte seine Hände auf meine Hände und ich drückte seinen Bauch. Ich hatte nicht ganz verstanden, was gerade passiert war, aber der Reaktion meiner Partner zufolge war es eine gute Sache, die längst überfällig gewesen war.

Ich wollte eine Frage stellen, aber ich hörte plötzlich Männer, die – auf Englisch! – sprachen und ließ meine Partner los, um mich wieder zu sammeln.

Wie geplant ging ich zum vorderen Teil des Raums, damit mich die Spezialkräfte von der Erde sehen konnten. Sie kamen herein und setzten sich an die Tische. Ihre Blicke waren düster und sie sahen besorgt aus. Wie ich es erwartet hatte. Es waren Marinesoldaten, Ranger, Spione und Killer. Aber der zurückhaltende Ausdruck auf ihren Gesichtern verriet mir, dass der Anblick von Myntars verstümmelten Körper nicht das war, was sie in ihrer allerersten Stunde im Weltall erwartet hatten.

Willkommen an der Front, Jungs.

Grigg und Rav stellten sich jeweils an eine Seite des gigantischen Bildschirmes und boten mir stillschweigend Unterstützung. Sie überließen mir das Reden, zum Glück, denn Griggs Vorstellung von Diplomatie bestand eher daraus, jeden Einzelnen zu foltern, um an

Informationen zu kommen und sie dann in Leichensäcken zur Erde zurückzuschicken.

Es hatte fast eine halbe Stunde gedauert, ihm das auszureden, aber er verfügte über einen guten Grund. Die Erde war jetzt ein Mitglied der Interstellaren Koalition und entweder machten wir mit oder wir ließen es bleiben. Es gab kein Dazwischen, jedenfalls nicht, solange die Hive drohten, uns alle zu vernichten.

Als die Männer vor mir saßen und die Tür geschlossen war, wendete ich mich ihnen zu. So viele menschliche Gesichter zu sehen, fühlte sich eigenartig an. Sie sahen aus wie … Aliens.

„Meine Herren, Sie haben sicher viele Fragen."

Ich verbrachte die nächste Stunde damit, ihnen zu erklären, wer ich war, für wen ich arbeitete, was meine Mission war und was ich in der Zwischenzeit alles gelernt hatte. Sie sahen die Aufzeichnung von Myntars Tod, seinen Körper, sie sahen Aufzeichnungen diverser Kämpfe, Videos mit Truppenbewegungen der Hive und Statistiken, Zahlen und sie erfuhren alles darüber, wie lange dieser Krieg schon andauert, nämlich seit über eintausend Jahren.

Als ich fertig war, blickte ich jedem der Männer in die Augen. „Ich weiß mit Sicherheit, dass mindestens zwei von Ihnen aus denselben Gründen wie ich hierher entsendet wurden. Mit einem direkten Auftrag des Direktors, Waffen, Technologien und Informationen zu sammeln, die für den Geheimdienst eventuell nützlich sein könnten." Ich stellte mich auf die Zehenspitzen, lehnte mich nach vorne und presste meine Handflächen flach auf den Tisch. „Jetzt aber kennen Sie, wie auch ich, die Wahrheit. Sie haben die Bedrohung mit eigenen Augen gesehen. Möchten Sie sich zu erkennen geben?"

Niemand im Raum rührte sich, so wie ich es erwartet hatte und ich gab Grigg ein Zeichen, damit er wusste, dass ich bereit war. Er ließ meinen Anruf durchstellen. Der Bildschirm hinter mir zeigte ein vertrautes Bild, Robert und Allen saßen an einem kleinen Tisch. Sie waren in Begleitung eines Mannes, den ich als den Verteidigungsminister wiedererkannte.

KAPITEL 15

Ich drehte mich zu ihnen um. „Meine Herren."

„Miss Bryant, was soll das Ganze? Wir warten seit über einer Stunde. Warum kontaktieren Sie uns? Wir hatten erwartet, mit einem Offizier der Kampfgruppe Zakar zu sprechen."

Ich konnte mich kaum davon abhalten, die Augen zu verdrehen. Das war nicht gerade damenhaft, aber Roberts falsche Besorgnis, sein Versuch, den überraschten und verdatterten Staatsmann zu spielen, brachte mich aus der Fassung. Jahrelang hatte ich ihm alles geglaubt, jetzt erkannte ich zum ersten Mal sein wahres Gesicht. Er war ein eigennütziger Bürokrat, der zu allem fähig war, wenn es ihm einen Vorteil verschaffte.

„Mein Name ist Lady Zakar, von der Kampfgruppe Zakar. Eine stolze Kriegerbraut von Prillon

Prime. Robert, ich arbeite nicht länger für dich." In einem weiten Bogen spreizte ich meine Hand hinter meinem Rücken und deutete auf die Männer, die hinter mir saßen. „Meine Herren, diese Männer kennen die Wahrheit und sie werden mit dem nächsten Transport wieder nach Hause reisen. Sie haben die Toten gesehen, sie haben gesehen, was die Hive anrichten können, so wie ich auch."

Robert zischte, aber der Verteidigungsminister beorderte ihn, Ruhe zu bewahren. Er war ruhig und sachlich. „Was ist der Anlass für diesen Anruf?"

Ich hätte ihm am liebsten eine verpasst, denn er war so verdammt einfältig und stur, aber ich verstand. Er versuchte nur, seinen Job zu erledigen, er hatte Jahrzehnte damit zugebracht, sein Land zu verteidigen und die Denkweise, die er verinnerlicht hatte, ließ sich nur schwer ändern. Die Erde war sein Problem, nicht der Weltraum. Zumindest bis jetzt.

„Herr Minister, ich wurde als erste Braut entsendet, um die Bedrohung durch die Hive einzuschätzen und um die Stärke und Absichten der Flotte der Interstellaren Koalition zu ermitteln; ob diese beabsichtigt, die Erde zu schützen oder zu unterwerfen."

„Und was haben sie herausgefunden?"

„Die Bedrohung durch die Hive ist sehr real und wir würden einen Angriff nicht überleben. Ohne die Unterstützung der Koalition könnte die Menschheit innerhalb von Monaten komplett ausgelöscht werden."

„Und das ist gewiss?"

Ich nickte bestimmt. „Ja, Sir. Das ist gewiss."

Meine Überzeugung schreckte ihn auf und ich konnte sehen, wie er hinter der besonnenen Fassade seines Brillengesichts angestrengt nachdachte und die

Folgen abwog, sollten meine Worte wahr sein. Aber ich war noch nicht fertig.

„Wie können Sie verdammt nochmal so stur sein und mich auf diese Mission schicken, wenn Sie stattdessen Soldaten rekrutieren und ausbilden sollten, um dabei zu helfen, unseren Planeten zu schützend."

„Wir verfügen über das stärkste Militär der Welt—"

Ich fiel ihm ins Wort, bevor er seine übliche Propaganda herunterleiern konnte. „Ja, auf der Erde. Aber Sie befinden sich nicht mehr in Kansas. Mir ist bekannt, dass die Koalition Ihnen kontaminierte Leichen, Mitschnitte von Kampfhandlungen und Informationen über die Hive und ihre Territorien präsentiert hat. Da Sie aber auf die Bitte der Koalition, aufrichtig und kooperativ zu handeln, nicht angemessen reagiert haben, habe ich das planetare Eingliederungsteam der Koalition informiert. Das zuständige Gremium wird in drei Tagen auf der Erde eintreffen, um mit Ihnen eine Lösung zu finden."

Der Verteidigungsminister errötete und mir wurde klar, dass er absolut keine Ahnung hatte, wovon ich sprach. Seine nächsten Worte bestätigten meinen Verdacht. „Was für Leichen?"

Ich zog eine Augenbraue hoch. „Fragen sie Allen."

Allen, dieses Wiesel, schlug die Hände auf den Tisch unter sich. „Verdammt. Was zur Hölle tun Sie da?"

Ich lächelte und hoffte, dass meine Verachtung für seine erbärmliche, engstirnige Art deutlich wurde. „Ich bewahre Sie davor, einen Fehler zu begehen. Ihre Leute werden in drei Stunden zurücktransportiert. Und mit der nächsten Ladung Soldaten senden Sie uns besser echte Krieger und keine Spione."

Mit einem Handschlag signalisierte ich dem Kommunikationsoffizier, das Gespräch zu beenden.

Der Bildschirm wurde schwarz und ich atmete tief ein, meine Glieder entspannten sich, ich war erleichtert. Meine Partner standen wie Schutzengel an den Seiten des Bildschirms. Sie boten mir Unterstützung, liebten mich. Sie vertrauten mir, dass ich das Richtige tat und die richtigen Worte fand, um die Erde davon zu überzeugen, ernsthaft in den Kampf einzutreten.

Meine Partner. Ich hatte mich entschieden und ich hatte meine Seite gewählt. Meine Zukunft lag hier. Ich war eine Bürgerin von Prillon Prime, ein Mitglied der Familie Zakar. Grigg und Rav? Sie gehörten mir. Und ich würde sie nicht aufgeben.

Ich wendete mich den Soldaten zu, die immer noch auf ihren Stühlen saßen. Ihre Gesichter zeigten eine Mischung aus Ärger, Resignation und Verwirrung. Ich wusste genau, was gerade in ihnen vorging. Sie versuchten, sich damit abzufinden, dass sie belogen und benutzt worden waren. Und wie ich auch waren sie loyale, ehrenhafte Staatsdiener, die davon ausgegangen waren, dass sie das Richtige taten. Die traurige Wahrheit, mit der wir sie in den letzten Stunden konfrontiert hatten, mussten sie erst noch verdauen.

„Meine Herren, wenn Sie Allen sehen, kann ihn dann bitte einer von Ihnen für mich ins Gesicht schlagen und ihm ausrichten, dass der Hieb von mir kommt?"

Ein kräftiger Typ neben der Tür grinste auf meine Frage hin. „Wird erledigt."

„Danke sehr. Gehen Sie jetzt wieder nach Hause und sagen Sie denen auf der Erde die Wahrheit."

* * *

Fünf Stunden später ...

Conrav

MEIN SCHWANZ WAR seit einer Ewigkeit steif gewesen. Es schmerzte und trotzdem hatte Grigg unsere Verpartnerungszeremonie verschoben, weil er sich weigerte, den heiligen Ritus durchzuführen, solange sich noch die Verräter und Spione unter uns befanden.

Ich verstand seine Beweggründe, denn nachdem ich dagestanden und zugehört hatte, wie die Männer von der Erde mit Amanda herum diskutierten, überkam mich große Lust, mich zur Erde zu transportieren und diesen Dickköpfen ein bisschen Verstand und Respekt für meine Partnerin einzuflößen. Aber Amanda war ausgezeichnet mit ihnen umgegangen und der Stolz, den ich verspürte, spiegelte sich auch in Grigg wider.

Sie war jetzt die leibhaftige Lady Zakar, ihr Mitgefühl für Mara und die kühne Art, mit der sie den Oberhäuptern der Erde trotzte, machten sie schon jetzt zu einer Legende. Diejenigen, die sie noch nicht kennengelernt hatten, erfanden Vorwände, um sich auf das Schlachtschiff zu transportieren, in der Hoffnung sie zu sehen und mit ihr zu reden. Der Anstieg in Transportanfragen hatte Grigg zum Lachen gebracht, aber wie immer hatte er auch darauf eine passende Antwort.

„Wir werden eine offizielle Willkommensfeier auf jedem Schiff zelebrieren. Falls die Crew sie kennenlernen möchte, dann müssen wir sie zu den Leuten bringen. Auf meinem Schlacht-

schiff gibt es nicht genug Platz für fünftausend neugierige Männer."

Schlimmer noch, die Anzahl der Männer, die ihr Interesse bekundet hatten, unserer Verpartnerungszeremonie beizuwohnen, hatte sich in der letzten halben Stunde verdreifacht. Ihr Interesse war ein Zeichen für den Stellenwert unserer Verpartnerung, für die Richtigkeit unserer Zusammenkunft, aber ich hatte Amanda heute schon mit genügend Leuten geteilt. Ich wollte sie nur noch nackt vor mir liegen sehen – bereit für meinen Schwanz. Ich wollte ihre wässrigen Augen sehen, wenn Grigg uns mit eiserner Hand durch den Liebesakt führen würde.

Grigg und ich geleiteten sie in die Mitte des runden Zimmers, wir waren nackt und einsatzbereit. Grigg lief zu ihrer Rechten und ich hielt zärtlich ihren linken Arm. Sie staunte, als sie erfahren hatte, dass alle Verpartnerungszeremonien vor Zeugen stattfanden; aber sie akzeptierte die Augenbinde und sie willigte in Griggs Versprechen ein. *„Hab Vertrauen, Liebes. Du wirst an nichts Anderes denken können, als an unsere harten Schwänze, die in dir stecken."*

Als wir an unserem Platz angekommen waren, ließ Grigg sie los und nickte einmal, damit der rituelle Gesang beginnen konnte. Die Strophen waren in einer altertümlichen Sprache unseres Planeten verfasst und der Rhythmus hörte sich komisch für mich an. ‚Schutz und Segen' verlauteten die Worte der antiken Sprache.

„Akzeptierst du, dass ich dich für mich beanspruche, Partnerin? Übergibst du dich uneingeschränkt mir und meinem Gefährten oder möchtest du einen anderen Primärpartner wählen?" Grigg schlich um uns herum wie ein wildes Raubtier, ich zog Amandas

Rücken an meine Brust, mein harter Schwanz ruhte an der Ritze ihres vollen, runden Arsches.

Griggs unbezähmbare Lust strahlte durch unsere Halsbänder hindurch und vervielfachte mein eigenes Bedürfnis, mich bis zu den Eiern in ihr zu vergraben. Ich stöhnte, als der moschusartige Duft ihrer Erregung wie eine Wolke edelsten Parfums aufstieg.

„Ich akzeptiere euch. Ich möchte niemand anderes." Ihre Stimme klang außer Atem und ihre Brüste hoben und senkten sich, als sie sprach.

„Hiermit beanspruchen wir dich im Namen des heiligen Ritus für uns. Wir werden jeden Krieger töten, der es wagen sollte, dich zu berühren."

Grigg gab sein Gelübde ab und ich tat es ihm gleich. Ich beugte mich runter, um meinen Schwur an ihren Nacken zu flüstern. „Ich werde töten, um dich zu verteidigen oder ich werde sterben, um dich zu schützen, Liebes. Du gehörst jetzt für immer mir."

Der Gesang stoppte und männliche Stimmen ertönten. „Mögen die Götter eure Zeugen sein und mögen sie euch beschützen."

Amanda zitterte, aber sie stand weiterhin mutig da und wartete darauf, dass wir sie für immer beanspruchten. Ihr hübscher Körper verwandelte mein Verlangen nach ihr in eine lüsterne Raserei.

Ich grinste Grigg zu, denn ich wollte so schnell wie möglich anfangen, aber ich wartete, bis Grigg den nächsten Zug machte. Sein dominantes Wesen kam immer mehr zum Vorschein und je stärker er sie beherrschte, desto mehr Orgasmen könnten wir aus ihrem üppigen, reaktiven Körper herauszaubern. Grigg war ein großzügiger Spieler und würde sicherstellen, dass wir alle den Verstand verlieren würden.

„Amanda, geh auf die Knie und öffne deine Beine."

* * *

Grigg

WIDERSTANDSLOS UND OHNE ZU zögern begab sich meine Partnerin vor mir auf ihre Knie und ich konnte fühlen, dass ihr Verlangen erstarkte, sobald ich die Kontrolle übernahm. Sie war so verdammt feinfühlig, so süß und großzügig. Ich hatte diesen Augenblick in dutzenden Szenarios in meinem Kopf durchgespielt. Dutzende Stellungen und wie ich sie zum Höhepunkt bringen könnte.

Als sie aber nackt, blind und vertrauensvoll vor mir kniete, entfesselte das in mir etwas Düsteres und Bedürftiges.

„Mach deinen Mund auf. Ich werde meinen Schwanz an deinen Mund legen und du wirst meinen Lusttropfen lecken. Es wird deine Zunge aufheizen und deinen Appetit für unsere Schwänze ankurbeln. Hast du verstanden?"

„Ja."

Dieses eine Wort genügte, um meinen Schwanz aufzucken zu lassen, ich umfasste den Schaft und brachte ihn in Position. Rav stand dahinter und wartete. Mir wurde klar, dass ich sie mit niemand anderes hätte teilen können. Mit einem Krieger, der derartig dominant wie ich war. Rav gehörte mir und irgendwie wurde das primitive Tier in mir besänftigt, als er sie berührte.

„Rav, leg dich auf den Rücken und fick sie mit deiner Zunge."

Mein Gefährte lag innerhalb weniger Sekunden unter ihr, sein Kopf rutsche mühelos zwischen ihre gespreizten Schenkel. Zufrieden beobachtete ich, wie die Hüften unserer Partnerin mit dem ersten Wisch von Ravs harter Zunge emporschossen. Sie schnappte nach Luft und ich spürte über unsere Halsbänder, dass Ravs Zunge tief in sie eingedrungen war. Er fickte sie, wie ich es ihm geheißen hatte, sie war feucht und bereit für meinen Schwanz.

Als sie aufstöhnte und sich gegen Ravs harten Griff an ihren Oberschenkeln wehrte, legte ich schließlich meine tropfende Eichel auf ihre vollen Lippen. „Nimm ihn in den Mund, Amanda. Fick mich mit deiner Zunge."

Ich hätte es wissen sollen, aber Amandas heißer Mund schluckte mich in einem festen, schnellen Zug herunter, ihre Zunge bearbeitete meinen Schwanz mit derbem Eifer und ich wäre fast vorzeitig gekommen. Es ging viel zu schnell. Meine Eier zogen nach oben und der Drang, zu kommen, baute sich in meinem Steißbein auf.

Ich würde es nicht länger aushalten und ich war noch nicht einmal in ihrer Pussy drin.

Ich fasste ihr Haar und zog ihren Kopf sanft zurück, bis mein Schwanz wieder frei war. Ich konnte nicht länger warten. Ich hatte mir gewünscht, dass wir ewig so weitermachen könnten, aber jetzt wollte ich sie nur noch für mich beanspruchen.

Jetzt. Verdammt nochmal jetzt sofort. Ich wollte ein blaues Halsband an ihrem Nacken sehen, ich wollte meinen Samen in ihrem Uterus wissen, ich wollte den Schwanz meines Gefährten in ihrem jungfräulichen

Arsch spüren. Ich wollte uns für immer mitaneinander vereinen.

„Rav, stopp."

Amanda winselte vor Missfallen aber ich hob sie einfach vom Boden hoch, legte sie auf meine Brust, brachte ihre nasse Pussy über meinen Schwanz und senkte sie auf meinen schmerzenden Schaft, während ihre Beine meine Taille umschlangen. Sie reagierte heftig, als mein Schwanz sie füllte und ausweitete. Die Intensität ihrer Lust drang unverzüglich durch mein Halsband und machte meinen Schwanz noch dicker. Ich hielt mich nur noch mit den Nägeln fest.

Der Zeremoniestuhl wartete drei Schritte weiter und ich beeilte mich, um meinen Platz auf dem eigenartig geformten Möbelstück einzunehmen. Der Sitz war zum Ficken gedacht und lehnte mich und meine Partnerin gerade weit genug zurück, dass Rav sie aufrecht stehend von hinten nehmen konnte.

Schnell setzte ich mich, nahm Amandas Schenkel und zog sie zu mir und meinem lüsternen Schwanz. Ich spreizte ihren Arsch auseinander, damit Rav sie von hinten erobern konnte.

Amanda winselte vor Verlangen und es klang wie Musik in meinen Ohren, als sie sich in meinen Armen wandte und versuchte, ihren eifrigen, kleinen Kitzler an mir zu reiben, um Erleichterung zu finden. Aber sie durfte jetzt noch nicht kommen, noch nicht. Nicht, bis ihre beiden Partner in ihr drin waren.

„Fick sie, Rav. Los!"

* * *

Amanda

. . .

Ich lag auf Griggs Brust, wir saßen in einer Art Liegestuhl, sein Schwanz war so tief und dick, ich dachte, ich müsste sterben, wenn er nicht stoßen würde. Griggs Hände umfassten meinen Hintern und öffneten mich weit.

„Fick sie, Rav. Jetzt."

„Ja! Herrgott nochmal, ja! Mach schneller. Schneller. Schneller." Ich wackelte und kreiste meine Hüften und versuchte, meinen Kitzler gegen Griggs feste Bauchmuskeln zu pressen, aber er ließ mich nicht und packte mich fester, damit ich mich nicht bewegen konnte. Ich konnte nur fühlen.

Und warten.

Gott, die Warterei würde mich umbringen.

„Halt still, Amanda." Griggs Worte waren ein tiefes, kehliges Vibrieren und machten mich nur noch heißer, noch verzweifelter. Ich presste meine Schenkel zusammen und hob mich gerade weit genug von seinem Schwanz nach oben, um mit einem zufriedenen Stöhnen wieder nach unten zu stoßen und ignorierte dabei die Anweisungen meines Partners.

„Rav!"

Grigg ließ meinen Arsch los und ich drückte mich triumphierend erneut nach oben, um ihn nochmals zu ficken, bis seine feste Handfläche auf meinem zarten Hintern aufschlug. *Klatsch!*

„Was hab ich dir gesagt, Amanda?"

Was hatte er mir gesagt? Ich konnte nur noch an seinen Schwanz denken. „Weiß nicht."

„Deine Lust gehört mir. Deine Pussy gehört mir. Hör auf, deine Pussy zu bewegen, Liebes. Ich habe gesagt, du sollst stillhalten."

„Nein. Nein. Nein." Ich winselte und Griggs Hand landete auf meiner anderen Pobacke.

Die Hitze rollte durch meinen Körper und ich hielt still. Und zwar nicht, weil ich einen weiteren Hieb vermeiden wollte, sondern weil Rav mich endlich berührte.

Er rieb das Gleitmittel um mein Poloch, sein Finger drang tief in mich ein und ich winselte und stöhnte. Ich sehnte mich nach mehr und ich wollte, dass sie mich beide erfüllten und fickten. Ihre Finger und die Analstöpsel fühlten sich großartig an und ich war bereit, Ravs Schwanz zu nehmen.

Geduldig führte Rav zuerst zwei und dann drei Finger in mich ein. Die Dehnung schmerzte für einen Moment, das Brennen kam mir bekannt vor und vergrößerte das stampfende Gefühl in meinem Körper, dass sich über die Halsbänder in Griggs Schwanz ausbreitete und Ravs Herzschlag befeuerte. Ich spürte alles. Ich brauchte alles.

„Bitte."

Beinahe schluchzte ich vor Erleichterung, als Ravs dralle Schwanzspitze langsam in mich hineinpresste. Grigg legte seine Hände wieder auf meinen Arsch und spreizte meine Pobacken auseinander, damit Rav mich in Besitz nehmen konnte. Die Gewissheit, dass meine Partner mich endlich nehmen, ficken und ausfüllen würden, machte mich irgendwie noch heißer, feuchter und brachte mich dem Höhepunkt noch ein Stück näher.

Gott, wie weit war ich nur gegangen?

Der Gedanke verflüchtigte sich, als Rav am leichten Widerstand meines Schließmuskels vorbei tiefer in mich eindrang, sich langsam immer weiter vorarbeitete und mich komplett ausfüllte.

Ich war vollgestopft, mit zwei Schwänzen ausgefüllt, mein Hintern brannte nach Griggs Schlägen und mein Kopf war leer, ich wartete. Ich gehörte zu diesen Männern, meinen Partnern und ich würde ihnen alles geben, was sie wollten, was sie brauchten.

Sie gehörten mir.

Die Verbindung durch unsere Halsbänder war extrem, unsere Erregung und unser Vergnügen waren ein gleißender, stürmischer Kreislauf, der sich auf und ab bewegte.

„Fick sie, Rav, langsam." knurrte Grigg.

Rav zog sich halbwegs aus meinem Arsch zurück und glitt wieder in mich hinein. Ich winselte, keuchte und stand kurz davor. Das Gefühl der beiden heißen, dicken Schwänze, die mich ausfüllten und beanspruchten, war zu viel für mich.

„Ich halt's nicht länger aus."

Ravs Bekenntnis machte mich noch geiler und meine Muschi klammerte sich um Griggs Schwanz und er stöhnte meinen Namen.

„Amanda. Himmel, ich liebe dich."

Etwas Wildes und Waghalsiges erwachte in mir, als er das sagte. Es war düster und bedürftig und vollkommen furchtlos. Ich schob mich gegen Griggs Brust und drückte mich weit genug nach oben, um Ravs Haare zu fassen. Mit der rechten Hand zog ich ihn vorwärts, sein großer Körper umhüllte meine Rückseite und ich küsste ihn mitsamt Zähnen und Zunge und so einer verdammten Begierde, dass ich ihn nur noch verschlingen und ihn nie mehr gehen lassen wollte.

Unter mir umfasste meine linke Hand Griggs Kehle, ich drückte gerade fest genug zu, um meine Inanspruchnahme zu verdeutlichen.

Rav knurrte in meinen Mund, seine Hüften stießen ein bisschen fester zu, er glitt etwas schneller in meinem Arsch aus und ein und presste mich fester auf Grigg, was mich ganz wild machte.

Ich schob Rav beiseite und wendete mich Grigg zu, ich küsste ihn mit derselben Leidenschaft, die plötzlich von mir Besitz ergriffen hatte. Er grub die Hände in meine Haare und seine Hüften hoben und senkten sich wie ein Kolben. Er fickte meine Muschi und Rav fickte meinen Arsch.

Ich ritt die beiden wie eine Furie und ein einziges Wort in meinem Kopf hatte mehr Kraft, als ein ganzer Ozean voller Worte.

„Meine."

Das Wort wurde zu meinem Mantra, meinem Lied, während ich von den beiden gefickt wurde. Ich lag zwischen ihnen und ich vereinte uns miteinander. *Meine*. Ich wusste nicht, ob der Gedanke mir entsprungen war oder ob er Grigg oder Rav gehörte. Aber das war egal, als ihre heiseren Schreie der Erleichterung durch den Raum hallten und mich ihr Samen ausfüllte und mich die brennende Hitze ihrer Essenz brandmarkte. Ich schrie, als ich erlöst wurde und ihre Bindungsessenz in meinen Kitzler, in meinen Arsch und in meine Muschi wie ein Blitz einschlug. Ich zerschellte, atmete einmal tief durch und ließ mich immer wieder gehen. Jeder Stoß ihrer Hüften reichte aus, um mich erneut zum Höhepunkt zu bringen.

Wir sackten übereinander zusammen und atmeten tief durch, aber die beiden zogen nicht aus mir heraus. Sie blieben tief und fest in mir drin. Bald wurden sie wieder härter, ihre Schwänze schwollen an, sie dehnten mich weiter auseinander und sie fickten mich erneut. Diesmal fickten sie mich langsam, ihr Samen ebnete ihnen den Weg, ihre Hände und Münder waren überall. Sie flüsterten süße Worte der Liebe und der Verehrung und diese drangen in mich ein, bis ich komplett aufgab. Mein Orgasmus glich diesmal einer langsamen, spiralförmigen Explosion und ich war anschließend zu schwach, um den Kopf anzuheben und meine Glieder waren wackelig und taub.

Das Halsband brannte, als ich auf Grigg ruhte und Rav uns beide bedeckte. Wir waren alle drei außer Atem und vor lauter Wonne benommen.

Grigg streichelte mein Kinn und hob meinen Kopf hoch, um das Halsband zu inspizieren. Rav beugte sich, um ebenfalls einen Blick darauf zu werfen.

„Was ist los?" fragte ich mit rauer, lustschreistrapazierter Stimme.

„Du gehörst jetzt zu uns", antwortete Rav, „für immer."

„Dein Halsband ist blau", fügte Grigg hinzu, damit ich verstand, was vor sich ging.

Ihre Worte ließen Tränen in meine Augen schießen und die Gefühle, die ich unterdrückt hatte, kamen an die Oberfläche. Erleichterung. Stolz. Freude. Zugehörigkeit. Familie. Und Liebe. Das letzte Gefühl überrollte mich und ich war ihm ausgeliefert. Ich wurde einfach mitgerissen. Ich war jetzt befreit, ich konnte mich ihnen aufopfern – sie für immer lieben.

Ich spürte ihre tiefe Liebe, ihre Erfüllung durch das Halsband. Sie war offenherzig und genauso freizügig.

„Ich liebe euch beide, so sehr", schluchzte ich und sie trösteten mich, hielten mich in ihren Armen und beschützten mich, als der Stress und das Chaos der vergangenen Tage schließlich ihr Tribut forderten. In ihren Armen war ich sicher und ich konnte endgültig loslassen.

Ich erlaubte mir, sie zu lieben und im Gegenzug spürte ich ihre Liebe für mich.

„Meine. Ihr gehört beide mir." Meine Worte waren ein wirres Durcheinander, aber meine Partner verstanden und umarmten mich einfach noch fester. Wir waren miteinander eins geworden und nichts könnte je daran etwas ändern.

***

Lies als An einen Partner vergeben nächstes!

Als eine mögliche Bedrohung ihres Lebens Eva Daily dazu zwingt, auf einer anderen Welt Zuflucht zu suchen, hat sie nur eine Wahl. Sie muss sich dem Interstellaren Bräute-Programm anbieten. Nach einem sinnlichen und intimen Eignungstest bekommt Eva einen Partner zugewiesen und wird auf seine Welt transportiert, um seine Braut zu werden.

Nach der Ankunft auf dem Wüstenplaneten Trion lernt Eva schon bald, dass die Dinge hier ganz anders laufen, als sie es von der Erde gewohnt ist. Eine intime Untersuchung durch ihren neuen Partner lässt Eva tiefrot anlaufen, aber zu ihrer Überraschung erregt die Art, wie Tark ihren Körper beherrscht, sie weit über ihre Vorstellungen hinaus. Schon bald findet sie sich nackt wieder, gefesselt und unfähig, nicht nach mehr zu betteln, während sein geschicktes Liebesspiel ihr einen bebenden
Höhepunkt nach dem anderen beschert.

Doch schnell erkennt Eva, dass in Tark mehr steckt als nur ein dominanter Rohling, der nicht zögert, seine unartige Frau übers Knie zu legen und ihren nackten Hintern gründlich rot zu färben. Als ihre Leidenschaft für ihn langsam zu Liebe erblüht, drohen jedoch die Ereignisse auf der Erde sie für immer von ihm zu reißen. Kann Eva einen Weg finden, an Tarks Seite und in seinem Bett zu bleiben, oder bleibt ihr nichts als die Erinnerung an den Mann, der sowohl ihren Körper als auch ihr Herz erobern konnte?

Lies als An einen Partner vergeben nächstes!

WILLKOMMENSGESCHENK!

TRAGE DICH FÜR MEINEN NEWSLETTER EIN, UM LESEPROBEN, VORSCHAUEN UND EIN WILLKOMMENSGESCHENK ZU ERHALTEN!

http://kostenlosescifiromantik.com

INTERSTELLARE BRÄUTE® PROGRAMM

*D*EIN Partner ist irgendwo da draußen. Mach noch heute den Test und finde deinen perfekten Partner. Bist du bereit für einen sexy Alienpartner (oder zwei)?

Melde dich jetzt freiwillig!
interstellarebraut.com

BÜCHER VON GRACE GOODWIN

Interstellare Bräute® Programm

Im Griff ihrer Partner

An einen Partner vergeben

Von ihren Partnern beherrscht

Den Kriegern hingegeben

Von ihren Partnern entführt

Mit dem Biest verpartnert

Den Vikens hingegeben

Vom Biest gebändigt

Geschwängert vom Partner: ihr heimliches Baby

Im Paarungsfieber

Ihre Partner, die Viken

Kampf um ihre Partnerin

Ihre skrupellosen Partner

Von den Viken erobert

Die Gefährtin des Commanders

Ihr perfektes Match

Die Gejagte

Interstellare Bräute® Programm: Die Kolonie

Den Cyborgs ausgeliefert

Gespielin der Cyborgs

Verführung der Cyborgs

Ihr Cyborg-Biest
Cyborg-Fieber
Mein Cyborg, der Rebell
Cyborg-Daddy wider Wissen

Interstellare Bräute® Programm: Die Jungfrauen

Mit einem Alien verpartnert
Seine unschuldige Partnerin
Die Eroberung seiner Jungfrau
Seine unschuldige Braut

Zusätzliche Bücher

Die eroberte Braut (Bridgewater Ménage)

ALSO BY GRACE GOODWIN

Interstellar Brides® Program

Mastered by Her Mates

Assigned a Mate

Mated to the Warriors

Claimed by Her Mates

Taken by Her Mates

Mated to the Beast

Tamed by the Beast

Mated to the Vikens

Her Mate's Secret Baby

Mating Fever

Her Viken Mates

Fighting For Their Mate

Her Rogue Mates

Claimed By The Vikens

The Commanders' Mate

Matched and Mated

Hunted

Viken Command

The Rebel and the Rogue

Interstellar Brides® Program: The Colony

Surrender to the Cyborgs

Mated to the Cyborgs

Cyborg Seduction

Her Cyborg Beast

Cyborg Fever

Rogue Cyborg

Cyborg's Secret Baby

Interstellar Brides® Program: The Virgins

The Alien's Mate

Claiming His Virgin

His Virgin Mate

His Virgin Bride

Interstellar Brides® Program: Ascension Saga

Ascension Saga, book 1

Ascension Saga, book 2

Ascension Saga, book 3

Trinity: Ascension Saga - Volume 1

Ascension Saga, book 4

Ascension Saga, book 5

Ascension Saga, book 6

Faith: Ascension Saga - Volume 2

Ascension Saga, book 7

Ascension Saga, book 8

Ascension Saga, book 9

Destiny: Ascension Saga - Volume 3

Other Books

Their Conquered Bride

Wild Wolf Claiming: A Howl's Romance

HOLE DIR JETZT DEUTSCHE BÜCHER VON GRACE GOODWIN!

Du kannst sie bei folgenden Händlern kaufen:

Amazon.de
iBooks
Weltbild.de
Thalia.de
Bücher.de
eBook.de
Hugendubel.de
Mayersche.de
Buch.de
Bol.de
Osiander.de
Kobo
Google
Barnes & Noble

GRACE GOODWIN LINKS

*D*u kannst mit Grace Goodwin über ihre Website, ihrer Facebook-Seite, ihren Twitter-Account und ihr Goodreads-Profil mit den folgenden Links in Kontakt bleiben:

Web:
https://gracegoodwin.com

Facebook:
https://www.facebook.com/profile.php?id=100011365683986

Twitter:
https://twitter.com/luvgracegoodwin

ÜBER DIE AUTORIN

Hier kannst Du Dich auf meiner Liste für deutsche VIP-Leser anmelden: **https://goo.gl/6Btjpy**

Möchtest Du Mitglied meines nicht ganz so geheimen Sci-Fi-Squads werden? Du erhältst exklusive Leseproben, Buchcover und erste Einblicke in meine neuesten Werke. In unserer geschlossenen Facebook-Gruppe teilen wir Bilder und interessante News (auf Englisch). Hier kannst Du Dich anmelden: http://bit.ly/SciFiSquad

Alle Bücher von Grace können als eigenständige Romane gelesen werden. Die Liebesgeschichten kommen ganz ohne Fremdgehen aus, denn Grace schreibt über Alpha-Männer und nicht Alpha-Arschlöcher. (Du verstehst sicher, was damit gemeint ist.) Aber Vorsicht! Ihre Helden sind heiße Typen und ihre Liebesszenen sind noch heißer. Du bist also gewarnt...

Über Grace:

Grace Goodwin ist eine internationale Bestsellerautorin von Science-Fiction und paranormalen Liebesromanen. Grace ist davon überzeugt, dass jede Frau, egal ob im Schlafzimmer oder anderswo wie eine Prinzessin behandelt werden sollte. Am liebsten schreibt sie Romane, in denen Männer ihre Partnerinnen zu verwöhnen wissen, sie umsorgen und beschützen. Grace hasst den Winter und liebt die Berge (ja, das ist problematisch) und sie wünscht sich, sie könnte ihre Geschichten einfach downloaden, anstatt sie zwanghaft niederzuschreiben. Grace lebt im Westen der USA und ist professionelle Autorin, eifrige Leserin und bekennender Koffein-Junkie.

https://gracegoodwin.com